所前故事

中共杭州市萧山区所前镇委员会
杭州市萧山区所前镇人民政府 编

浙江工商大学出版社 杭州
ZHEJIANG GONGSHANG UNIVERSITY PRESS

图书在版编目（CIP）数据

所前故事 / 中共杭州市萧山区所前镇委员会，杭州市萧山区所前镇人民政府编 . —杭州：浙江工商大学出版社，2022.7

ISBN 978-7-5178-4980-3

Ⅰ.①所… Ⅱ.①中… ②杭… Ⅲ.①中国文学—当代文学—作品综合集—浙江 Ⅳ.①I218.55

中国版本图书馆 CIP 数据核字（2022）第 095504 号

所前故事
SUOQIAN GUSHI

中共杭州市萧山区所前镇委员会
杭州市萧山区所前镇人民政府　编

责任编辑	张晶晶
责任校对	韩新严
特约编辑	李大军
封面设计	朱嘉怡
责任印制	包建辉
出版发行	浙江工商大学出版社
	（杭州市教工路 198 号　邮政编码 310012）
	（E-mail：zjgsupress@163.com）
	（网址：http://www.zjgsupress.com）
	电话：0571-88904980，88831806（传真）
排　　版	杭州大漠照排印刷有限公司
印　　刷	杭州丰源印刷有限公司
开　　本	880mm×1230mm　1/32
印　　张	10.5
字　　数	232 千
版 印 次	2022 年 7 月第 1 版　2022 年 7 月第 1 次印刷
书　　号	ISBN 978-7-5178-4980-3
定　　价	68.00 元

目　录

山水·秀

未来·吟

目
录

岁月·痕

钩沉一位清朝总兵的踪迹

陈华胜

　　枯坐日久，正想趁这秋高气爽的暇时，出去呼吸呼吸新鲜空气。接到杭州市作协副主席、萧山区作协主席俞梁波兄的邀请，赴所前采风，我自然不肯轻易放过这个机会，于是欣然驱车前往。

　　所前位于萧山南部，东与绍兴以山界相邻，境内丘陵逶迤，山环抱碧。我们的车子在山里穿行，倒颇有些"驱车登古原"的意趣了。

　　若要论"古"，所前也确实堪称古镇。早在南宋时期，各路盐商聚集于此，所前就成了两浙盐业商贸的集散地。盐业的辉煌当然已是明日黄花，今天的所前自有辉煌，而古韵盎然却仍然俯拾皆是。我们的车子来到一处牌坊耸立的山坡甬道。主人告知，这里是英雄葛云飞的墓地。

　　葛云飞与定海三总兵的事迹我们在中学时期就已熟知了，当时并不知道葛氏就是我们萧山的乡贤。沿着"浩气长存"的牌坊走上甬道，抚今怀古，我就产生了钩沉这段往事的念头。

　　"钩沉"这个词的含义可上溯至《黄帝内经》。据说正常人

岁月·痕

的脉象会随四时更替而有相应的变动，春脉弦，夏脉钩，秋脉毛，冬脉石。《难经》把石脉解释为沉脉。发明"钩沉"一词的人必定熟悉于此，钩对应夏，沉对应冬，"钩沉"就是夏冬的意思，后来也就逐渐形成了类似于"春秋"的另一种说法。

甬道的东侧有一座葛云飞的庙，现在也兼做纪念馆，里面介绍了这位壮士壮烈的一生。

葛云飞是浙江绍兴府山阴县天乐乡（今杭州市萧山区进化镇）人，生于1789年。这一年，正是清高宗乾隆五十四年（1789），清朝正从辉煌的顶峰开始走下坡路了。而同样在这一年，乔治·华盛顿当选第一任美国总统；法国大革命也全面爆发，手持武器的巴黎市民攻占了巴士底狱。这显然是一个新旧交替、潮流浩荡的年代。

与葛云飞同年出生的是第一任香港总督砵甸乍爵士。当然了，这两个人在此时是没有任何交集的。世界的潮流还远远没有涌到这一方平静的土地。出身于下层军官家庭的葛云飞按照传统的成长轨迹读书习武，学得了一手好箭术，挽弓发必中，16岁的时候就能开六钩硬弓。接下来，30岁中武举人，34岁中武进士，一切都顺理成章。

葛云飞的武职履历是从守备开始的。守备是一种负责地方防务与治安的中下级武官。清朝的军阶由高至低分别为提督、总兵、副将、参将、游击、都司、守备、千总、把总。因为是武进士出身，所以他能够越过最下面的两级而直接被任命为正五品的守备。这之后，他就先后在浙江宁波、黄岩、温州、乍浦、瑞安、定海和福建的烽火门等地的水师营任职。当时的清廷，国门尚未打开，水师营的职责也就是缉捕一些内海的"海盗"。葛云飞手持60公斤重的大刀，屹立船头，颇有些关二爷单刀赴会的威风，也确实叫海盗们望风披靡。他也因屡建军功，经五次提拔到了总兵的位置。

洪杨起事后，由于湘军兴起，清军各路军功所奏保的记名提督在朝廷里造册的就达8000人，总兵更是接近两万名之多。面对叠床架屋的冗官，提镇大员要想得到实缺，非总督密保不可。道光年间的总兵还没有那么烂，但西洋的商船、兵船频频叩门，东南沿海的防务已经日显吃重。道光十八年（1838），葛云飞接到诰命代理定海镇总兵，不久后正式任命。能够得到这样的"实授"，看来他不但运气好遇到了识英雄的慧眼，而且也实至名归。

清人的逸闻中记载，葛总兵在定海城里可以一手挑起一抱粗、两丈长、重约200公斤的栋梁，足见其膂力大得惊人，而且他还能握住双蹄扳倒一匹骏马。

按照一物降一物的原则，伯乐识良马，骏马也认英雄，那匹被葛云飞驯服的骏马就归葛云飞所有了。"虎帐谈兵按六韬，安排香饵钓鲸鳌"，然而此时，韬略作为虎帐这一梦工厂的产物，"谈笑间，樯橹灰飞烟灭"，不过是历史的神话而已。我们还没有"睁眼看世界"，世界已经蜂拥来到我们面前。一匹骏马能在多大的船头奔驰？一物降一物的原则，只不过增加了英雄末路的悲壮色彩。

道光十九年（1839），因父亲逝世，葛云飞丁忧回籍。临行之前，他曾上书，认为广东查禁鸦片，外夷阴险，恐有兵事波及浙洋，应当事先定谋。不幸被他言中：次年六月七日，英军果然仗着坚船利炮侵占了定海。

按照古制，父母去世一周年后，在第十三月举行小祥之祭；去世两周年后，在第二十五月举行大祥之祭；然后，间隔一个月，在第二十七月举行禫祭，也就是除服之祭，守制结束。通常说的"守制三年"，也就是丁忧之制。这一礼制源于汉代，根据儒家传统的孝道观念，朝廷官员在位期间，如遇父母去世，则无论这个人任何官何职，不管是当朝宰相还是七品县令，从得知丧事的那一天起，就必须辞官回籍，为父母守制二十七个月。然而，葛云飞在英军占领定海后的次月，也就是道光二十年（1840）七月，就奉谕来镇海主持浙江防务。按时间推断，绝没有满二十七个月，也就是说，因为时局艰难，他是提前中止了守孝，被"夺情起复"的。忠臣孝子，孝子忠臣，自古忠孝不能两全啊！

葛云飞抵镇海后积极备防，并向朝廷呈上《灭夷十二策》。今天，我们已经无从得知他的"十二策"具体方略为何，从他的应对来说，以劲兵扼守招宝、金鸡两山，关内安设巨炮，江岸筑土城，而江心及隘巷则竖木桩、排筏，以阻遏英军来犯，应该说是有成效的。但说到"灭夷"，却终究拗不过大势了。

葛云飞之牺牲，仍然是在定海一役。

定海三总兵原本是作为接收大员踏上海岛的。此前，道光二十一年（1841）一月，英军强占香港后，表示愿意归还定海。于是，三总兵带兵三千，渡海接收。

收回定海后，葛云飞请求筑炮台、塞江路，加强防务，但他的顶头上司——钦差大臣裕谦却因为费用太高而不许。双方各持己见，最后葛云飞请求提前支取他自己的三年薪俸，自费修筑。这当然让裕谦十分恼怒，拂袖怒斥葛云飞"是挟我也！"。争执到了没有回旋的地步，官场上的事情远比握住双蹄扳倒一匹骏马更难。葛云飞苦于掣肘，心知必败，当时他心情之沉痛恐怕是无以复加了。他应该想到了年轻时去杭州岳庙参拜岳武穆时的情景，壮怀激烈却奈国事何！

这一年八月，英舰二十九艘再战定海。三总兵分部据守，与敌死战，同时联名飞书向镇海大营告急。但大营却怀疑三总兵夸大敌情，拒绝发救兵。十月一日，英军从小路攻上定海北面的晓峰岭，王锡朋壮烈牺牲；接着英军进攻竹山门，郑国鸿率军誓死抵抗，也英勇牺牲。王、郑牺牲后，英军向土城进逼。葛云飞燃炮回击，战至最后关头，率二百多名士兵大呼杀入敌阵。葛云飞全身受伤四十余处。最后，一颗炮弹击中他的胸部，葛云飞英勇殉难，二百多名士兵也全部壮烈牺牲。

勇夫知义，智者怀仁，求仁得仁，夫复何求？可是，这套儒家的纲常却终究挡不住潮流的浩荡。当一位英雄，为这样的

岁月·痕

潮流所吞噬，怎不让人扼腕叹息？

鸦片战争终以清朝的失败并赔款割地而告终。中英双方签订了中国历史上第一个丧权辱国的不平等条约《南京条约》，香港岛被掠夺。

葛云飞牺牲后的第三年，1843 年，他的同龄人砵甸乍爵士出任香港第一任总督。我们无法知道，葛云飞举石碌中武举、挽强弓夺进士时，那个英国人砵甸乍在干什么。唯一令人欣慰的是，当 1997 年五星红旗在香港岛升起时，葛云飞的墓前松风激荡，一抒壮士之怀。

萧山古属越国，自古乃复仇雪耻之地。所前这一方水土聊可揾英雄泪了。

从葛氏的墓地下来，我们得知此地所在的村落是以"香雪李花，养生三泉"闻名的三泉王村。这里盛产茶果，春天李花漫天作雪飞，夏日杨梅满山红，我们去的时日尚早，还不见火红的柿子挂满树枝，不过心情已经明朗起来。其实，严格说来，葛云飞的出生地是在邻近的天乐村，但为什么选择葬在了这里呢？听说这个村是从南宋绍兴年间围绕龙泉、虎泉、牛泉三口清泉肇基发族，生生不息以至今日的。忠孝传承，忠臣必出孝子之门，这里面岂不也是一种天道？

所前怀古写意

钱登科

> 写意有二义：一是以简练的笔墨来表达对象的神韵和画家主观的意兴的中国画画法，类似印象；二是吴方言中表示舒畅愉快的意思，类似惬意。我印象中的所前就让人"写意"。
>
> ——题记

九月的一天，我坐车越过钱塘江，便从"吴国"来到"越国"，但仍踏在今日杭州的土地上。今日我们开车前往的是号称"山水之镇、茶果之乡"的所前——一个陌生又费解的地名。

历史上此地处于绍兴与萧山交界地带，1950年前属于绍兴县（今浙江绍兴市柯桥区），1950年起划归萧山县（今浙江杭州市萧山区）。经查资料才知晓，因始置于元至正年间（1341—1368）的绍兴批验所，在清代中叶移设于此而得名"所前"。

《萧山县志稿》卷六《田赋门·盐课》"绍兴批验所"条有按语："是所，其职司掣验浙东各纲地过所盐斤，今设绍县之所前乡。"在古代，私盐是禁止买卖的；盐商贩盐，要在官府缴纳盐价和税款后，获得一种用以支领和运销食盐的凭证，即"盐引"。这个批验所就是掌管批验盐引的机构。可见，昔日所前是一个重要的盐税管理关口和繁华的盐业集散中心。

如今，历史的咸味被江南的茶果香覆盖，历史的喧嚣被江南的闲适冲淡。已不见舟楫辐辏、人流熙攘的运盐场景，留下的是依山傍水的底色与茶香果甜的本味。我就在所前镇金临湖村的里士湖畔，寻觅着这一地的雪泥鸿爪。

望文生义，误认为金临湖村是金姓人家聚居的临湖村落；史海钩沉，发现金临湖村是由原属来苏乡的塘下金、渔临关、里士湖三个村合并而成，故名。

塘下金，《萧山县志稿》卷一提到元代来（苏）十八都二图时，便有此村落名，曾为来苏乡政府驻地。按理，塘下金是"地点＋姓名"类地名，可不知为何村里至今以黄姓和陈姓为主。不过所前有不少类似的地名，如"三泉王""山里王""祥

里王"，据说却是以王姓为望族的村落。

渔临即渔浦、临浦的合称。渔临关，为古代税关、榷场所在，人来船往，四通八达，是衢、婺、徽、严诸郡商贩往来宁绍平原的必经之地。明代田惟祐《渔临关桥记略》载："凡商贩竹木簰筏，自上江顺流东下，经富阳，入小江，悉集萧山渔、临二浦，故工部分司虽总设于杭，而于萧山渔、临二浦则亦各置榷场焉。每竹木到浦，分司主政渡江茬县，监视抽分。"

当时的来苏乡地滨东小江，有一个叫单家堰的地方，即渔临关，元代来（苏）十八都三图中便有"渔临关单家"。该地大致位于钱清县（今绍兴市柯桥区钱清街道）西十五里，萧山县（今杭州市萧山区）东南十五里，位置居中，乃交通往来之锁钥。

明永乐年间（1403—1424），此地江上横卧一座木桥，以供往来，可惜木桥并不牢固，不久就被冲垮了。后来在很长的一段时间内，百姓们都苦于涉水过河，只得代以舟楫，但十分不便。

嘉靖十一年（1532），工部分司主政薛公移水关于此，来往的商民越来越多。薛公便召集大家讨论改建石桥，但未果而去。百姓又不得不重架木梁桥，而"江阔水漫，危险可畏"。

是年六月，衢州和严州洪水泛滥，直趋萧山，木梁桥又被"冲漂无存"。好在正值工部分司主政林公临县视察，当得知江上无桥是百姓最忧心的事时，遂决前议。林公自筹资金，于七月十九日开工，叠石为梁，于十一月二十日建成了一座长十余丈的五孔石桥，桥下密立桩栅，以防疏漏，规制崇广，甃筑壮固。时人田惟祐撰文赞道："绝长流而横亘，凌深波而隐起，如晴虹下垂，浮鼋欲渡，不惟一时观瞻称美，诚俾万世往来称

岁月·痕

011

便。"从此，渔临关桥成了萧绍两县之间的通途、四乡八里的中枢。当年沿山十八村的茶果之香也应该时时萦绕在渔临关桥上，或许一直延续至今，才成就了所前"茶果之乡"的美名。

可惜，古桥就像完成历史使命般湮没于尘埃，今桥是在原桥北面附近修建的。村因桥而得名，据说渔临关村是由渔临关、钱家、单家三个自然村组成的。

里士湖，旧称厉市湖，乾隆《萧山县志》卷十二引张文瑞水利附刻载："湖属来苏乡，周三里，溉田五百亩。东近西小江，西南北三面皆田，不事堤防，不涉有司。与女陂湖相类云。"这女陂湖也属来苏乡，又名孔湖，周长是里士湖的三分之一，灌溉田地是里士湖的五分之二，略小；但其二者共同点就在于都是借助自然山势而形成的深湖。古代，灌溉是此湖的最大功能；如今，扮美成了此湖的最大优势，当然还是延续着水乡百姓习以为常的洗刷作用。村因湖而得名，据说里士湖村是由元代来（苏）十八都三图的魏家、丁家蓬、丁村三个自然村组成的。

村中有湖，倒映着历史的天空，也倒映着现实的美颜。湖岸有亲水游步道，逶迤而行，越走越拉长了一湖风光，我的思绪成了长卷的轴，缓缓滚动，收入一湖风光：一边是水韵渚色，偶见两三只水鸟矫健地点一下水，停在对面的渚岸；一边是白墙翠丛，时见孤寂的泊舟、扑腾的水鸭，以及围合成船形的一小垄菜圃。湖中有渚，如一长长的舌头，舔舐着江南的美味。舌尖正对的岸边有一桥，名保安桥，《萧山县志稿》卷二载："保安桥，在县南十二里，厉市湖口。"桥虽非原貌，但至今尚存。舌根处是里士湖花海。想象一下，沿着水上木道信步，蜿蜿蜒蜒，曲曲折折，尽头竟是一片花海，你会不会有一种莫名的"会向桐江谋小筑，浮家从此往来频"的期待？

这是江南村镇的常见景，也是我心中熟悉的江南景——繁华背后的从容淡定，依然如故的水乡气息——金临湖村如此，所前如此，萧山如此，就是如此"写意"。

岁月·痕

山水所前存忠骨　魂兮所载谱春秋

傅晨舟

所前镇位于浙江省杭州市萧山区，东与绍兴以山界相邻，历史悠久，以设盐务所而得名。明时设绍兴批验所衙门，掌管盐政，镇上设盐号四十八家，杭徽绍各大盐商均住于此，颇为繁盛。

中华人民共和国成立后，特别是改革开放以来，所前镇经济社会各项事业全面飞速发展，取得了巨大成就。目前山林经济效益列居杭州首位，是浙江省生态镇、首批浙江省旅游强镇，是全国唯一的镇级"中国杨梅之乡"，并被誉为"中国茶叶流通第一港"。

所前历史文化底蕴深厚，境内三泉王村黄湾寺北侧，有省级重点文物保护单位——葛云飞墓。葛云飞是统率一军、镇守一方的武将，是中国近代史上著名的抗英英雄。1997 年，镇政府又在葛云飞墓南侧的黄湾寺内建葛云飞纪念馆，成为杭州市爱国主义教育基地之一。

葛云飞墓

迈步踏上斑驳的青石台阶，迎面是令人顿生肃穆的石牌坊，中书"浩气长存"四个大字，四个立柱上分列两副对联：一副是"洗兵鱼海云迎阵，秣马龙堆月照营"，出自唐代边塞诗人岑参的《凯歌六首》；另一副是"愿得此身长报国，何须生入玉门关"，出自唐代现实主义诗人戴叔伦《塞上曲二首·其二》。二人都是唐代从鼎盛走向没落的著名"跨界"文人，文治武功拯世报国。此二联可以说是恰如其分地歌颂了葛云飞抵御外侮、保家卫国的历史功绩。

经过长长的甬道，来到葛云飞的墓前，英雄葬于此地、魂归故里。墓前有碑文记载：葛云飞（1789—1841），字鹏起，又字凌召，号雨田，清代绍兴府山阴县天乐乡山头埠村（今属萧山）人，生于行伍之家，自幼习武，七岁进私塾。嘉庆二十四年（1819）考中武举人，道光三年（1823）中武进士，先后在浙江宁波、黄岩、温州、乍浦、瑞安、定海，以及福建烽火门等地的水师营任职，镇守东南海疆十六年，官至定海总兵。1840年英军入侵定海，葛云飞丁忧在里，闻悉后以国事为重戴孝出征。1841年农历八月英军再次入侵定海，葛云飞浴血奋战六昼夜，以身殉国。

肃立致敬，我缓缓抬起头来，一眼看到星星点点红色的彼岸花在阳光下熠熠生辉，我的思绪不由回到了我的故乡舟山定海。葛云飞，这可是一个如雷贯耳的名字！在舟山，为在1841年鸦片战争中与英国侵略军浴血奋战、壮烈牺牲的葛云飞、王锡朋、郑国鸿三总兵而建的三忠祠可是广为人知、广受尊崇的。三忠祠是清光绪年间的建筑物。三忠祠碑，高2.17米，宽1.65米，共镌碑文1044字，记述当年三总兵抗英的英雄事迹。原址在定海和昌弄廷佐小学内，1995年迁建于竹山公园晓峰岭南岗墩，这

岁月·痕

也是当年的主战场之一，与舟山鸦片战争纪念馆连为一体。在晓峰岭山冈上，还可以见到古炮台遗址，近旁屹立着雄伟的三总兵石雕像，守望着大海的方向。我曾很多次来到这里瞻仰，细细咀嚼每一个字的记载，在凛冽的海风中，我能闻到湿湿的咸咸的味道，这是海的味道，也是泪的味道、硝烟的味道。

定海之战

道光二十年（1840），英国发动了鸦片战争，六月七日英军攻陷定海，知县姚怀祥等殉职。道光二十一年三月，定海总兵葛云飞、寿春总兵王锡朋、处州总兵郑国鸿率兵进驻定海，英军退出。八月十二日，英兵两万余人大举进犯定海，攻打竹山门，偷袭东港浦，进逼土城，均被守军打退。后来英军再次进犯，三总兵率众浴血奋战六昼夜，毙敌一千多人。但终因城内弹尽，援兵不到，三总兵相继殉难。定海这一仗，是鸦片战争中我国军民抵抗最顽强的战役之一。

三总兵在1841年农历十月一日同一天战死，其过程可以说是相当惨烈的，我们来看文字记载：英舰二十九艘，结集舟山群岛黄牛礁一带，侦察定海洋面。三镇总兵原先皆守城，事急便申军约，激重赏，分守要地。寿春镇总兵王锡朋出守晓峰岭，处州镇总兵郑国鸿守卫竹山门，而定海镇总兵葛云飞则率部踞守土城，当敌要冲。

九月二十六日，英军进攻定海竹山门，葛云飞下令开炮，击断敌船桅，敌军仓皇退去。二十七日，英军向土城开炮，葛云飞指挥各营开炮猛烈还击，敌人慌忙败退。二十八日至三十日，英军向定海竹山门、五奎山进攻，企图登陆，被葛云飞、王锡朋、郑国鸿击退。于是敌人调集兵力，集中进攻定海，定海守军一共只有四千多人，且武器弹药不足，处境危急，因此，三总兵联名飞书向镇海大营告急。但大营怀疑是夸大敌情，拒绝发救兵。十月一日，英军从小路攻上定海北面的晓峰岭。王锡朋身先士卒，杀敌无数，后英军大队逼近，他不幸中炮，一腿折断，仍手刃蜂拥而来的敌军数人，最后，被英军乱刀砍死。接着英军进攻竹山门，郑国鸿率军誓死抵抗，也英勇牺牲。

王、郑牺牲后，英军向土城进逼。葛云飞捧抱四千斤炮回击。面临十几倍于己之敌人，便取出印信交给随身亲兵，叮咛道："此乃朝廷信物，不能陷入敌方，请交大营，并请速速发兵进剿，我若死而有知，当化厉鬼协剿夷寇。"又告知同乡亲兵："是我尽忠之时已到，请代慰老母：节哀保重。转告儿孙：要奋发图强，继我杀敌卫国志向。"葛云飞交代完毕后，眼看英军逼近土城，一跃而出，挥刀大吼，带领两百余人一口气砍倒十多个英军。当他发现英军头目安突德正挥舞绿旗驱兵冲锋时，葛云飞万丈怒火涌上心头，对着安突德怒吼道，看刀，话出刀落，安突德被劈成两半。因用力过度，长刀也被砍断了，葛云飞就拔出两口佩刀，左右开弓，英军纷纷倒地。从土城杀出二里地，准备登山时，被一颗突如其来的枪弹击中左眼，迎面又一刀砍来，他躲闪不及，被劈去右边半个面部，顿时鲜血直流。他忍着剧痛仍继续抗战，又连中四十多发枪弹，终因伤势过重，依崖身亡，壮烈殉国。一位五十二岁的老将军，拼杀到了最后一滴血、最后一口气，悲哉、壮哉！自此，定海再度失陷，被英军占领长达四年六个月。

格林威治

格林威治位于伦敦东南、泰晤士河南岸，其在伦敦的位置和萧山所前之于杭州相似。这里以天文台知名，1884 年在华盛顿召开的国际经度会议决定以经过此地的经线为本初子午线，作为世界计算时间和地理经度的起点。

我曾经到访过位于英格兰格林威治镇的原皇家海军学院，"大英帝国"的许多男性皇室成员及著名海军将领都曾在此学习成长，甲午海战中率致远舰壮烈殉国的邓世昌来英国接舰时也曾到过这里接受培训学习。我去的时候这里已经是一所地方性的高校——格林威治学院，当天在校园里我还见到不少穿着学位服和家人拍照留念的毕业生，气氛热烈而和谐。偶然走进了学院里的一个展馆，竟然是英国海军历史博物馆，不过观者寥寥，冷冰冰陈列着一幅幅图片、一件件兵器和文物。我走马观花，一幅并不清晰的黑白照片突然闯进我的视线。我无法不停止我的脚步，驻足良久，内心无比沉重，虽然历史书上也曾看到，但在这里，对于我这个不远万里而来的中国人来说，是多么刺眼——签订《南京条约》的历史照片。尽管配图的英文表述相对客观、中性，但是，一个国家和民族的胜利和荣耀展示，就是另一个国家和民族的失败和耻辱伤痕。近旁另有几幅油画，展现的就是英军的舰队陈列于水面，穿着红色军服的英军士兵登陆进击等的战斗场面。我在想，这里面，是不是有虎门、厦门，是不是有镇海、镇江，是不是有舟山定海，画中抵抗英军的，是不是就有三总兵！

一个国家和民族需要英雄，胜利的固然是英雄，失败的也有英雄。格林威治的海军历史博物馆中，大书特书的"英国皇家海军之魂"纳尔逊，曾数次击败拿破仑舰队，在 1805 年的特拉法尔加战役中率领英国舰队击溃法国及西班牙组成的联合舰队，拯救了英国，但本人却身中流弹，在得知获胜后死去。葛云飞壮烈牺牲的时候，我想他是知道这一场仗是打输了，但他应该无法想到，自此中华民族会有一个多世纪的积贫积弱和苦难折磨。

三泉王村

当地人介绍说，这一带的风水非常好，当我来到相邻的一个村落的时候，我深深感到，所言真不虚啊！三泉王村，位于所前镇南部青化山麓，环村的是山峦秀丽的九岙十八弯。千年古樟树下，王姓族人于南宋年间建村起源，后以村中发掘虎泉、龙泉、牛泉，则为村名——三泉王村。漫步村中，好一派社会主义现代化新农村景象，无论是格局大气、错落有致的民宅，还是敞亮气派、设施先进的村民礼堂，村道路中间是只有 AAA 级景区才能有的三色分隔线，时尚少女玩着滑板，老年照料中心的老人们看着戏曲。在这里，物质文明和精神文明都是那么丰富和充足。

据说这里最美的季节是三月到七月，游步道、跑步道就在山间，"春国送暖百花开，迎春绽金它先来。火烧叶林红霞落，李花怒放一树白"。所前的三月，李花烂漫。一树一树的李花盛情怒放，洁白优雅的花儿缀满枝头。放眼望去，犹如覆盖了一层白雪，构成了一幅"南国香雪"的奇特景观，美不胜收，清风徐来，宛如世外桃源。香雪李花，养生三泉。近几年，众多外地游客来到此地休闲度假。随着青化湖项目完工，民宿、饭店等接待条件更加完善，相信这一片世外桃源能为更多人所领略和分享。

1840 年鸦片战争以来，中华民族在黑暗中摸索了很多年，单单"站起来"就用了一百零九年，而如今的中国人，已经从站起来到富起来再到强起来了。我们的国家，已经成为世界大国、世界强国，我们的民族，正在实现伟大复兴的道路上砥砺前行。民族英雄"葛云飞们"，如果有知，你们看吧，你们的乡亲后世，安居乐业。人杰，所以地灵，正大踏步在共同富裕中实现着精神富有，在现代化先行中实现着文化先行。

所前所见

陈博君

在八百多年前的南宋时期，这里曾是盐业商贸的集散之地，各路盐商汇聚于此，其繁华的景象可以想见。到了明朝，朝廷又在这儿建立了专事掌管盐政的绍兴批验所衙门，管辖着杭、徽、绍各地的盐商事务。清代中叶，盐务批验所搬迁至集镇老街，整个市镇正好处于盐务批验所前方，因而得名"所前"。

如今的所前，是杭州萧山区下辖的一个镇。在我的印象中，萧山的乡镇原本一个一个都是泾渭分明、极有特色的，但是随着城市化的发展，那些个性十足的乡镇也都渐渐模糊了界限，汇成了一整片高楼林立的现代化都市。所前，这座有着千年辉煌历史的山阴古镇，还能寻觅到昔日的璀璨踪迹吗？

当我们驱车来到所前南部的青化山坞，拾级登上位于石板山南麓的葛云飞墓时，那高耸的"浩气长存"大字牌坊和扑面而来的肃穆氛围，瞬间让我意识到先前的那种担忧完全是多余的。

这是一座气势雄壮的石墓，如一把巨型太师椅般背靠青山遥望着远方。墓脊上镌刻的"忠荩可风"四字，仿佛在无声地向我们诉说着一段可歌可泣的历史故事。鸦片战争期间，为了抗击进犯的英寇，葛云飞率兵镇守定海，与敌人殊死搏斗，悲壮殉国。尽管时光已经整整流逝了将近两个世纪，但是这位从萧山土生土长起来的民族英雄，却像那盛开在石墓顶上的彼岸花，永生永世活在了家乡人民的心中。他身上所展现出来的那种刚强硬气，也早已深深地融在了萧山人的血液之中。

石墓的一旁有座慧悟寺，据说始建于晋朝年间。如此说来，所前的历史至少可追溯到一千五六百年以前了。寺庙虽然不大，但香火一直延续至今。所前镇在保护历史文脉方面，显然是用足了心思的。他们将寺前的一座平房改建成了葛云飞纪念馆，不仅使这座千年古寺得到完好的保存，也让所有来此缅怀和进香的善男信女，得以重温葛云飞的英勇事迹。历史文脉由此焕发出新的精神力量。

印记着所前辉煌历史的文化遗存，其实还有好多好多。在所前镇娄家湾村南，一片白墙黑瓦的深宅大院带着沧桑的气息静静地矗立在成群的现代民宅之中。这便是萧山保存最完好的古建筑群之一，有着"九十九间半"之称的娄家大院，由楼元丰三兄弟于1920年建造而成，距今已有整整一百年的历史。推开墙门走进院中，时间瞬间仿佛回倒了一个世纪。踏着光滑的青石板路，沿着通幽曲径一重一重走进深深庭院，不断地被各种精心雅致的建筑细节吸引着：八角形的池塘、铜钱状的地漏、蜂窝般精密的木格窗，还有用酒坛别出心裁地串联起来的葫芦形落水管，无不展现出中华传统建筑文化的精髓。

为了将这座饱经历史沧桑的古建筑完整保存下来，当地政府及时将娄家大院收归国有，娄氏后人也自发行动，纷纷募捐，为保护先祖的历史遗存尽心出力。如今在这座寂寥的深宅大院里，蓬蒿从天井的石缝中挺身而出，蟾蜍在过道上旁若无人地自由散步，成片的绿藤更像长了腿脚一般在廊檐下的石板上四处攀爬。正是因了这种略带纵容的呵护，这片诞生于两百年前的建筑才得以如此任性地矗立在21世纪的钢筋水泥丛林之中，一直保持着那份神秘而独特的历经风霜的气质。

当然，也有一些历史遗存是像慧悟寺那样，被巧妙地赋予了新内涵的。比如坐落在缪家村的另一座古老建筑"崇德堂"，原本是缪氏家族的宗祠。二十年前，这座古祠经过筹备与修葺，被辟为萧山青年运动纪念馆，成了浙江省首个地方性青运馆。在馆内大厅的正中央，裘古怀烈士的半身雕像引领着我们回到了一百年前那个澎湃激昂的革命年代。这位意志坚定的共青团干部，为了革命的理想不惜牺牲生命。他留给战友的那封手写书信，静静地躺在展柜里的红丝绒布上，书信最后那句"胜利的时候，请你们不要忘记我们"，让人在感怀落泪的同时，对革命先烈更是充满了无比的崇敬。

缅怀历史，是为了更好地在新时代砥砺前行。在所前的城乡各处，我们看到更多的，果然都是在传承千年历史文脉基础上的全新面貌。来到深藏在青化山坞之中的三泉王村，我的第一感觉就是误闯了一个世外桃源。行进在描着彩虹般色带的村道中，一路都是看不够的历史景点，听不完的传说故事，还有那满目古老苍翠的香樟、枫树和银杏。一棵高达二十多米的千年古樟高高屹立在村中心的一处半山腰上，占据着全村的制高点，张开了足有六百多平方米的华盖，如守护神般凝望着整个村庄。龙泉、虎泉和牛泉三口有着五百多年历史的古泉，用清冽的甘露世世代代地滋润着村民，孕育出了数百名进士、文元、文魁、举人、贡生、武生、太学生和大学生。

漫步在这个古老而又新鲜的山村里，忽然就被一座古色古香的建筑吸引了，进门一看，竟是三泉王村的居家养老服务中心，里面助浴室、餐厅、康复辅具租赁室、书画室等设施一应俱全，每个房间还都配备了空调、电视和一键呼救，环境与条件堪称一流。正值饭点，数十位老人一桌一桌地围在一起吃饭，每个人的脸上都洋溢着幸福的笑容。

"三泉王村是有名的茶果之乡。近年来，我们大力发掘历史文化，探索乡村文旅融合发展之路，依托 2800 亩山林资源和李子、杨梅、茶叶等特产，引导村民开办茶室、民宿和农家乐。村里还出资把山顶水库改造成人工湖，修建起高端木屋民宿、网红观李桥和绵延 5 公里长的漫山游步道，未来的收益将让村民得到更多的实惠！"村委会主任王海勇如数家珍般的一番介绍，把三泉王村的发展思路勾勒得分外清晰。

这种日新月异的变化，在所前城乡随处可见。位于镇中部的里士湖，旧时也只是个普普通通的乡野湖泊，沿湖村民的生活洗涤、禽畜养殖等都依赖于此湖，环境状况可想而知。如今，环湖一带已经完全融入都市，经过整治的里士湖更是焕然一新，成了一颗镶嵌在都市里的明珠，旖旎的风光让人流连忘返。

沿着湖边数公里长的木栈道信步前行，盈盈波光在湖面雀跃着，身形修长的白鹭就在不远处的水面上气定神闲地徜徉相随，仿佛向我们尽着地主之谊。木栈道的尽头，竟是通向湖的对岸，那里有一片巨大的花海，绿草地上，波斯菊摇曳得金灿灿，矢车菊绽放出深的红。所前文化站站长李杰告诉我，这里

原本是一片农用地，因种植收益实在太低常被抛荒，镇政府索性把地收回来，撒上花籽，将其打造成了供所前人民共建共享的"中心花园"。

所前之行短暂而紧凑，尽管一路都是走马观花，但让人欣喜的是，这点点滴滴的所前所见，不仅让我深切地感受到这座千年古镇悠久而深厚的历史文脉，更亲眼见证了这座千年古镇在新时代的大潮中绽放出来的熠熠光彩。

所前：茶镇岁月

俞梁波

茶叶发源地为中国。

饮茶始于中国。

茶叶是中国的代名词之一，神奇的中国树叶在杭州萧山所前镇创造了乡土式的传奇，造福了这一方的百姓。

杭州南的所前镇，丘陵逶迤，山环抱碧，拥有四五千年金山良渚文化遗存、春秋时期的印纹硬陶碎片，也有建于唐宋时期的龙泉古寺。名人辈出，是难得的风水宝地。抗英英雄葛云飞、演义小说作家蔡东藩、清朝相国朱凤标等均葬于此，有"文物古镇之称"。

南宋时期，各路盐商聚集所前镇。此地成为盐业商贸的集散地。《绍兴县志资料》载，所前以设盐务批验所而得名。明朝在此设绍兴批验所衙门，掌管盐政，镇上设盐号48家，杭、徽、绍各地盐商均集于此。

这里与著名的西小江（杭甬运河）有着渊源。流经所前镇的西小江，在以水路交通为核心的古代，就是通天衢，不仅仅是盐，其他如茶等各类商品通过这条运河，东至越州（今绍兴），西至南宋都城临安（今杭州）。不难想象，所前镇当时的运河码头必定繁忙异常，南来北往的客商，操着各种方言，以盐为媒，造就了一方土地的繁荣与兴盛。

生活就是柴米油盐酱醋茶。

于普通百姓而言，生活中所有的一切都归结于如此截然不同的七种物质。盐，必不可少，茶，同样必不可少。中国是礼仪之邦，一杯茶，是待客之道，也是真诚所在。中国是茶饮之国，人们"无茶不生活"。茶的历史有五千年了，《神农本草经》和《证类本草》中记载：茶上品也，具生津止渴，提神醒脑……功效。在上古时期神农氏尝百草而发现的茶，初载于商代，兴起于唐朝，旺盛于宋元，普及于明清，复兴于当代。

一部中国茶文化史，就是一部中国百姓日常生活史。

所前产茶始于唐。据陆羽《茶经》，萧山产茶已有 1200 多年历史。而所前，则是萧山产茶的核心之地。就产量而言，萧山茶，看所前。目前，所前镇的茶园面积达 6000 多亩，年产干茶 150 万斤，产值 8000 余万元。现有茶叶品种以群体性为主，龙井 43、白茶、乌牛早、中茶 108、腾茶、梅占等无性系优良品种约占有 20%。

这里的山美、水秀、空气含氧量高、土壤肥沃与温度适宜，是茶叶生长的天然乐园。放眼望去，品质优良的各种茶叶在山坡上生长着，自由呼吸着山水之灵气，淋漓酝酿着山水之魂魄，用一片片最原始的神奇树叶，铸就了这不凡的茶香，也成就了"茶果之乡，山水所前"。

一片茶，一片心。

唐朝诗人陆希声曾作诗《茗坡》："二月山家谷雨天，半坡芳茗露华鲜。春醒酒病兼消渴，惜取新芽旋摘煎。"每年二月初，所前镇的一个又一个茶园里，新绿影绰，那是乡亲们精心培育的茶树正在积蓄力量。地底之下，茶树的根脉汲取着这泥土的养分，用不了多久，这些养分将到达茶树的每一根枝条。二月底，所前人就开始采摘茶叶了。如山里王村的茶叶，村庄位于所前镇南部青化山麓的一个山坞里，因所处山麓开阔，阳光充足，每年二月，别处的茶叶刚刚萌动，这里的茶叶却可以采摘了。当然，他们种植的茶叶品种有比较早的品种，如乌牛早、黄叶早等。所前的茶叶也是萧山采摘最早的茶叶。据此而言，萧山的茶香是从所前开始的。

到了三月初，一场细雨之后，漫山遍野的新芽活力非凡，仿佛是一个个微小的精灵在欢语。在阳光下，这些新绿令人心醉。深深地吸一口气，好像空气里有着一股自然之茶香，它们会钻进你的鼻孔，直达心间。

对茶农来说，"明前茶，贵如金"。三月，所前沿山十八村的茶农们一年之中最忙碌的日子开始了，人们欢天喜地采茶，制茶，正应了"雀舌未经三月雨，龙芽新占一枝春"。

采茶是辛苦的，也是浪漫的，当灵巧的双手在茶树上翻飞，那细嫩的新芽落入竹篓之中……制茶时这些碧绿的嫩叶慢慢变色，香气渐渐浓郁，氤氲不散。每个制茶人的身体周围弥漫着清香，他们举手投足之间，这股子茶香就在空气里翻滚，不断地扩散。或许，这时节所前的村庄的上空，都始终被茶香笼罩。家家户户，都沉浸在茶香里，也沉浸在美好日子里。

好茶须配好水。美丽乡村三泉王村拥有著名的龙泉、牛泉、虎泉，用三口古井之水泡茶，茶更香，也更迷人。城里人络绎不绝，专门来古井汲水，如同赴杭州虎跑汲水般神圣。在所前喝一杯茶，就像在青山绿水中品尝天籁。每年，所前镇和萧山区茶文化研究会会一起结合全民饮茶日，举办茶艺节，让所前的乡村像一幅幅美景图一样铭刻在爱茶人的心上。茶文化的魅力在此流淌，也在此生根发芽。

这是一个创新时代，也是一个品质时代。岁月变迁，茶叶到底好不好？一方面要看茶叶的生长环境，另一方面则要看制茶水平到底怎么样。这对茶农们提出了挑战——在传承中创新，需要在专家的指导下，寻找最理想的制茶技术。

所前是先行者，龙井茶炒制机是萧山全区最多的，一些茶农家里都添置了"炒茶神器"，这不仅大大地解放了劳动力，也让茶叶的品质与标准更加统一。而且，茶农们个个"身怀绝技、武艺高强"，镇上仅茶艺师就有几十位，他们在以茶会友、切磋技艺之余，不断提升所前的制茶水平。

茶农的笑声与沁人肺腑的茶香同时在村庄回荡与游走。茶农在茶园里辛勤劳作了一年，育苗、施肥、修剪……他们视茶园为生命，也期盼着茶园给予他们丰厚的回报。一分耕耘，一分收获。所前的茶农对土地深情且执着，茶叶与杨梅等各类水果，是家庭收入的两大支撑。三月的茶，六月的杨梅，让他们富裕起来。村民们深知，茶与他们的生活息息相关，靠山吃山，靠水吃水，他们依托这一片片神奇的绿叶，再也不会离开。他们开垦荒山，种植茶树，希望每一棵茶树都绽放绿意，绽放一个精彩的世界。

然后是卖茶。

谁也没有想到，就在所前这个地方，居然还有一块金字招

牌：中国茶叶流通第一港。茶商们早早就去了茶园，在他们的眼里，这些茶园里的茶叶，将被输送到全国各地，乃至世界各地。这儿是一块宝地。茶叶就是他们的未来。不仅仅是这些茶，还有更多的外乡的茶在路上，像鱼儿游进港湾一样，也从四方八面汇聚而来。

历史总是惊人地相似。

这眼前的景象，像极了当年所前的盐市盛景，来自大江南北的盐商们簇拥在西小江码头边，看着来来往往的船只，装盐、背盐、装船……满心喜悦。只是，当年的盐商们没有今天的茶商们这般幸福，也没有今天的茶商们这般豪迈与智慧。在澎湃的科技时代，茶商也不再是传统的茶商了，网络给了他们翅膀与力量，也给了他们开拓市场的雄心壮志。

以所前人为主的萧山茶商在全国各地建市场，浙南茶叶市场、济南茶叶市场、北京马连道茶叶市场等有茶商 100 余家，在全国设有茶庄 400 余家，650 多名所前人常年在全国各地经营茶叶，年销售各类茶叶 3.3 万吨。据不完全统计，所前全镇从事茶叶经销的有 2000 余人。他们就像大自然的搬运工，让这一片片茶叶从所前轻盈启航，通过键盘，通过网络，给千千万万的饮茶者送去高品质的所前茶叶，让他们品味江南的味道，也品味自然赐予的馨香。

所前的茶商规模令人吃惊，仿佛是一眨眼的工夫，这些茶商就壮大了。就在所前这块土地上，茶商们依托 60 余家农业示范合作社（其中从事茶叶经营的就有 50 家），两个专事茶叶经营的家庭农场，还有茶叶经销商 200 余家，融合汇通，合作双赢。萧山从事茶叶生产销售的 5 家区级以上农业龙头企业，如狮峰苑实业、巨佳茶叶、钱龙食品、纳德食品、鸿牌茶叶，他们扎根所前，深耕所前，把所前的茶叶产、供、销串联起来，把生意做大了。他们创造了"钱塘""鸿""杭千""巨佳""十八村""名前""青化山""沈狮峰""越王山"等诸多茶叶品牌。作为中国杭州十大名茶之一的"湘湖龙井"，其主要产地就在所前。同时，不仅仅是所前的茶叶，全国各地的茶叶都在此流通。茶叶年销售额在 10 亿元以上。

小小一个镇，茶香飘四方，谓之茶镇，也不为过。如今的所前镇，茶叶已经成为乡亲们最重要的产业。在所前镇党委、政府的支持下，在全面提升制茶技术的同时，延伸了茶业链，极大地提升了茶叶的经济价值，已经形成"一个协会、一片茶园、一群茶农、一批炒茶能手、一支茶商队伍"的产、制、销一条龙网络体系。

更令人振奋的是，因茶而兴的所前，开始了新的征程，"全

域发展、全域整治、全域旅游"成为未来发展的方向。在不久的将来，所前镇通过美丽乡村的改造、宋韵文化的再造，将带动乡村旅游兴旺起来，真正将全镇融入这秀丽的山水中去，渗透到这丰厚的历史中去，让更多的人走进所前，品味所前。而茶叶，则是这幅美丽画卷中的点睛之笔。

一朵盐花从西小江飘过

黄建明

　　西小江清凌凌的，所以又名钱清江，蜿蜒而流长。

　　明以前，西小江是浦阳江的下游，从临浦东折经钱清在绍兴入海，流经所前。千百年来，这一江清水无声地流转。

　　这是一条因盐而兴的交通要道，它记录着萧绍两地的商贸往来、经济发展。在这条水道沿线，无论是民居、客栈，还是人们生活的点滴，似乎都与盐运文化有着千丝万缕的联系，它们与西小江一起见证了曾经的繁华。从古代萧山谓"余暨"中略窥一斑，《越绝书》载："越人谓盐曰余。"

　　时光悠悠，转眼到了南宋。

　　相传南宋时期，各路盐商聚集于所前。1938年《绍兴县志资料》载：所前以设盐务批验所而得名，明朝在此设绍兴批验所衙门，掌管盐政。明政府继承宋元以来官营盐业的体制。早在吴元年（1367），朱元璋置两浙都转运盐使司于杭州。洪武元年（1368），又在两浙都转运盐使司下另置批验所四：杭州、绍兴、嘉兴、温州。所谓批验所是产盐区到行盐各区间建立的盐引检验机关，批验所大使属正八品，行官督商销之职，专掌盐

岁月·痕

033

引批验，位于所前的绍兴盐务批验所是两浙地区四大批验所之一，可见其地位之高，足见西小江南北通衢的重要性。

明弘治后，所前盐务批验所迁至街市上，并被批准建造批验所的官衙。有趣的是，明朝时候的公共建筑，也像我们现在，不论其规模大小，都是先批后建。如果上级领导不在审批报告单上签字，那是万万不可建设的。在取得上级领导签字后，再进行建筑规划、方案设计、土地征用（那时的土地是私有的，说是征用，也就是与土地所有者洽谈土地买卖的价格或土地的租赁价格）。最后与官衙的建筑承包商洽谈施工的具体事项和所需的建筑材料明细以及价格，这个也是要经过上级领导的批准，等上级拨款下来后，工程就可以正式开始，否则属于违章建筑。当然，那个时候没有监理机制，为了保证官衙工程质量，在官衙建造期间，盐务批验所每隔一段时间，就要向上级领导汇报工程进度，以便上级掌握工程施工进展情况，可以根据实际情做出调整。官衙完工后，批验所还要组织专家对官衙进行验收。验收合格后方可结清工程款，并交付使用。如验收不合格，则层层追究各级官僚的渎职责任，并加以处罚。这套程序，非常规范，也不容易出问题，万一出了问题也可追究到人。看来，凡是涉及国家治理，古今都差不多，这一整套建设流程设计缜密、科学，让不法之徒无从下手。

当时的所前盐务批验所衙门共有18间房屋。完工后，附近西江王村一带便成了盐贩的聚居之地，成为所前盐商的"社区"，各种商号、茶店、酒肆一家挨着一家，"所前"之名从此立于世。相对来说，所前这个名字雅致又不失磅礴，豪迈又不失风致，充满温情，所以沿用至今，不曾改名。而所前本地盛产杨梅、青梅、茶叶、板栗、桃、李等茶果，每到茶果上市季节，村民挑着担子到街上摆开批发零售的摊位，是旧时所前老街的一大特色。据民国时期李永和所著《盐地记》载："沿西小江一带上自金家弄（今街村所市街），下至旧志所载之竺山埠（今金鸡山）约长三里，均称盐地，前清沿明制，盐地设有盐号48家，杭徽绍各盐商均住此，颇称繁盛……洪杨难作（太平天国起义）烧毁无遗，其他多为乡民占有。"1940年下半年，日寇烧街，被毁房屋数百间。日寇撤后，百姓们临时搭起草舍，形成难得一见的草舍街。人总是要活下去的，有人的地方总是有买卖的，铺子烧了，想办法就是，草舍街于是应运而生。对老百姓而言，是瓦房铺子还是草舍铺子，甚至是马路市场，都是一样的，只要有东西可买卖。所前老街上现存的老房子，都是抗战后造起来的，不到80年历史。在战火中，精雕细刻的批验所老房子变成了断壁残垣，取而代之的是简易平房，房子里的商家换了一茬又一茬，盐务批验所渐渐淡出人们的视野。

历史为什么选择所前为盐业的集散地呢？

历史上萧山钱塘江是产盐区，宋代《越州图序》载："滨海居人以鱼盐为生。"曾仰丰所著《中国盐政史》记载，清乾隆年间岱山乡民王金邦首创盐板晒盐法，后来逐渐推广到余姚、舟山等场，18世纪60年代后传到萧山，打破了煮盐的方法，柴薪煎盐逐渐被盐板晒盐取代。"风扫地，月当灯，两块盐板当大门"，在民间，曾经流传着很多关于盐民的俚语，从这里也可以看出，此时盐的制作，已经不是煮或煎，而是晒了。

虽然迄今为止，萧山还未曾发现有产盐的遗址，但遗留下来的地名不会说谎，它忠实地记录了萧山产盐的历史。益农镇的夹灶，原属绍兴县，当地村民多以晒盐为业。因最早以古老的煮盐工艺产盐，每处以两灶间隔，"夹灶"地名留存至今。

盐属于大宗生产物资，外运的盐需要运输，而水运则是古代最便捷的交通方式。经历史地理学家考证，金鸡山属地在古代为临浦湖，金鸡山是湖中一个岛屿，沧桑变迁，临浦湖逐渐湮废，自唐代至宋代金鸡山四周淤涨成陆，由此形成了弯弯曲曲的西小江水道。因地处水陆交融之处，土地肥沃，古人称之为"玉象西伏"之地，故有村民渐聚居于此。西小江水域横贯南北，南接浦阳江，北通夏履江，金华、衢州、严州与宁波、绍兴之间的货物运送大多经过这条水上航道。这么看来，西小江在唐宋时期就已形成。明代，随着浦阳江改道，西小江连通曹娥江，航运地位迅速上升，替代萧绍运河（官河）成为连接浙南、浙东的黄金水道。西小江边的所前，有一个渡口叫"猫儿口"，巅峰时期，这里"浪桨风帆，千艘万舻"。

盐业是南宋政府的主要税收来源之一，"天下之赋，盐利居半"，因此盐业获得了空前的发展。历史很诡异，它就这样无声无息地选择了位于西小江边的所前埠，如果没有盐业，所前的生活会缺少光芒，是盐业让世人看到了所前的光芒。

西小江与盐务批验所只因为相遇太美，让一个乡下的小镇完成了从贫民到新贵的华丽转身。

在此，我们可以想象一个几百年前因水上航运而兴起的集镇，盐业贸易促进了其他商业的发展，这种发展是呈几何级的。所前因此迅速崛起，成为萧绍有名的商贸中心，最盛时有店铺一百多家。"飞花两岸照船红，百里榆堤半日风"，并不宽敞的西小江，挤挤挨挨，停泊着许许多多的小木船，船家招呼着溪边的店铺伙计，叫他们赶快来卸货。"舟楫塞港，街道摩肩"，漕运带来的繁盛不言而喻。现在的所前老街，还能见到河埠头，这些看似碎片化的文化印记，还在守望一个时代，它肯定看见了摇橹船，习惯了南腔北调，在南来北往中见证了"江南之美"。

因盐"崛起"的所前是繁华的，这也表达了一种经济文化的"扩张"，48家盐商带动了当地的经济发展，与之配套的酒馆、过塘行、小百货、茶馆、米店、布行等一应俱全，人口因此而剧增。以盐业为主的经济形式带来无穷的诸如文化需求、娱乐需求，形成了一整套产业化的生产、运作方式，并广泛地渗透在所前老百姓的日常生活中，有滋有味。其时盐商的娱乐生活也颇具江南大郡之风范，好烟火，好华灯，好梨园，好鼓吹，好古董，好花鸟。当然，也少不了寻花问柳，据说明清时期的所前市街同时也是著名的烟花之地，江水清冽，多有佳丽。这当然有夸张的成分，但也从侧面反映了兴盛时期的所前有无与伦比的繁华。

绍兴的盐务批验所为什么迁来此地？现在也无法考证，原因应该是水运吧。也许与板盐制作地的钱塘江滩涂和盐仓之地钱清距离不远也有关系。

世界上没有一成不变的东西，任何事物都是在不断变化的。遗憾的是，1933年，所前盐务批验所被裁撤。

为什么被裁撤？个中原因很多。其实也不是一下子被裁的，而是有一个缓慢的过程。李永和所著《所前镇沿革》记载："自前明中叶，盐政改革设绍兴批验所衙门，凡东江曹娥、钱清、三江、金山五场捆载盐斤运赴地经过批验所上地，至春秋两季

岁月·痕

037

过掣，所前名称原始于此。其他有盐运使行台及宁绍分署，洪杨难后，改季为纲，随到随掣，各署均废，仅存批验所，署驻大使一员，专司掣验。光复后改查验所，民国二十二年裁撤，其废署归所前小学租用。"由此推断，自明代中期开始，统治者为收取盐税，凡浙东盐货等物运销上江地区，必须在金鸡山到所前一带起埠过秤缴税，才能放行。所前盐务批验所经过明清的兴旺后，于19世纪太平天国起义后人口锐减，影响到食盐的消费量，影响了盐商的利润，最终，盐商逐渐散去。辛亥革命胜利后，由"批验所"降为"查验所"，由一个地区的集盐业审批、管理、检查于一体的大衙门降格为一个地区的分支机构，一个普通的稽查机构，这导致所前经济迅速衰落，直至最终被裁撤。当然，水运的衰落可能是最主要的因素。在萧山的交通建设史上，有一个时间节点不容忽视，就是纵贯浙江南北的杭江轻便铁路竣工日期——1933年11月30日。这一时间正是南北走向的西小江水运衰落的开始，所前依靠水运的好日子结束了。

盐务批验所的主要任务是改良盐务，并辅佐都转运盐使司等主事单位。验，就是检查，检查有否夹带私盐。所有盐的贸易都要批验所过秤，工作人员检查斤两是否与开票数量一致：若一致则发放通行证，过关放行；若超过开票数量，即被鉴定为私带，处以相当数量的罚银。盐商领取通行证之后，将盐运到西小江边的埠头装船。这些运输靠过塘行来完成。过塘行脚夫在上船前会把大盐包换成小盐包，便于销售。待到所有的食盐换小包装上船后，都转运盐使司率领商人举行祭江仪式，并根据商人实装盐斤发桅封，这是所谓"江掣"。等"江掣"仪式全部完成后，盐商才能开航，驶往指定发售地区。

这是我们能在文献中找得到的流程，文字流畅，清晰地说明了盐务批验所的职责和监督作用，虽明白无误但没有一丝生活中家长里短的烟火气。可幸的是，我们现在还能看到一张当时的"纲盐执照"。这张执照的主人，叫周恒裕。从所市街周边的姓氏布局来看，这位叫周恒裕的盐商老板，极有可能是舍里周人氏，而舍里周就在金鸡山下，与原盐务批验所很近，且村中至今还留有一处名"周宅"的清代老墙门，完好无损。这"周宅"与周恒裕是不是有联系，也没有实证。当然，他是哪里人，是本地的经营户还是外地来此的商户，几岁的时候获取这一张"营业执照"的，已经不重要了。重要的是，他留下的这一张"纲盐执照"，是清光绪年间（1875—1908），巡抚浙江盐漕部院发给绍所（即在所前镇的绍兴盐务批验所）的，就是这张小纸，为我们提供了清代食盐运销体制的实物举证。

在萧山，还有一个地方，也因盐业而兴，这就是义桥镇新坝。新坝现为新坝，是一个村，在明代则是一个镇，是萧山的经济重镇。众所周知，明代进化麻溪筑坝，而断了西小江与浦阳江的联系。因碛堰山开凿，从西小江而来的商船走新坝河，过西江塘而入浦阳江，这一条新路线，并没有削减所前的地位，却使新坝从一个小村迅速成长为一个重镇。西小江好比是盐运的高速公路，而新坝，则是高速公路上的一个重要服务区。《倪氏宗谱》载："新坝倪氏四世祖倪奕炳即开河公倪芾山的父亲，明代官居两淮盐运副司，属从五品。"新坝人经营各种商业，过塘行十分兴旺，几乎与义桥商埠有相同的规模。由于新坝过塘业商贸的兴起，在新坝江边建起了盐务局、税稽科、食盐科、

岁月·痕

039

引盐公厂等机构。有趣的是，新壩也有一张"纲盐执照"。这是两浙都转运盐使司发给新壩恒泰盐行的官盐执照，"盐字第三八五号"，虽然只留下文字资料，没有实物，但也与周恒裕的"纲盐执照"有异曲同工之妙，使西小江的商贸脉络走向变得更加清晰，也使西小江商贸走廊变得更加丰满。

更为巧合的是，西小江沿岸各村对曾经的盐运文化都情有独钟。在当下美丽乡村建设中，盐运文化再一次被提起，被重视，被深挖，如所前镇祥里王村建起"盐运广场"、义桥镇新坝村建起"盐驿公园"。在这些村庄中，原金鸡山盐务所所在地的信谊村，更是把盐运文化做到了极致，建起了"盐文化滨河廊道""盐商文化广场""盐运文化码头""金鸡山""水埠头""盐务所"等文化节点，真实地还原了几百年前的盛景。

在宋元百姓的眼中，所前是美丽的、丰富的，十八村的茶果足以说明；到了明清，百姓眼中的所前，则多了一份大气和厚重，开始从农耕社会向商贸社会过渡。这种转化的从容姿态，成为后人着迷所前的美感经验，也为后来的"山水所前"带来文化上的沉淀，提升了所前的影响力、辐射力、软实力。

一朵盐花从西小江上飘过，带给所前无尽的繁华。

这繁华，一直，一直延续到现在！

岁月·痕

所前四陵

黄建明

每座城市都有着一些历史遗迹，每一处遗迹都是城市的记忆。

最原始的遗迹，往往就是最真实的历史，也是最真实的文化记忆。

而墓葬，就是最原始的遗迹，它留给后人的，往往是意想不到的发现。

所前的墓葬，从金山遗址中的新石器时代晚期、春秋战国，东汉墓葬、唐代土坑和宋代岩坑砖室墓葬，从古诗中零星出现的古墓身影，一直到民国时期夏山埭村西鹭鸶头颈山坡上的"抗日阵亡将士之墓"，四千余年，连绵不断。这些不会说话的墓葬，给我们提供了一个朦胧的场景：古人在山腰定居，在田间劳作，在水边捕鱼，在山间狩猎。他们身着织物，死后则用礼器陪葬。

在这四千余年中，无数的所前人，乃至许多外乡人，百年后都义无反顾地选择所前这片山水。于是，山和水有了人文的融合，山与水一色，史与文辉映。所前人脚下的这块土地内涵更丰富，视野更开阔。

在这四千余年中，所前的山山水水，吸纳众多名人前来。作为人生的归宿，所前的自然环境符合士大夫心目中最后的理想，也使一个人有了再生的可能，更使一座城市有了寻根的想象。

葛云飞墓

作为省级文物保护单位的葛云飞墓，位于三泉王村石板山南麓、黄湾寺北侧，建于道光二十一年（1841）。墓向南偏东50度，用石块砌成。筑围墙，石板压顶，并雕出筒板瓦。面阔5间，中部3间向内凹进，明间立碑，上刻"诰授振威将军追赠太子少保葛壮节公之墓"；正脊刻"忠荩可风"，为咸丰帝手笔；两旁刻"泉台光宠泽，抔土奠忠灵"。前设祭桌，石板铺地，两梢间向外凸出，与明、次间前室的前沿齐，封以栏板。望柱高2.65米，柱头雕狮子。墓顶堆土，宽7.65米，深7.7米。远处丛山迭起，近处果树葱郁，环境肃穆幽静。墓前有墓道，两旁树木青翠，墓道尽头建有"浩气长存"牌坊，直柱上镌刻着"但愿此生长报国，何需生入玉门关"。宣宗（道光）挥泪下诏，赐金治丧，恤典依提督例，予骑都尉兼一等骑尉世职，谥壮节。他文武双全，著军事书籍多种，有《名将录》《制械要言》《制药要言》《水师缉捕管见》《浙海险要图说》及诗词若干卷。

在葛云飞墓地旁边是一座寺庙建筑，也就是慧悟寺。慧悟寺建于后周广顺元年（951），寺院鼎盛时规模宏大，清代时有寺房 40 多间，僧人 100 余名。寺庙前山坡空地是习武之地，慧悟寺（黄湾寺）今为葛云飞纪念馆，纪念馆前后两进：第一进为葛云飞彩塑坐像，英勇威武，形象逼真，一股浩然正气；第二进是葛云飞及汤金钊、朱凤标、蔡东藩的史记陈列室。

葛云飞乃定海总兵，官居正二品，相当于现在的军分区司令员。在战争年代，总兵还是很重要的，整个清朝，在全国也不过八十来个总兵，所以地位不是一般的高。同是萧山南片人，他的英雄事迹，我从小耳濡目染。各种野史也多，传闻最奇的就是他下葬的事。葛云飞是进化山头埠人，为什么会葬在所前呢？传说是为预防盗墓。我小时候听长辈们说，葛云飞在定海为抵抗英军侵略，率领两百多清兵与几倍于己的英军奋战，最终寡不敌众牺牲，头颅被割。清朝皇帝为表彰葛云飞，赠以金头下葬。为保证安全，出殡那天，在院子里停放着十八口棺材。出殡前，众人抬起这十八口棺材，在院子里转圈，谁也分不清到底哪一口棺材是真的。葛云飞的小女儿虽然年纪小，却很聪明，为了记得父亲那口棺材，故意一头撞在葛云飞的棺材上，留下血印，出殡时悄悄跟着那一口留有血印的棺材，以便日后相认。传闻到底是传闻，谁也没见过，具体是怎么回事现在不得而知。

前几年去镇海，在招宝山的一个纪念馆，我看到了老乡葛云飞的英雄事迹，很详细，也很感动，回来后写下一首诗以示怀念。诗很短，"我很胆小 / 所以在招宝山的月城，想念 / 一个老乡，老乡葛云飞 / 是定海神针，你到招宝山是来看菊花的 / 阳光很粗，有人浮在伞下细语 / 我到招宝山是来找寻胆子的 / 我向上攀登，你向下走进历史的深处"。

如今我再度读这首小诗，再度把我的害羞藏在心底，我，仿佛看到了老乡葛云飞身后雄狮飞跃的奇观。

蔡东藩墓

池头沈村旧时有八景之说，即"蟹沟春潮""双池印月""舟山积雪""坞滨渔唱""鱼山樵歌""社刹晚钟""湖塘瀑布""越峥映秀"。池头沈村自古山清水秀，蔡东藩墓就坐落在村北面的割子山，也可谓"青山有幸埋英魂"了。蔡东藩墓建于1945年，坐北朝南。他的好友、书画家鲁瑞熊书写了碑文，可惜此碑在"文革"中被毁了，同时被毁的还有墓前台基石。20世纪80年代有关部门拨款重修，现为市级文物保护单位。蔡东藩墓简单、朴实，碎石起垒，几棵小树，些许小草，围在一起。墓不大，既无墓道，也无墓园，正好诠释了蔡东藩先生淡泊名利、清清白白的一生。

蔡东藩曾任临浦国民中心小学国文教员，后又设私塾授学，对教学颇有心得，曾修撰《高等小学论说文范》《中等新论说文范》等有关教育教学的书籍。他在临浦租用一庭院，因屋前有江，自取"临江书舍"，屋宇不大，但自成天地，幽雅恬静，他在此撰写卷帙浩繁的《中国历朝通俗演义》，共11部，1040回，600多万字，其内容跨越时间之长、人物之众、篇制之巨，堪称历史演义之最，被人誉为"一代史家，千秋神笔"。

蔡东藩对教学很有一套，特别能对付调皮捣蛋的学生。在设馆授徒期间，曾发生很多轶事。有学生曾提出一个刁钻古怪的问题："'孔雀东南飞'，为什么不往西北飞？""孔雀东南飞",是《古诗为焦仲卿妻作》的起句,用的是比兴手法,与内容没有必然联系,从学理上让人如何回答?但是"方额秀目"的蔡先生稍一思索,即朗声答曰:"因为'西北有高楼'。""西北有高楼,上与浮云齐!"真是"妙答"对"刁问"。蔡先生讲《论语》时,一次诵读"暮春者,春服既成,冠者五六人,童子六七人,浴于沂,风乎舞雩,咏而归"时,有一学生发出一个怪问:"老师,'孔门弟子七十二贤人,有几人结了婚?几人没结婚?'"这无厘头的问题,顿时引得哄堂大笑,众学生都为老师捏了把汗。蔡先生解道:"冠者五六人,五六得三十,故三十个贤人结了婚;童子六七人,六七得四十二,四十二个没结婚。三十加四十二,正好七十二贤人。"这两个教学轶事正好反映了蔡东藩先生学问高深。

蔡东藩的生命最终停留在 68 岁,他一生为生活奔波,最后沉寂于民间,终老于乡野。也许他不曾想到,他给后人留下的文化遗产,在当今的中国,焕发出夺目的光彩。

朱凤标墓

新塘街道城郊村朱家坛自然村榜眼墙门的主人朱凤标,逝世后葬于所前镇越王村山里沈自然村黄泥岗南麓。墓向坐东朝西,墓包面阔 4 柱 3 间,狮子望柱,明间刻"太子太傅体仁阁大学士朱文端公凤标之墓"。"文革"期间被毁,1994 年重修。墓前面列有曾孙朱家潽书的圣旨;两侧镶有华表、石兽等物,为市级文物保护单位。

朱凤标,字桐轩,号建霞,是宋代理学家朱熹的后裔。他在朝为官五十多年，三朝元老（道光、咸丰、同治），又是五部尚书（工部、刑部、户部、兵部、吏部），任体仁阁大学士武英殿总裁，是实实在在的丞相职务（清朝不设丞相，以大学士军机大臣代理），办事"秉公无私，端正不阿，绩学淹通，爱国爱民"。故朝廷对他评价很高，真是"恩宏殊荣"，时称萧山相国。皇帝说他"老成端谨，学文优长"，是正确评价。又是"松阡生色，丰碑永峙"的老臣，并直接移化子弟。

朱家坛村有一句俚语："你是朱凤标出世。"为什么会有这样的说法？这说法又是什么意思呢？原来，朱凤标为官相当谨慎，处处小心，刚正不阿，非常讲原则，即使是乡里乡亲，也不大肯帮忙，故萧山民间对朱凤标诸多非议，尤其在他老家城东朱家坛一带。萧山还有一句俚语"洋铁大伞"，也是不肯帮忙的意思。不过这也从另一角度反映了朱凤标为官清正，不徇私情。

无独有偶，山里沈村东山南麓，还有一座名人墓地，坐北朝南，墓主人叫王佐，绍兴华舍人，南宋绍兴十八年（1148）中戊辰科状元，历官建康府（今南京）、潭州府（今湘潭）知府，工、户部尚书。墓已毁，只存武士石像及石马残件各二尊，雕刻精细逼真，为南宋遗迹。一个小小的村庄，有两处名人墓，这也是非常难得的。

汤金钊墓

民间有俗语云："萧山县好当，黄鳝汤难吃。"其中的"黄鳝汤"是谐音，借指萧山王、单、汤三大家族。这些大家族繁衍生息，崇文重教，或科举出仕，或书香盈门，文成武就，造福乡里，闻名一时。

城厢街道"西门汤氏"乃名门望族。汤金钊在朝为官六十多年，是四朝元老（乾隆、嘉庆、道光、咸丰），曾任吏、户、礼、工、兵部侍郎及四部尚书（礼部、吏部、工部、户部），平时不发高论，不苟言笑，吃小米，盖布被，十分节俭。汤金钊一生有《寸心知室存稿》《游焦山记》《儒门法经辑要》等著作。

老底子萧山人称呼汤金钊为"汤大人"。以前当官的都叫大人，但是在当时萧山，"汤大人"就是特指汤金钊。这是因为汤金钊热心乡邻，世代积德，美名流传，是不折不扣的公益达人。

咸丰六年（1856）四月十九日，汤金钊离开了人世。冬，敕葬萧山所前镇东山夏村黄虎山南麓。咸丰皇帝得知汤金钊去世的噩耗后，认为这对清廷是一大损失，深感悲痛，便赐奠、祭、葬三道圣旨，以示对汤后事的怀念："文宗制曰：头品顶戴，致仕光禄寺卿汤金钊，立品端方，学问醇正，由翰林擢正卿，协赞纶扉，叠司文柄，供职恪勤。嗣因降补后，奏请休致，蒙皇考宣宗成皇帝赏给二品顶戴，族复赏加头品顶戴。朕御极后，因其重与鹿鸣筵宴，赏加太子太保衔。方冀克享遐龄，长承渥眷，兹闻溘逝，轸恤殊深。着派戴宗带领侍卫十员，即日前往奠缀、加恩照尚书例赐恤，任内一切处分，悉予开复。应得恤典，该衙门察例具奏。伊长孙大理寺评事汤学醇著俟服阕后，交吏部带领引见，用示朕笃眷耆臣至意。钦此。"非常可惜，汤墓在"文革"时被毁，墓地现已辟为茶园，至今也无修复。既然有咸丰帝的圣旨，可以猜测，汤墓规格是不低的。现墓已隐于茶园，或许，这也符合汤大人的心愿，"是墓不见墓，隐于茶园中"，境界更高。当然，有关部门如能修复汤大人的墓，使墓的最初模样重现于世，让后人来此，或敬仰，或怀念，或追忆，那是最好不过了。汤金钊墓碑及咸丰帝圣旨碑建于咸丰六年（1856），是保存完好的文物，尚存。汤的撰联"修德自求多福，积善必有余庆"现藏于萧山博物馆内。

据萧山吴越历史文书博物馆馆长申屠勇剑考证，汤金钊一生留下的事迹很多：首先，最有名的当数他举荐林则徐去虎门销烟，这个事情在《汤金钊年谱》里有明确记载，当时汤金钊用身家性命为林做担保；其次，萧山历史上"重宴鹿鸣"的只有汤金钊一人。重宴鹿鸣，又称重赴鹿鸣宴，是清代科举制度中对考中举人满六十周年者的庆贺仪式。清代科举制度中，举人于乡试取中满周甲之期再逢是科乡试，经奏准得赴为新科举人所设之鹿鸣宴，谓之重宴鹿鸣，以庆贺曾取中举人而享高寿。说得通俗一点，就是说中了举人，大家一起吃饭庆祝一下，这顿饭叫作"鹿鸣宴"。过了六十年，这位举人依旧健在，当时可享一种荣誉，叫作"重宴鹿鸣"。

纵观萧山，名人墓如此集中的镇街，唯有所前。更为难得的是，这四位名人在萧山历史上都具有重量级地位，且原籍都不是所前，但为什么他们把最后的归宿都放在了所前呢？这是因为所前的山水之胜吸引了士大夫们，《论语·雍也》："智者乐水，仁者乐山。"山水是士大夫自觉人格的理想追求，他们将自然山水看成知音，他们的人格在自然山水之中能达到一种完美的认同与共振。所前的山山水水理所当然地与文人雅士息息相通，心心相印，所以最终选择所前是必然。

    所前四贤，是所前人文的代言人；所前四陵，是所前文化的根。

    这个文化的根，就是一座城市的根。

    寻找城市的根，是城市发展的需要，也是城市再生的需要。

    寻找的过程，就是再生的过程。

人文所前：山水之间的"记忆"

陈于晓

一

提及良渚文化，许多人都可以说是耳熟能详。良渚文化分布的中心地区在钱塘江流域和太湖流域，其中密集区位于钱塘江流域的东北部和东部。良渚遗址是人类早期的文化遗址之一，是我国新石器时代人类文化史的实证。2019 年 7 月 6 日，良渚遗址被列入世界遗产名录。在所前镇张家畈，有一座小山叫金山，看上去很不起眼，却也有着一处良渚文化遗址。

金山属于会稽山余脉，据说海拔仅 53.8 米，西邻西小江。但我们现在所见的金山，沧海桑田，或许仅凭我的想象，已经无法还原远古时代金山的模样了，但我敢肯定，这是一处青山和绿水相交融的风水极佳的地方。1999 年 4 月至 7 月，浙江省文物考古研究所会同萧山博物馆，联合在金山遗址进行了抢救性挖掘，出土了从新石器时代晚期直到清朝的四千多年里连绵不绝的文化遗存。黄土叠着黄土，往事都被埋在了光阴中。倘若能将这生生不息的烟火还原，一部金山史，想来也应该是完整的。

　　金山的一角，现出了良渚文明的曙光。在这次考古中，发掘了良渚文化时期的房屋建筑一处，墓葬一座。这处房址遗迹，考古人员是在金山的山腰，海拔20多米的地方发现的，不过房址只剩下残存的柱洞了。在房址内，出土了一些烧红的土块，上面带着植物茎秆的印痕，据考古人员分析这是墙体的残留物。在房址内外和山麓坡角，以及坡下水田中，还有许多大约相当于良渚时期的文化堆积。

　　镰、刀、斧、铲、锄、锛、犁、镞、纺轮……在这些出土的石器，以及一些出土的陶片和石质网坠等器物中，也许可以隐约地还原当时的人们在这里生活的场景了。考古人员是这样推断的，在距今三四千年以前的金山一带，人们已经在一定程度上从事着农业生产。从网坠和镞等石器来看，人们已经学会了撒网捕鱼，弯弓射猎；而石纺轮和陶纺轮的出土则证明了当时人们已经学会纺织和烧制陶器了；在墓葬中发现的三件实用性的礼器石钺，则反映出新石器时代晚期的一些特点。

　　据此，我也许可以这样描述当时金山人的起居。清晨，当晨曦初露，居住在金山山腰上的人家，便开始了响动，或者已有炊烟在冉冉升起。人们在洗漱、吃完早饭之后，开始了新的一天。一些人在田间劳作、播种或者收获庄稼；一些人去了水边，撒网捕鱼，那时的鱼，应该是很多的，人们很快地就能捞上一网网活蹦乱跳的鱼；另一些人，则在山中打猎，披荆斩棘，跟着猎物奔跑；还有一些人，则在家中纺织或者烧制陶器，打制石器……这样的热火朝天的生活，有着一种"沸腾"的意味。

　　当暮色四起时，忙累了一天的人们则各自回家了。在劳作

052

的间隙，或者安静下来的时候，青年男女也会谈情说爱。而晚上，人们也可能会围着一堆篝火，唱歌与舞蹈。那时候的金山一带，应该是颇为热闹的。如今，生活在所前的人们，想来总会有一些人是良渚时期金山人的后代，只是因为年代太久远，仿佛一切都无从说起了。

时光如流水，沧海成桑田，或者有时桑田也会重返"流水"。在所前镇越山村的北侧，有面积约六万平方米的河浜。河浜是由山溪汇聚而成的，因为水是活水，所以常年水质清澈。然而这处河浜，被称作"古镇村落"天井浜遗址。依据《天乐志》，在这处河浜之底，有七口古井。干旱的时候，在郑家河埠边上，人们可以看见三口古井。民间相传这河浜，原先是一处村落，后来因为被水淹没而成了浜。这水底的村落，究竟是怎么样的，其间又发生了怎样的故事，现在的我们，不妨去想象吧。

二

在所前的青山绿水之间，流传着不少关于越王勾践的传说。说起来，春秋时期其实也已经很遥远了。这些与越王勾践相关的传说，在被一代代的人们演绎之后，有些可能是史实，但更多的只是"相传"了。不过，这也无妨，前人这么说着，后人这么听着，后人听后又补充进自己的想象，没有谁会去"较真"，也没有必要去"较真"。

越王勾践在所前的故事，我以为主要集中在萧绍交界处的越王峥中，越王峥的西侧，属于所前镇。此处自古是兵家必争

岁月·痕

之地，但如今硝烟早已散尽，也没有兵家来争了。风吹动着越王峥上的云朵，我也早已分不清，哪些是吴越的风云了，或者，吴越的风云，早已消失在了时空深处。只是，在越王峥上，至今还留着沐浴山、洗马池、走马冈、淬剑石、伏兵路、支更楼、仙人洞、九龙盘山顶等等，这些古迹，据说都是与越王勾践相关的。

传说越王勾践曾在此山秣马厉兵，此山也因此叫作越王峥。公元前494年，勾践在被吴国打败后，率领五千残兵，屯兵于此，日夜操练，奋发有为，以雪国耻。关于这些，史籍典章里多有叙述。《越绝书》记载："越栖于会稽之山，吴追而围之。"嘉庆《山阴县志》则这样说："勾践栖兵于此，又名栖山。上有走马冈、伏兵路、洗马池、支更楼故址。"

于是，在我的想象中，那时的越王峥，该是刀光剑影，马蹄声声的。尽管在我的内心里，总觉得这样郁郁葱葱的青山中，是不应该藏下"金戈铁马"的。不过，在春秋时期，吴越的青山绿水之间，常常会有刀光剑影。十年生聚，十年教训，相传当年在此山屯兵的勾践，内修"德"，外布"道"，卧薪尝胆，励精图治，然后出兵，一举灭吴复国。

往事悠悠，越王峥中，当年勾践和他的兵马所留下的痕迹，很多已被草木覆盖，没有被草木覆盖的，也已被时光覆盖了。我知道，很多传说是被加工过的，但哪怕是"牵强附会"的故事，也总可以让人从中悟得一些什么。比如"卧薪尝胆"一类的传说，于我们也会有着某一种"启迪"。

在越王峥，还曾发现过两处古文化遗迹，有周代的印纹碎片，东汉晚期的越窑青瓷窑址。这些遗迹，也许与越王是无关的，但人类的"文明之火"，总是这样照亮着时空。

在所前境内，特别是萧绍两地的交界处，总有关于吴越的、关于勾践的传说零星地散布着。比如，在所前夏山埭村与柯桥区杨汛桥下安王村交界之地，有一处叫九里㟲的地方。相传当年吴越两国相争时，吴国兵马在攻占了西兴铁岭关、所前渔临关之后，就不敢再进攻九里㟲了，因为吴军怕此地有埋伏。九里㟲附近还有十里岭、石门岭等等，都是适于隐蔽之地。如此说来，当年勾践选择在越王峥一带屯兵，可能也是看中了"隐蔽"这一点。

青化山位于所前与进化两镇之间。在所前傅家境内鹦哥峰的半山坡上，有块石头，特别像桐木琴。这块石头被赋予一个特别优美的故事，传说勾践从吴返越后，曾在此处砍柴，在疲惫不堪之际，睡着了，忽听得有琴声隐隐飘来，像是天外之音。后来，人们便将这一带叫"天乐乡"。进化为上天乐，城山为中天乐，所前则为下天乐。

三

在所前，倘若聊起烟火中的"天籁"，很容易就让人想起三泉王村的三处泉源，分别叫龙泉、虎泉、牛泉。当然，你也猜得到的，这三处泉源，也被赋予了一些传奇的色彩。

故事得从三泉王村的来历说起。南宋时，工部尚书王俣南迁后定居余姚城东。王俣之孙王道立，因看中了山阴天乐乡这一带的青山绿水，就迁到了天乐乡永义里肇基发族。这永义里就在今天的所前镇青化山支脉虎山东北麓。后来，王氏第九世王永康披荆斩棘，觅得了龙、虎、牛三处泉源。有了这三泉，这座王氏所居住的村庄，也就由永义里被改称作三泉王了。这几年，在三泉王村美丽乡村的建设中，三处泉源，都得到了很好的保护和利用。

龙泉是一处大泉井，水清而腴，味旨且厚，并且水量丰富。有关文字记载说，这龙泉，"每交伏暑，冷冽而甘美，寒可沁齿；一至严冬，气热郁腾、氤氲，蓬勃然如釜上蒸"。至今，每天都有村民提着大桶小桶，来龙泉打水喝。村民说，这水，是可以直接喝的。说着，便舀一杯，喝了个痛快。有龙则灵，被龙泉水滋润着的村庄，自然是富有灵气的。

另一处，虎泉，为"伏虎流涎"，"其水清芬，可以汲饮"。这"虎"，可以作"猛虎"之解。想到此，在村内行走时，我仿佛就虎虎生风了，而三泉王人家，似乎也洋溢着虎虎的生气。

还有一处，则为牛泉。牛泉是小井泉，水自然也是清澈的。如今牛泉所在之处，已经被建设成为一个小公园，清风习习，泉水叮咚，是村民及游客休闲的好去处。

恍惚之间，仿佛有牧童，骑着一头耕牛，横吹着笛子在向我走来。在三泉王村的春日，牧童正吹开纷纷扬扬的李花，一幅光阴深处的耕读画卷，正在缓缓铺展开来。

悠悠江河润所前

郑　刚

　　所前有山，这个三面环山的低山丘陵地区盛产杨梅、茶叶、板栗、青梅、桃子、李子、柿子、樱桃等，让"茶果之乡"的美名传播在外，深入人心。所前也有水，不但有终年流淌的山泉水，还有丰富的地下水和纵横交错的江河水，所有的水构成了境内立体的水系。山养水，水养人，山水所前令人向往。青山绿水醉人心，风景这边独好。

　　在所前，先不说清澈的山泉和地下泉，光是大大小小的河流湖泊就给人留下了深刻的印象，这些水组成了所前之肺，为当地人带来了居住的舒适感，良好的生态环境给了所前人打造旅游名镇和人居新镇的信心。有山的所前是美的，有河的所前是滋润的。古往今来，江河从来都是被赞颂的，江河流动之处必定是让人留恋的好地方。

一

　　所前之地的由来，归根结底与水有关。据考证，在晋代前，原所前区域的西部为临浦湖沿岸，自唐、五代至北宋中期，随着临浦湖慢慢淤积，水域越来越小，自然形成的陆地区块就不断扩展，于是，在附近散居的人们开始围堤开垦。有了一片片赖以生存的耕地后，人们集聚的村落也就逐渐形成。一个个自然村落形成后，这一带的人气越积越旺，区域人口越来越多，到元朝时，所前被划定为天乐四十都，下分为七个图。后来，这里又改为村里制，区域内有黄湾村、永义村、传芳村、杜贾村、郑家村、东山夏村等多个村庄。

后来的所前老街，在明朝弘治年之前也还是一片江流，水边冷冷清清，并没有人气旺盛的街市；直到弘治年间，绍兴府开始在金鸡山设立盐税关卡，而随着西小江形成固定内河，渐渐形成了所前集市，并且盐税关卡沿江而上；至清代中期正式在所前老街设立了山阴县盐务批验所衙门，当时有杭、徽、绍等各地盐商聚集于此地，从此"所前"这一地名开始使用，一

直至今。沿江而兴，一条大河可以盘活多少个商家，繁荣多少个集市。

　　所前本是江流之地，远古之水穿越悠悠历史，一路流淌过来，留下了许多历史的印记。那些境内现存的江河、湖泊默默诉说着所前的曾经，让后人对不了解的过往岁月产生无限的想象。无论是西小江、南门江、麻车江等大河，还是西秋河、大沿河、缪家河等较大河，再是孔湖小河、钱小河、柳家河等小河流，或者是里士湖、孔湖、天井浜等湖泊，所前近四十条大大小小的河流和三个尚存的湖泊构成境内的地表水系。河流让这里的生态充满水韵，携带着山的灵气，散发出清新的气息。

　　每一条河都是历史的沉淀，大自然的神来之笔绘制了弯弯曲曲的河道，生命之水养育了一代又一代人们，一直流淌到今天。如果能静下心来，可以选一个秋风送爽的下午，奔着盛满了醇厚秋色的所前河流，斜靠在河边的一棵大树上，或者坐在一面静静的湖水前，遐思所前的沧海桑田，让心的旅程走向目光无法企及的从前，那一刻定会被时光的梦幻所迷惑。择水而居的人类，把家族的根脉植入河岸，逐渐深入，不断延伸壮大。因为有了河流，四千多年前，所前的先人选择了这片土地，在依山傍水的风水宝地生生不息。祖祖辈辈的所前人留下了生存的印记，更为后人留下了一批古建筑群和古墓葬。境内金山尚存的良渚文化晚期建筑遗迹和墓葬，瞬间可以将时光拉回到那个遥远的年代。在所前，还有五部尚书朱凤标墓、清道光净臣汤金钊墓、越王勾践栖兵养马的越王峥等，所前的过去不需要猜想，一处处遗迹足以让人考证当年的风貌。感谢先人，给这片土地留下了古老文明的足迹。勤劳的祖先，在水边耕作，在江河上捕鱼，收获生活的甘果。在时光的长河里，所前一步一步踏进，终于成就所前人今天的生存环境。

二

可以说，有众多河流相伴的所前人是幸运的，更幸运的是所前离城区咫尺之遥。放眼四周，相比其他边远的区域，处于城郊接合部，紧靠萧山城区南端的所前，它在地理位置上占据了很大的优势。在陆路交通工具少、道路不是很发达的年代，如果缺少河流，那么当地人的出行会有很多不便。纵横交叉的河道，丰富的水路给了所前人出行自由。虽然相比现代的汽车，手摇小船在水中航行的速度很慢，且必须弯弯曲曲地绕行，费时又费力，但在生活节奏普遍不快的情况下，这样的进城方式并未让人感到多大的不便。从所前到城区，最主要的航道是南门江，当年，住在南门江边的村民进城，可以直接从家门口的水边上船，一直向北，穿过建在城南门的一座水城门后，即可进入县城。当然，如果住在离南门江较远的区域，大多也可以从家门口上船，因为所前的许多河流与南门江是相通的，如大沿河、后头河、狗曲河、墩郎张河、单家河等。旧时村民在山上采摘的瓜果，都可通过南门江运送到县城，甚至早上采摘的杨梅，当天中午即可送到县城。

南门江全长约9.5千米，流经所前境内的约2千米。在古代，南门江曾是浦阳江经临浦湖下泄的河道，后来才成为内河。南门江在所前的流程虽不长，但作为萧山南部主要河道的一部分，在商贸经济往来大多靠水路的古代，它在所前对沿线周边的商贸繁华起到了很大作用。所前段的南门江不但带动起本地的热闹，还促进了萧山县城的繁华。

<h2 style="text-align:center">三</h2>

其实，作为河流，它不但承担了人类生存的必需要素，而且还是地域区别的标志物。一条西小江将萧山所前与绍兴杨汛桥隔开，这条河流成了萧山与绍兴的界河。西小江总流程72.3千米，在所前境内流程8.5千米。西小江原是浦阳江的故道，在地理位置上处于原山阴县之西，而相对于富春江等大江，它的水道宽度较小，由此得名。古代的浦阳江由临浦折西，曾经多次变更河道，至临浦湖湮没，西小江正式形成后，浦阳江主流由临浦附近麻溪注入西小江，而当时如遇到上游下来的洪水，必定会形成洪涝灾害。针对洪涝，明天顺年间，绍兴知府彭谊主持拓宽凿深了碛堰山河谷，使得浦阳江主流能够顺畅地注入钱塘江。明成化十一年（1475），绍兴知府戴琥主持筑建麻溪坝，让浦阳江与西小江分流，并建造了茅山闸，用于调节流入西小江的浦阳江水。明嘉靖年间，绍兴太守汤绍宽主持筑建三江闸，之后，西小江成为一条平静的河流，终于不再让两岸的百姓揪心。

西小江不仅仅是水上要道，西小江水还是两岸百姓的生命之水，百姓日常生活靠它，两岸的农田灌溉靠它。在西小江水的浇灌下，两岸稻谷飘香。农闲之时在西小江里捕鱼，百姓也多了一份生活的来源。曾经，水边的人们靠水吃水，日子虽然不富足，但生活远没有萧山东片沙地的百姓那般辛苦。

　　所前有许多河流直通西小江，如大沿河和单家河不但通南门江，还通向西小江，另有娄家湾河、钱小江、柳家河等都通西小江。所前人假如想前往萧山衙前和绍兴钱清、柯桥等，也可以坐船走境内的西小江。打开所前的地图，很容易找到作为两地界河的西小江的位置。西小江是所前的，西小江也是杨汛桥的，如今，住在河边的所前人，有许多亲戚住在对岸的绍兴杨汛桥。同样，对岸的人家也有许多亲戚住在萧山所前，这是历史自然形成的状况。对外乡人来说，如果偶尔路过这个地段，当驾着汽车驶上渔临关大桥，瞬间就可以跨过西小江。只是一眨眼的工夫，就由萧山进入了绍兴，这时候人们定会产生一丝新奇。但对于生活在江边，同饮一江水的人们来说，一条界河根本撼动不了彼此相同的归属感，地域之分无法切割两岸的密切往来。在日常生活中，他们早已习惯了这种眨眼之间的地域转换。这可能就是河流带来的独特的地域文化吧。

　　在一片汪洋之中，所前的河流慢慢形成，文明的种子就在这片土地上散开。河水流淌不回头，时光向前不重复。一方水土养一方人，自古以来，悠悠的河水滋润了所前，养育了这里一代又一代的人们。今天，所前的江河又将展现出一个全新的身姿，随着美丽河湖建设的不断推进，一条条流动的风景线会变得更加怡人，所前这个千年古镇也将焕发出更加亮丽的光彩。

世风·洁

我想在所前的一片叶子下隐居

半 文

　　其实，我需要的不多，有时，我只想在一片叶子下面隐居，躲一躲这个世界的纷繁与喧嚣。这个世界太大，我需要小一点。隐居在一片叶子下面，用叶子挡雨，用叶子遮阳，用叶子扇风，用叶子隔尘。这叶子多像是一个小小的世界，可以在叶子下面两小无猜地说说闲话，有一句，没一句，长一句，短一句。没有非说不可的话，也没有非做不可的事。喜欢的话，也可以坐在叶子上晒晒月亮、数数星星，数累了，就睡会儿。睡醒了，可以接着数。不想数也可以，看萤火虫飞来飞去，照亮这个世界。不必非要抓起来，放进丝囊。人家囊萤，是为了照亮一本书，照亮一个人的前程。事实上，不放在囊里，它能照亮整个世界。这个世界，远比一个人的前程要辽阔很多。

　　这片叶子也不需要很大，不必如棕榈、芭蕉、荷叶那般亭亭如盖，只需如桃，如李，如栀子，如茶叶。不必大，但最好自带香味。我喜欢香味，特别是来自深处的香味，像自灵魂发出的芳香。请原谅我的奢侈，我需要的不多，但对香味还是着迷。虽然明知香味无用，但隐居生活，还是需要有些无用的东

西，譬如：一片茶树的叶子。

在所前，我看到许多的叶子，譬如桃叶、李叶、杨梅叶、樟树叶、杨柳叶、天堂草叶、苜蓿花叶，花的、树的、果的、草的叶子，都很好。所前，是有山有水之地，枝繁叶茂。如果可以自己挑选，我希望在一片茶树的叶子下隐居。虽然这个世界，可供挑选的机会不多，但我还是希望奢侈一下，挑一片自己喜欢的叶子隐居。

茶叶好。在一片茶树的叶子下隐居，渴了，饮一滴叶上落下的水，就是茶饮。对我来说，茶是这个世界上最好的饮料。因为茶有历史。唐人陆羽说："茶之为饮，发乎神农，闻于鲁周公。"神农多远？远到我极目远眺，望不到边。过了神农，过了鲁周公，到陆羽所在的唐朝，茶就很流行了。到了《红楼梦》里，茶是日常起居，也是待客必备。茶是高雅，也是下里巴人。一片叶子，几乎覆盖了整个华夏的历史脉络，自神农氏之时到春秋战国，从唐宋元明，到共和国。生活在一片叶子下，一抬头，看见一片叶子上的经经脉脉，就像看见几千年的历史。长的，短的，粗的，细的，壮阔的，狭隘的，几千年的文明史浓缩在一片叶子上。你看，或不看，都行。反正，它就在那里。想想自己在这个世界上能活的那些日子，不过蜉蝣一瞬，不过南柯一梦，便不必多想。渴了饮，困了睡。多好。

茶叶自带历史深处的芳香，虽不浓烈，胜在久远。茶香胜酒。在一片茶的叶子下隐居，灵魂便也自带香味。郑板桥有诗："茶香酒熟田千亩，云白山青水一湾。若是老天容我懒，暮年来共白鸥闲。"在所前的山水之间，觅一片茶叶，正可过板桥先生的鸥闲生活。我没有白鸥的翅膀，不会飞，但我的思绪可以，上下五千年，纵横九万里，古今，中外。飞得比白鸥快，飞得比白鸥远。扶正自己，在一片茶的叶子下打坐，鼻中有清香，脑中有神明，让思绪，在一片叶子下飞一会儿。

此世间，茶不过两种状态：浮，或沉。浮是好状态，沉亦不错。初入，叶浮于水，看秋月春风。久而饱满，沉于杯底，几近圆满。浮更好？沉更好？想通了，不过是一片叶子的沉与浮。

茶人不过两种姿态：拿起，或放下。拿起，欢喜。放下，亦欢喜。弘一法师总结这一生，不过四个字：悲欣交集。欢喜好。悲伤亦好。隐居在一片叶子下，需要把这一生从头至尾捋一遍。浮浮沉沉，苦苦甜甜，都是人生。人生百味，少一味不少，多一味不多，尝过便好。

"神农尝百草，日遇七十二毒，得茶而解之。"多好。对人生来说，茶不只是茶，茶也是药，是一味解毒的良药。在一片茶的叶子下生活，便不会中人生之毒。以所前的山为杯，以所前的雨为水，摘一片所前的茶叶在水里，一天喝一杯，一杯喝一天，一片叶子，一日便过去。喝了长，长了喝，无穷无尽，无始无终。一生便亦过去。我相信，这叶子，在神农氏之前，已存在千年万年，在我身后，仍将存在千年万年。对这片叶子来说，我只是一过客。不过，我仍不可救药地迷恋这一片叶子。《神农食经》说："茶茗久服，令人有力、悦志。"这一片叶子多好。不仅可以解毒，还可以让人有力气，让人愉悦。这世上的快乐虽然不多，但用力找找，总还是能找到一点。譬如，在一片叶子下找找。譬如，在一杯茶里面找找。

《帝王世纪》云："神农氏在位百二十年。"一片叶子，拉长了神农氏这一生，身轻体健，延年益寿。虽这一生对一片叶子来说，不过一瞬，但是还是想让这一瞬，能更久一些。这一片叶子下的生活，实在是让人向往啊！

作协组织我们赴所前采风。在所前的山山水水之间，转山，转水，转路，结果，我没有采到一缕风，亦没采摘一片茶叶。茶叶太多，漫山遍野。我不需要那么多，我只要一片，我只想在所前的一片叶子下隐居，最好还能有一本书。"茶能醉人何必酒，书能香我不须花。"有茶香，有书香，人生便是圆满，这个世界便让人满足。

真没有，也算了。反正，这世上也没有非读不可的书。反正，有这片叶子就好。一片叶子，就是一部长长的史书。没书的日子，抬头望望，看一片叶子的脉络，就是起伏的江山，蜿蜒的历史。

隐居在一片叶子下，我，就像自己的帝王。

江南老，老不过墙门

黄建明

江南，是一个词，更是一曲委婉的小令。

元时马致远的一曲小令把江南定格，从此江南不再是江南，而是无数文人眼中的小令。"小桥流水人家"，短短六字，把江南的意蕴表达得一览无余。马致远做梦也没有想到，无心插柳的举动，却使江南成了人们心目中的世外桃源。

江南老，却老不过墙门。

所前这地方，古称"山楼"，今作"山栖"，意为可居住之地。一方水土养一方人，一方人育一片土地，孕育出了所前的美好人居环境，这里依山，这里傍水，步步奇景。

旧时杜家村有"十墙门"之称谓。其中乌墙门、八房墙门、翻身墙门、上界沿墙门保留较完整。而大屋墙门、大毛竹园墙门、启和堂墙门、元塘老墙门等已被拆毁。七房墙门建于250年前，有朝南楼屋三间，两侧各有厢房，具有典型的绍兴建筑特色。到底以石块相辅，正中建墙门一个，有各类花纹青砖相砌，门额刻行书字体"浣花别业"四字，整个门体高大整洁。大厅面积约80平方米，设有屏风。该墙门由杜氏七房先祖振贤公建造，故称"七房墙门"。虽然前厅于1958年办大食堂时被拆除，后堂因杜氏后代翻建时被拆，但墙门仍然挺立至今，非常难得。

一座墙门代表了一个家族的辉煌。

十座墙门代表了一个村庄的辉煌。

墙门多，也就代表了一个地方经济的发展厚度。旧时杜家村有水路通西小江，村口曾有金竹河兜，河边有范西船埠，自古有舟楫之便；旱路有石门岭古道通绍兴、诸暨和富阳。通过这两条交通运输线把外面的食盐等紧俏商品运进来，把杜家村的山货运出去。山栖崇教寺到杜家村口，是山栖圈子必经之道，由此形成街市，名为"三星峙前街"，开有豆腐店、肉店、百货店、竹木商店、棺材店、铁匠铺、理发店、鞋店、茶店等，应有尽有，繁华一时。有了商品买卖，就有了经济活力，也就赋予了杜家村一带的村民以商业特质。

据2007年版《所前镇志》，越灭吴后，传说西施与范蠡归越隐居，在浣纱溪畔的后江庙上岸，故此庙又称起步庙。他们在苎萝村东北11里的一个山坞中隐居下来，隐姓埋名，杜门谢客，故此处称杜家。杜家附近有贾家，贾家相传是给西施、范蠡摆渡老人的隐居处，老人姓贾，所以其村名曰贾家。杜家、贾家是杜家村下属的两个自然村。从杜氏与贾氏迁徙史料来看，都是五六百年前由邻县迁此，与两千多年前的西施与范蠡好像关系不大。但传说带给杜家村的是浪漫，是山与水的柔情。从美学上讲，这是历史与自然的巧妙结合，也是江南山水画与越文化浸润下的以韵取胜，在内敛含蓄的气质中舒缓地散发出雅静、淡远、幽深、绮丽的韵味。从这个层面上来说，传说的真与假已经不重要了。

在所前，曾经有过许多大户人家，金山村娄家湾自然村的娄家，是其中最有名的。元初，绍兴府钤辖娄文冕次子元十，自宁波迁此肇基发族。其子孙中有没有人从事盐生意，不得而知。也许有，也许没有，这都有可能。当然，在七八百年中，有子孙去干利润极高的行当，这也不足为奇。到了民国初年，有一位子孙叫娄生泉，当时在临浦开设元丰粮行，故又被称作"娄元丰"，发迹后在老家娄家湾桥南置地造屋，也就是后来有名的娄家墙门。此墙门占地达 2200 平方米，传说有房屋 99 间半，实际 55 间，周围有高约 3 米的围墙，特别是南立面的四间厢房山头墙有序排列，犹如四张屏风，长约 60 米，有"所前第一园"之誉。建筑群外两旁靠河，有大小河埠供人上下船只，特具江南水乡韵味。这一建筑群横卧于田野之中，在夕阳下远眺，气势颇为壮观。中华人民共和国成立后，该建筑群曾被用作国家粮库，二楼楼板还留有几个正方形的窟窿，便于稻谷从二楼倒入。当时所前能拥有如此大规模的一个大院，就可想象当时的所前该是一个什么样的繁荣景象了。这或许得益于盐业，或者是得益于流传下来的盐业经营的思维。2018 年，投资 700 多万元的娄家大院修缮工程通过验收，百年古宅迎来"新生"。2009 年 4 月，娄家大院公布为杭州市文物保护单位。时光细腻而柔软，娄家大院的每一个廊檐，每一条牛腿，每一个院落，都是值得回味的。或许，许多事如静水凝烟，模糊不清。但凡能够记住的，必然是人生岁月里，必定不能遗忘的风景。

在来苏周村，有一座大墙门，建于清代中期。最初主人为清初周之麟，乃顺治十六年（1659）进士，官至佥都御史、太常卿、通政使。墙门坐西朝东，格局为三进院落，占地约1000平方米，是典型的江南民居样式。仪门正面门楣上镌"以绩攸宁"；背面门楣上镌"世德作求"，周边饰以松、梅花、鹿、蝙蝠，暗喻"福禄寿喜"。仪门里为天井，过天井为一排厅屋，大厅两侧为木排门，可拆卸。大厅后有退堂，两旁有厢房。过大厅后穿过又一天井为第二排厅屋，其正堂的两侧是相围的两重檐起居室，廊柱与梁坊间是一溜夸张的象鼻作斗拱。象鼻尾部则是一只被细化的象头雕刻图案。该墙门虽为一般江南大户人家造型，但反映了旧时江南农村的风情。《来苏周氏宗谱》载，周氏先祖为湖南道州人，是宋代著名哲学家、思想家周敦颐，为"程朱理学"的鼻祖。周氏第五代孙周靖，系北宋宣和七年（1125）进士，官至太常博士，后随康王南渡临安，南宋绍兴十一年（1141）隐居诸暨紫岩乡盛厚里。至元朝至正年间，周氏十世祖周元赞避战乱迁居萧山来苏乡，开垦定居发族。还是那宅子，还是那古树，焕发着不一样的青春，重温那些年的家乡情怀。这里，自带一份惬意与古典，可闲坐，可煮茶，可文

艺。隐藏在村庄尽头，江水清澈，空气清新，风光秀美，让你享受不一样的文化浪漫之旅。

蔡东藩为史学一大家，曾租赁临浦临江书舍二十余年，写就历代通俗演义。而他也在所前娄家湾住过一段时间。故居建于 1926 年，为三间两层楼，典型的坐北朝南砖木结构江南庭院式住宅，面积约两百平方米。正屋前为石板铺就的天井，外围是近三米高的砖砌围墙，墙门开于东侧。正屋中间为厅堂，东间为厨房，西间曾设立私塾，楼上为卧室。居住期间，主要以随岳父习医和开设私塾为生，抗战期间曾一度离此避难。现故居为其子孙所居住，原貌未曾改动，还保留着蔡东藩先生生前使用过的座椅、书桌等物。

祠堂在，家族的根也就在了。

缪家祠堂，建于清朝中期，为两进三间两厢平屋。青灰色外墙，门前蹲伏两只石狮子，整个建筑小巧玲珑。面积不大，构筑也不甚考究，外观也无奇特之处，但在土地革命期间，中共领导下的共青团萧山县委员会诞生在这里，为缪家宗祠增添了传奇色彩。革命者曾以教师身份在此创办缪家小学，开展地下革命工作。1928 年 4 月 1 日，共青团萧山县委第一次代表大会在此召开，通过《萧山 CY 目前任务决议案》（CY 为中国共产主义共青团的英文缩写），时任县团委书记的革命先烈裘古怀曾在此吸收了十多名青年加入共青团。裘离萧后，在校任教的中共党员俞荣接任县团委书记，以开办农民夜校、教书识字等形式宣传革命。同年 7 月建立地下党支部，使缪家小学成为当时萧山的革命中心。为继承革命传统，萧山区团委于 2001 年将缪家祠堂修复开辟为萧山青年运动纪念馆，现为杭州市爱国主

世风·洁

义教育基地、杭州市党史教育基地。

李家祠堂有两个。前祠堂又称李家老祠堂，现已改为祥里王村老年活动室。后祠堂位于李家村北田畈中，距村庄约 200 米，北面临水，有河埠，交通方便，东南向，共三进，大门外为石板道地，有旗杆石。进大门为前厅，前厅退堂有活动戏台，备有石板，有固定石墩，用时搁上台板即成戏台。过前厅为第一个天井。过天井为大厅，大厅高大宽敞，其屋柱均为直径 50 厘米的石柱，高约 5 米，下有雕花石墩，雄伟壮观。过大厅为后天井，天井左右有两口方井，称"龙眼"，2 米见方，井的底部有暗沟与河水相通，井水满而清冽。第三进为正厅。整个建筑群长约 60 米，宽约 28 米。每个厅均有匾额与楹联。建于何年无考，有一匾写有"嘉庆八年重修"，建造年代应更早。该祠堂在中华人民共和国成立后作所前初中用，20 世纪末拆除。

杜家祠堂，在时光的流逝与转换中，在南来北往茶果商贩的眼里，也一定是彩蝶翩翩。杜家祠堂，乾隆三年（1738）有过记载，三进，坐北朝南，建构"回"字形。分前厅和正厅两部分，前后厅之间为天井，天井为东湖石板铺设。东西两旁各是厢房，现有两扇门，正门朝南，朱红式木门。正门一般不开，每逢重大节日才开，平时有事情进出都是走北面的偏门。可惜的是，杜氏宗祠于 1985 年不慎失火，化为灰烬，后在地基上建造村委会。幸运的是，贾家祠堂还在。村中第二大姓贾氏，也与杜氏一样，是外来户。始迁祖贾里，明初由诸暨狮子山辗转迁入山栖，贾氏也建有宗祠一座，虽在规模、规格上不及曾经的杜氏宗祠，好在基本完好。近年贾氏后人也对宗祠做了简单的维修，使其宗族礼法重新有了归宿。

祠堂不在，家谱还在，香火也就在了。杜氏家族首次修谱在康熙十六年（1677），至今已有300余年。历代杜氏族人，对于自己的族谱非常上心，近期还在续谱。"参天之木，必有其根；怀山之水，必有其源。"修家谱，修的是家族传承，修的更是血脉桥梁。《萧山杜氏宗谱》被收藏在日本东京都东洋文库、美国犹他州家谱学会。幸好村党总支副书记徐彩娟的儿子杜佳杰在日本留学，因为有规定，收藏的族谱不能复印，也不能拍照，只能手抄，小伙子不厌其烦，认认真真地手抄26天，把资料寄回杜家村，这才有了血脉联系，重新把族谱接上。

萧山李氏，均尊所前李家村为祖先，为唐汝阳王李琎后裔，于后梁开平元年（907）徙居山阴天乐山栖。这支李氏谱称山阴天乐李氏，尊汝阳王李琎曾孙李庶为始迁祖，至今已传三十多代，可以说枝繁叶茂，蔚为大族。从更高的层面来说，所谓文化，是"文本"形态的，它是从生活世界中提炼而成的凝固形态，可以是文字，也可以是录音录像。文本是可以超时空流传的，文本之外无历史。因为人类大脑记忆有一个代际脱节问题，后一代人难以知道上一代人的经历与经验。这种代际记忆脱节，必须通过文本记录来串联。而族谱的续修，就是一种文本的提炼和串联活动，是形成多形态乡村文化的有效载体。

诗情"花艺"，"香"约所前，给您不一样的四季，不一样的诗意江南！

因为所前，有不一样的古建筑。

小村印记

李乍虹

所前在我的生命中是一个特别的存在，那是缘于一个叫顾家湾的小村庄。

曾走遍了萧山的镇街，到过无数个村庄，但所前顾家湾这个小村庄对于我来说有着抹不去的印记。18 岁那年作为中国末代知青的我融入了这片土地，度过了两年零七个月的知青生涯。

在今天的所前地图上已经找不到顾家湾这个村庄了。2005年它与西江王、四一房、金鸡山三个行政村合并成了信谊村。与杜家村、山泉王村、山里王村等所前知名度比较高的村相比，当年的顾家湾是个既不起眼又相对落后的村子。它位于所前镇中部的平原地带，属水稻区，没有山林、果园，更没有社队企业和可供发展养殖业的鱼塘，只有一片水汪汪的稻田，一年种双季稻一季麦。村民们日日夜夜泡在水田里靠"摸六枝头"（江南水稻区插秧时每人每横排插六枝的俗称）维持生计。

记得下乡的头天上午，在萧山大操场举行知青下乡欢送大会，那天就有成千上万刚跨出校门的萧山学生奔赴当地农村。去所前镇的知青被统一安排在新开河码头乘机帆船前往，浩浩

荡荡的船队载着百余名知青头尾相接地徐徐前行，岸上送别的亲人流着眼泪依依难舍。下午，公社召开欢迎知青大会，宣布知青下村名单，然后由大队支书领走。每个大队差不多都有七八个，多的达到十多个。他们背着行李，拎着盛满脸盆毛巾牙具的网兜，有说有笑地离开会场。最后宣布顾家湾知青名单时，只有我们二女一男三个人，也许是因为公社考虑到知青多少会给大队增添额外的口粮，也许是因为知青们不愿意落户到小村子。看着成群结队进大村名村的那些知青，心里顿生一些落寞。其实心里很明白，要去那些盛产杨梅、桃子、李子、板栗、茶叶的所前名村是要走后门的，而硬气的父亲十分厌恶这种歪风邪气。就这般我和顾家湾结缘了，那是1976年6月。

顾家湾大队有三个小队组成，每个小队几十户人家，村民中以顾姓占绝对多数。村民大多盖的是平房，南向三开间，白墙黑瓦中间一扇大木门，门前有一块用水泥浇筑的道地。这些平房零零星星地散落在村子的各个角落。村道用青石板铺成，在骄阳似火的午间，赤脚踩在这青石板上能把脚烫熟了。党支部书记不姓顾，叫诸荣根，四十多岁，黑黑的矮个子男人，乐呵呵的，很亲民。每天清晨村民们都围在他家的道地上等着分配农活，晚上也会集合在那说说笑笑乘凉闲聊。

"双抢"是水稻区农民最辛苦的日子，集中在七月中旬至八月立秋的这二十多天里，既要抢收早稻又要播种晚稻，与时间赛跑，与老天搏斗。村民们天不亮下田，顶着星星月亮回家，起早贪黑泡在齐小腿深的稻田里割稻插秧，连十三四岁的小孩子都在田里拾稻穗，为了挣4分工分。我也跟着村民们一起，日日出勤，坚持到"双抢"结束，我的工分被评定为6分，而大队里妇女劳动力封顶工分是7分。大队干部说以后大队有知青进城的名额第一个就推荐我。说实在的，我们末代知青并没有路遥笔下那些知青感天动地改造落后农村面貌的崇高理想，我们没有打算在农村干一辈子，大家都奔着同一个目标去，那就是干满两年早早回城，"知青下乡满两年才能回城工作"这可是当年的政策。

一年四季，水稻区的田间总是一片繁忙，但从不缺少欢声笑语：嗓子亮的会唱上一曲，有幽默细胞的会讲几段笑话，还有几个老男人天天黄段子不离口，每当机耕路上有漂亮的小媳妇走来，田间的男人们就来劲了，冲着小媳妇调侃："干吗一生气就回娘家啊？我明天来接你哦！别赌气了，老夫老妻了……"随着小女人瞪眼竖眉"呸、呸、呸"地还嘴，田间爆发一片笑声。支书见知青们听着脸红就会解释一句："田间笑话，有助缓解疲劳，说过听过，不必在意。"说来奇怪，那个年代的人特乐观，再苦再累再脏再臭，都听不到有人叫苦埋怨。"生是土地的人，死是土地的鬼"，这就是农民自认的命。当年的顾家湾人对土地可以说是绝对的敬畏，一年365天不会让农田荒芜，不会让自己歇着，靠天靠地吃饭的他们心里明白，只有田里有庄稼，肚子才不会饿着。

"双抢"那些天，每家每户不参加劳动的老少上下午都会来田间送点心，点心是自家老人做的，有豆瓣糕、青饺、麦糊烧，考究一点的有鸡蛋摊饼、南瓜炒面条。村民们不会忘记给在田间劳动的知青捎上一份，我戏称自己是吃顾家湾百家点心长胖的知青；傍晚，社员们到自留地里摘蔬菜，路过知青小屋时总会悄悄地在门口扔个葫芦、南瓜或几根茄子、一把豇豆；队里分红了，有村民会义不容辞地把稻谷挑进知青小屋；知青回城时，有社员用担将给你的大包小包的农产品挑到轮船码头，为你送行……无数这些点滴的细节质朴而温暖，至今都深深地烙在了我的脑海里。

前不久我特意去了一趟信谊村，寻找顾家湾的痕迹，但没有找到。随着四村的合并、新农村的改造、美丽乡村的建设，顾家湾已经在所前的地图上消失了，取而代之的是宽敞的硬化村道、有序排列的漂亮农房、鲜花盛开的农家庭院、清澈见底的池塘，还能听到机器的作业声和孩子们琅琅的读书声……40多年了，顾家湾村民善良、勤劳、坚强、乐观、向上、热恋土地的品质已经深深地烙在了那片水汪汪的稻田里。

顾家湾的知青生活在我人生的长河里很短，尽管它不能与黑龙江大兴安岭、新疆生产建设兵团、云南西双版纳那些令人敬佩的老知青们的生活相比，但我一直认定它是我人生中一笔不小的财富，因为顾家湾人给了我不畏困难和乐观积极的生活态度，而这笔财富能管我的一辈子。

文化中的玫瑰
黄建明

所前的杨梅是好吃的，我是知道的。

所前的景色是美的，我是知道的。

所前的文化是厚重的，我也是知道的。

"去所前，可度假"，不光我知道，也许，不久的将来，天下人都会知道。

可观树，可采茶，可闻桃，可品梅，所前的探美之旅，一定会让你感到精彩纷呈，也一定会使你的生活美好、宁静，使你拥有有趣的灵魂。

所前的大名，除了杨梅，除了茶叶，还有许多值得世人留恋的东西，比如文化，比如泉水，比如美景。

有人曾经写过一首诗："山静鸟声闲，沐光绕层林。清泉石上吟，古道向白云。一点漏深径，暖透寒山屏。忽闻美人笑，疑是桂中人。"细想之下，所前的美，已经渗透到人的生活之中。若是你想用清凌凌的水来泡茶，所前有；若是你想呼吸发甜的空气，所前有；若是你想在比邻繁华之处隐居，所前便是。

若是说起所前的寺庙，龙泉寺便是绕不过去的。

龙泉寺背靠青化山麓茅蓬岗，周围苍松翠竹，茶果满坡，风景幽雅。寺庙始建于唐哀帝天祐四年（907），这一年发生了许多事：历经289年的李氏王朝在混乱中灰飞烟灭；叛将朱温建立后梁，五代十国始；钱镠被封为吴越王，占据东南半壁江山，除了道教，钱镠有意借助佛以神化自己，炮制神话，因此佛教兴起。

龙泉寺相传为性鉴祖师的衣钵传人天台僧隐松募建。历经修葺，清咸丰十一年（1861）太平军攻占萧山时两侧厢房遭焚。殿中供奉阿弥陀佛，左供玉佛如来，右供性鉴祖师肉身，从历史查考，这位肉身祖师比安徽九华山百岁宫内的肉身无瑕禅师——地藏王菩萨还要早四百年。民国山阴《天乐志》卷十载："龙泉寺，在茅蓬，宋代高僧性鉴祖师成佛于处，其骸尚存，其座下地斑驳如龙鳞，泉甚清洌。故名。"祖师俗姓李，名寿生，所前传芳里人，为唐朝汝阳郡王李琎的后裔。自幼茹素崇佛，后去天台剃度，为守墓，在此结庐静修。圆寂后，法身供奉寺中。寺内有一池泉水，水浅且清，斑驳如龙鳞，名龙泉，寺遂以泉名。一脉清水汩汩引入半埋在斋堂里的荷花缸。这缸，是性鉴祖师坐化的荷花缸；这水，清醇甘洌，终年不涸。殿前有一棵郁郁葱葱的古桂花树，相传为祖师所植，若真的是这样，已有千年。这些都是龙泉寺的传家宝，珍贵得很。另有清同治三年（1864）住持云鹤所立的捐田碑1通，上书《茅蓬岗龙泉寺碑记》，讲述了龙泉古刹的这段历史渊源。光绪十二年（1886）春铸造寺钟1口。20世纪70年代初，龙泉寺被毁，祖师肉身被村民藏了起来，躲过一劫。从2000年开始重新募资修建，有天王殿、大雄宝殿、弥陀殿、三圣殿四进，另有左侧传

法堂、右侧祖师殿，和斋堂、厢房、放生池等，殿宇依山势递升，飞檐翘角，巍峨壮观，幽远有深度。

倚青山，观所前。

龙泉寺就这么一路走来，这么从历史的深处走来，为所前涂抹了丰富的人文色彩，也为所前人的心头底片添了一抹红。这红，也照耀到了崇教寺。

杜家村口原有建于梁大同元年（535）的山栖崇教寺，由僧人大讷建造，面积10余亩，坐西朝东，有僧人90多人，佛光普照，门庭若市。五代后周显德五年（958）镇海军都指挥使薛温重建被烧寺院，改坐北朝南，山门外有戏台，东南一百步有城墙，号新兴塔院。后金兵南下，康王逃难，泥马横渡西小江，逃到山栖境内，刚好碰到老百姓正在修造新兴塔院，康王急中

生智，化（打扮）成当地老百姓参与修造寺院，与当地泥匠一起递瓦片盖屋顶，躲避金兵追赶，以此逃过劫难。这是否属实，可以商榷，因为我在萧山其他地方也听到过同样的传说。一般认为，泥马渡康王，渡的是钱塘江，而非西小江。宋治平三年（1066），该寺院改名为山栖崇教寺，又名崇教院。清咸丰年间（1851—1861）毁于战乱，不久重建。寺院3进，由山门、天王殿、大雄宝殿、东西厢房等组成，供奉释迦牟尼、观音等佛像。山门外有戏台，建造十分精致。最盛时有僧人百来名。民国三十年（1941），遭日寇飞机轰炸，寺院破坏严重。民国三十二年（1943），大殿得以重修，恢复恢弘气势。1956年，寺宇遭台风袭击，局部破坏。1958年，佛像被毁，后改作社队企业厂房。1995年，拆除大部分残破寺宇，改作杜家村茶果市场。原

世风·洁

东大门门口银杏树 1 株，树龄 900 多年，树高约 25 米。原寺院水池被住户圈入屋内。

越王峥山顶，寻踪怀古好地方。

位于萧绍分界的山栖岭的越王峥寺，原名深云禅寺，始建于元元统三年（1335），寺共两进，外加侧厢，殿高柱大，气势雄伟。寺门有明朝黄石斋八分书"越王峥"三字。上有楼，祀越王勾践，屡毁屡建。庙内原有清代萧山著名学者毛奇龄撰写的《越王峥寺碑记》。越王峥寺正对一圆形山冈，仅隔二三十米，人称饭箩山，为越王峥寺平添了许多优美景色，且为别处所无。寺旁有一批乌籽树，浓荫蔽日，据说树龄均在四百年以上。乌籽树下凿有一泉，传即"洗马池"，为越国遗迹之一。相传有断尾鱼、断尾螺，后有缠刀竹，当然也有出典。北端高台地即"支更楼"故址。越王峥寺西南之山脊为走马冈，附近有练兵场。据传当年越王勾践派重兵驻扎于此，因为山有九条路通顶，故称"九龙盘顶"。乡人谓吴越争霸，越国战败，勾践率余兵五千退守此山，设空城计，与吴兵对峙，越军只有十八匹马，其中一匹还是残马，便反复来回巡走于走马冈上，使吴军觉得此地越军兵强马壮，是不能攻克之地，"越兵走马迷吴"典故即来源于此。西北角有一岩洞，当地村民称"仙人洞"。相传为宋葛庆隆藏身修炼之处，死后即葬于峥上，后人以为其已羽化成仙，故名。明徐渭留有《越王峥寺有僧欧兜蜕》《走马冈》诗两首，其中"我来值桃花，有似蝶遗粉。一宿归去来，晨斋饱蔬笋"句，表现出其看待生死的洒落态度。据文管部门调查，越王峥台地上，散布着饰云雷纹、凸块方回纹、重回纹、锥刺纹、网格纹、席纹、折线纹等春秋时期的印纹硬陶碎片。此外，越王峥山顶的淬剑石，据说是勾践铸剑之地，也许，历史上著名的勾践剑，便产于此。

所前的寺庙，有烟火之气。

仙师殿坐落在张家坂村之北，娄家湾村之东，夏山埭村之西的山溪河流汇聚之地。历史上有"聚龙之景"（聚龙亭、聚龙庙、会龙桥）传说，是当地七十二条溪流汇集之端。当汛期来临之时，落水差上下一米多，平时水清如镜，行舟频繁，是一处颇为显眼的景观。仙师殿早年为附近陈、田、李、盛、吴、王等八姓的土地社刹，后由绍兴僧人接管，于民国十六年（1927）改名为仙师殿（意谓蜈蚣仙师在张大师门下得道成仙选址而成）。殿内的石柱上刻有楹联："七二溪汇水朝宗式凭灵爽，三酉户栖山立社永赖神庥""集里民得八社春而祈秋，而报应叼灵佑容保无疆""崇庙貌以奉王神桥为带，亭襟环抱清流会拜有极"。殿内神像逼真，旧时每逢风调雨顺年景，附近村民有集迎庙会、演出社戏之举。仙师殿常年免费供路人茶水，庙前廊下是乡民休息、闲谈的好去处。中华人民共和国成立后仙师殿曾被改作小学之用。1995年后改作张家坂村老年活动室。现仙师殿基本结构完整，柱子雕刻保存完好，加之门前小桥流水，柳树依依，一派江南乡土风情。

卧冰取鱼，孝感动天。

据清萧山著名学者毛奇龄称，三国东吴时，有诸暨人倪章、倪良、倪求三兄弟。在赤乌二年（239），倪求十六岁时母亲陈夫人患病，在冬天时想吃鱼，但因天寒地冻，倪求和兄弟无法在市上买到，便沿浦阳江直下，至萧山城南蔡湾板桥处卧冰融化入水，获鱼两条。但上岸后兄弟三人受冻而亡。后人将兄长倪章崇祀下水仙庙，倪良崇祀山栖为赵坞土谷神兼山栖东坞庙崇教寺伽蓝，倪求为来苏土谷神，崇祀上水仙庙。现上水仙庙尚有余屋三间一排；下水仙庙在里士湖东，西小江拐弯处岸边，为清光绪二十年（1894）丁宝臣修，"文革"中毁，20世纪90年代重修，现有大殿和厢房。

隐山泉，所前镇。

山泉流淌出一方天地，山水有约，茶果飘香，云雾相裹，没有人为的刻意，只有自然的本真。寺庙是文化中的玫瑰，这远比自然景观来得更为璀璨，这就是所前着眼于当下生活、着眼于未来诗意的法宝。

乡间美：山漾田园，水润家园

陈于晓

一

　　落笔所前的"乡村美"，笔尖轻漾着的是潺潺的水声，若是顺着这些"潺潺"更往上溯，便是"汩汩"，那是泉水在冒出来。当我写下龙泉、虎泉、牛泉，在这三泉的氤氲之中，若隐若现着的就是三泉王村的风姿了。

　　三泉王村，可谓所前镇美丽乡村的一张金名片。除了这三汪清泉之外，三泉王村还有着千年古樟、旧窑遗址、葛云飞墓、王氏宗祠、文化礼堂、富硒果园、李花游步道等众多景点，当你坐上村里的观光车，便可以把这些景点，穿梭成一条风景线了。或者，往来穿梭着的观光车，将这些景点编织成了一幅既古色古香又清新明丽的乡村画卷。

　　在茶果之乡所前，地处青化山麓的三泉王村，以红心李闻名。春风和暖，李花绽放时节，正宜踏青，赏花。听山间溪水，活泼泼地，清泠泠地流淌。这流水像是雪水，假如你把纷纷扬扬的李花，喻作了雪花。于果农，旺盛的李花，昭示着丰年；

世风·洁

087

于游人，则收获着一份心旷神怡。等红心李挂满枝头的时候，又迎来了采摘游的好时机，有时候，采摘的那份快乐，也许要胜过品尝。当然，红心李也是极好吃的，口感甜，略微酸，富硒，营养好。

从清明到谷雨，在三泉王，是可以处处闻见茶香的。那个时节，空气中充溢着的全是茶香。其实在平日，三泉王也是休闲的好去处，找一农家，或者一处休闲点，取一壶泉水，至于这水是三泉中的哪一泉，大抵都是可以的，煮上一壶茶，慢慢品。茶的甘醇，都是沁人的那一种，当你的举动一慢，仿佛时光也就慢了下来。

若是能够从这慢下来的时光里，匀一些出来，不妨去三泉王村附近的山里王村坐坐。比如去那家名叫"古色古香"的饭庄，感受一下山里王的"闲情"。这座四合院式的饭庄，是由旧厂房改造而成的。这样的四合院，古朴典雅，满是老江南的风韵。院子里，装点着各色的花草绿植，餐桌上，摆满了江鲜、土鸡、土鸭，以及茶果和蔬菜，这些都是地道的农家风味。饭庄内的卡座也各具特色，那做成乌篷船模样的，在就餐时，仿佛还能听见欸乃的桨声在响起……

在山里王村，还坐落着一座王华炎纪念馆。纪念馆内展示着山里王村村民王华炎的优秀事迹。王华炎是一名教师，曾被评为"全国优秀园丁""省优秀辅导员"。在美丽乡村的建设中，三里王村围绕着"把一切献给红领巾"这一主题，把纪念馆打造成了面向青少年的一处红色教育基地。

都是在"王家"的"地盘"，出了山里王，可以到祥里王村去走一走。"春来鲜果第一枝"，说的是樱桃。在茶果之乡所前，这些年，祥里王村是以樱桃闻名的，被称作"所前樱桃第一村"。在"十里含桃"的时节，采摘樱桃，或者哪怕就看看，也许都是一种诱惑。"流光容易把人抛，红了樱桃"，忽然想到，祥里王村的西北是邻着西小江的，这玲珑可爱水灵灵的樱桃，或许就是西小江水所滋润的。

二

当樱桃从一年一度的丰收中淡出，再过些时日，到了夏至，杜家村的杨梅就熟了。杜家村的杨梅，也是水嫩多汁的那一种。也许，一颗杨梅，叩开的是多姿多彩的杜家村。杜家村的美丽，将诗、梅、禅、茶、竹、溪都相融在了一起。

在杜家村，吟着诗，脚步也会跟着抑扬顿挫起来。杜家村的清泉，多是隐的，但也许是因为植被的茂密，这流水的影子，多被藏起来了。不光是泉水，就是溪水，在杜家村也是一路地隐着，有时要走到跟前，你才会发现，有一条小溪，已经跟着你走了许久。但也许是因为你没有仔细地听，因为水声总是隐不住的。细心的话，你会察觉，秀竹也不隐，它们以一竿竿的挺拔，逸出在你的视野之中。

有一古寺叫龙泉寺，都说深山藏古寺，其实藏与不藏，很多时候取决于你看寺的角度。你望不见时，寺是隐的，等你转过一个身，寺就现了。在杜家村乡村旅游综合体的打造中，这古寺，像一枝禅，在杜家村的美丽乡村画卷中，若隐若现着。"禅茶一味"，这时我想起的是杜家茶的滋味了，茶味中或许带着一些杨梅的酸甜，不过如此的"茶味"，当然只能是我的想当然了。

杜家村的一缕茶香，被翠绿色的风，袅袅上一阵之后，或许就抵达了信谊村。在所前，信谊村是依水而生，因水而兴的。这水，自然说的是西小江。自古以来，信谊村就是漕运通达之地，据说，当年在此地，盐商云集。望着碧波粼粼的西小江，我似乎还能够想象出旧时西小江上，船只穿梭往来的繁忙场景。伴随着盐运的兴盛，多少南北货物，曾经在此地交易。在信谊村目前正在描画的美丽乡村蓝图上，"盐帮文化"将成为一道深深的烙印。

东复村应该可以称得上是记忆中的江南水乡，稍微夸张一点，也许可以说东复的人家是漂在水上的。也因此，东复村在美丽乡村建设中，重点就是围绕着"水"，也许只要把水的文章做得风生水起了，东复村的水乡风情就淋漓尽致地展现出来了。

依水而居的人们是幸福的，时时可以享受水面上吹来的阵阵清风。清晨，可以看看第一缕朝霞，落在了哪一片碧波上；傍晚，去水边的时候，恰好看到了"半江瑟瑟半江红"，或者，有一羽白鹭，恰好翩翩飞起。水乡村民的日子，常常被流水浸湿着，连田园中唱起的牧歌，也是滴着水的。

三

"玉叶传芳，溪畔御景"，指的是传芳村。相传一千多年以前，唐朝汝阳王李琎的四世孙李庶来到此地，繁衍生息。到了宋代，宋宁宗赵扩念及李氏是帝王之后裔，又累功于朝廷，便御书"玉叶传芳、金枝衍庆"，从此，该村就以"传芳"为村名，沿袭至今。

走进传芳村，感受最深的是人家庭院的美。各家庭院，各有特色，并且名字也取得挺美。比如，叫"棋趣"的，因为主人爱好下棋；比如，叫"丰收"的，院子里摆着农作物的造型；比如，叫"琼浆"的，庭院里自然是酒趣盎然了……一个个小景、小品，点缀着庭院。草木芬芳，有蝴蝶在翩翩起舞，时不时地，还能遇上蜻蜓。那些红蜻蜓，老让我怀疑它们是从我的童年时光里飞来的。

所前的美丽村庄，都有着鲜明的特色。李家村也是一个老村了，村庄的历史可以追溯到公元 907 年，当时天乐李氏一世公迁居于此，至今已 1100 多年。在茶果之乡所前，李家村就是以茶果闻名的。茶果的特色种植，已成为李家村推进乡村振兴的主抓手。在李家村，一年四季，时时有果香在飘逸着。我想，喜爱茶果的人，大约是不辞长作李家人的。

越山村种的茶果也不少，和李家村一样，属于所前茶果的主要产区，境内有丘陵，也有一张鄰鄰的水网。丘陵上适宜种茶果，"水网"上则盛产水稻。鱼米茶果，日子由此而富足着。值得一提的是，萧山历史上有名的"三黄鸡"，也与越山村相关。相传越山村曾经是越王勾践养鸡之地，当年所产的"越鸡"，肉质松脆鲜美，而萧山"三黄鸡"，就是"越鸡"的变种。我想，若是能在越山的森林中，找个地方，养上一些鸡，或许，也不失为一条致富之路。

金山村的年代也许要更久远一些。最沉甸甸的，是金山村的历史文化底蕴。村内有着良渚文化遗址、明清文化遗址，还有着抗战时期留下的遗址。这在所前甚至萧山的村庄中，也是

世风·洁

不多见的。悠久的历史，灿烂的文化，与山水田园，交融在一起，金山村别具一格的风情，就展现在我们眼前了。

四

近年来，"山水相宜"的所前，正在绘就"产城融合"的画卷，各行政村因地制宜，围绕着各自的自然人文特色，深入挖掘特色资源，脚踏实地抒写着乡村振兴的篇章。

青山常青，绿水长流。杨梅、茶叶、板栗、青梅、桃子、李子、柿子、樱桃……所前，这方肥沃的土地，成就了茶果之乡的美名。绵绵青山的影子，掩映着明晃晃的田园，蛙声说着一年又一年的稻香，顺便也说着青青绿绿的菜篮子。这是"鱼米之地"，人们在生生不息的炊烟中，安居乐业。

产业兴村，文化铸魂。在所前这方水土上，坐落着葛云飞纪念馆、萧山青年运动纪念馆，有着金山良渚文化遗址、越山"古镇村落"天井浜遗址，分布着龙泉寺、黄湾寺、越王峥寺……底蕴深厚、源远流长的传统文化资源，为所前的乡村振兴，提供着源源不断的动力。

在所前的青山绿水之间行走着，萦绕在心头的，总是涓涓的水流，潺潺的是山中瀑布，淙淙的是谷间细流，哗哗的是赶着去大河的小溪，只有大河似乎是平静的，那流淌仿佛也是近似无声的那一种。也许，只有在下雨之时，河水才会发出淅淅沥沥的声响。

但淅淅沥沥更像是雨落在屋顶上的声响。所前的绿水，就这样滋养着人们的家园。而清亮的水滴，不时地刷新着所前美丽乡村的画图。

故事里的"三泉王"

毛晓青

　　三泉王村并不是我想象的村舍绕炊烟、鸡犬声相闻的自然村样子，而是更像一个旅游度假景区。

　　坐落于青化山麓的三泉王村，东南西三面环山，大大小小的山头峰峦起伏，层峦叠嶂，就像一把坐南向北的太师椅，将秀丽的村庄怀抱其中。一条大路自北至南通往村中，旁有小溪相伴，一幢幢风格别致的民居就这么错落在青山绿水中。

　　自南宋绍兴二年（1132）兵部郎中王道立不堪政局动荡，"拜疏乞归"，归隐青化山麓，建村定居。近900年过去，村民们津津乐道的，仍然是此地三山环抱，草木葱茏，一株千年香樟，三泓伏流暗涌的好风水。当年道立公如何堪舆风水，选址建村，九世祖永康公又是怎么发掘了三泉，迁居到此，都化为了一个个民间故事，在一代又一代村民中口口相传。

从"三槐堂"到"三泉王"

　　三泉王氏始祖可追溯到"三槐堂堂主"王祐。王祐原为宋太祖的监察御史，在查办魏州节度使符彦卿"谋叛案"中，因违逆上意被逐出京城，改知襄州。离开开封前，王祜在自家院子里种植了三棵槐树，曰："吾子孙必有为三公者。"果然日后，其子王旦做了北宋的宰相。

从此，王祜自号"三槐堂堂主"。三槐堂也成为王姓的最大分支，其中一支，随南宋小朝廷一起逃到了绍兴余姚秘图山，这就是日后的三泉王氏。始祖王道立，考中进士，官至兵部郎中。绍兴二年（1132），道立公看破时局，拜疏乞归，在黄湾乡外王山麓定居下来，称"山前王村"。

明代景泰年间，九世祖永康公迁居于三面环山的虎头山下居住，发现屋后有流泉，清澈见底，便筑栏围井，取伏虎流涎之意，称之为"虎泉"；又在屋右前方牛山脚下发现二丈深的小泉井，称之为"牛泉"；之后有一天，永康公到前山园开垦，又发现了从青化山伏流而下的"大泉井"，冬暖夏凉，取之不竭，便称之为"龙泉"。永康公发现三泉后，"山前王"改名为"三泉王"。

从此，围绕着这三处清泉的民间传说，如源源不断的水源一般，绵延流传了几百年。

永康公发现几百年用之不竭的龙泉，自然是经仙人指点。村民们还煞有介事地相传，虎山坡上的千年古樟和山下的虎泉，是"神木"和"仙水"。明末绍兴张员外家有个生了重病的儿子，百药无治，后经路过家门的一位道士提醒，才知不是药不灵，是熬药的水不行，须得用千年古樟下的虎泉水。果然，喝了几天用虎泉水熬的药后，员外儿子的病很快就好了。这以后，古樟成了许愿树，虎泉成了救命水：有什么心事，绕着古樟走一圈，就能心想事成；得了什么恼人的病痛，喝上一口虎泉水，就能万病皆消。

就连"牛泉"，也不是牛山脚下一股清泉这么简单。要知道牛山在当地风水中，功劳也是很大的。相传青化山上，上山虎与下山虎相对，两虎争锋，眼看着就要打起来了，还好中间窜出一头老牛，把两虎拆开，从此相安无事。这方水土的村民们才得以安居乐业……

逐水而居，引入山泉开荒种地，这是多么自然而然的事情。可三泉王村的村民们却将三口泉化成了故事，一代一代口口相传。渐渐地，民间故事就成了民众的历史记忆。村民们就像讲述历史似的跟你讲故事，一切像是真的曾经发生过一样。

从"三槐"到"三泉"，三泉王村祖宗庇护、青山怀抱、山泉滋养的好风水构筑完成；连以身殉国的葛云飞归葬，也归功于这是一块"风水宝地"。

从"娘前的孝子"到"报国的英雄"

葛云飞是萧山人，他的生命定格在道光二十一年（1841）十月一日。

激战起于是年九月二十六日。那日定海狂风大作，大雨滂沱。三十艘英国军舰乘风破浪而来，直逼定海城南竹山门。定海总兵葛云飞战服外套着孝服，与寿春总兵郑国鸿、处州总兵王锡朋一起，率领五千八百名士兵死守竹山门，血战六天六夜，最后三总兵全部牺牲，没有一名士兵变节投降。

鸦片战争爆发前，葛云飞正在萧山老家为父守孝。战争爆发后，还在丁忧期的葛云飞奉谕到定海主持防务。母亲将葛父生前一直佩在身上、刻有"昭勇""成忠"字样的宝刀递给了葛云飞。

十月一日清晨，英军从小路突袭定海北面的晓峰岭，王锡朋、郑国鸿相继牺牲。炮弹打尽后，驻守土城的葛云飞挥舞着父亲的宝刀，带领残余的两百余名士兵冲向十倍于己的英军，杀开一条血路，一直杀上竹山门……当然，父亲的宝刀终究敌不过坚船利炮，哪怕是刻着"昭勇"与"成忠"。

葛云飞举着大刀杀向竹山门时，一颗炮弹击中他的后背，又从他的前胸穿出，壮烈牺牲。

定海保卫战是鸦片战争中双方参战人数最多、规模最大、交火时间最长、伤亡最惨重的一场战役。葛云飞也成为了民族英雄。

可民族英雄葛云飞却是以"孝道"闻名乡里的。在村民的认知中，无论葛总兵在外如何得壮怀激烈，回家来，他只是一个"娘前的孝子"。葛云飞唯一的一次违拗娘亲，在村民们的口中演绎成了一段传说。

说是有一次葛总兵回乡探亲，娘开口叫他把表兄带出去，在部队里找份活干。娘的命令怎敢不从，葛云飞第二天来到表兄屋里"考察"。见表兄家没有一张桌子，也没有一张凳子。表兄不在家，表嫂让他在屋门口的树墩上坐坐。过了一会儿，表兄借了一袋米回来了，葛云飞见他身上衣衫好挂秤，鞋子没有脚后跟，一副破落户样。

表兄让表嫂拿米去烧饭，表嫂说，烧饭烧饭，柴呢？表兄说，柴没有，拿门闩来烧。表嫂说，门闩老早烧掉了。表兄不想在葛云飞面前丢面子，放出了狠话：懒婆娘，我一刀劈死你。表嫂脖子一横，也不甘示弱：屋里有刀就好了，我切菜就不需要用蚌壳了……葛云飞掏出身上三十两银子放在树墩上，转身回家，表兄表嫂还在吵个不停。

回到家，葛云飞扑通一声在娘面前跪下说："娘啊，儿子这次不能听你的话了。表兄家屋后有山，却屋里无柴；门口有田，却无米下锅。他连一家两口都管不好，怎好带他出去治军呢？娘啊，你要体谅儿子啊。"娘一把扶起儿子，没有强求。

葛母自然是深明大义的。葛云飞牺牲后，《清史稿》记载，母亦知大义，丧归，一恸而止，曰："吾有子矣！"

葛云飞墓在三泉王村黄湾寺北侧，墓坐北朝南，墓碑的正脊上镌刻着"忠荩可风"四个大字。墓前石牌坊立柱上，刻着对联"愿得此身长报国；何须生入玉门关"，道尽了英雄葛云飞出生入死的五十二度春秋。

从"柴米夫妻"到"与子偕老"

比起"绕一圈心想事成"的千年古樟，村里的两棵百年老樟树，更有望成为网红打卡地。这两棵并肩而生的老樟树，生动地诠释着什么是"执子之手，与子偕老"。

当地有个习俗，结婚的时候，新郎和新娘每人要栽下一棵樟树。等日后孩子长大成婚时，樟树也成材了，正好砍下来打家具。

村里有对夫妇，家里是做银器生意的，家境颇好，夫妻感情也很好。不称心的是，结婚多年，妻子总是怀不上。丈夫是独子，眼看着香火要断，百万家私无人承继，父母逼儿子纳小续香火，儿子抵死不从，与结发妻子一直相守到老。结婚时种下的两棵樟树，也因为夫妻俩无后而保留了下来，越长越茂盛，枝丫拼命向对方延伸，渐渐长成了"连理枝"夫妻树。

夫妻缘分不过几十年，这两棵活成了几百年的"与子偕老"树，成了一个美丽的神话。

在三泉王村第一次听到这个故事，我就被深深打动。之前在萧山搜集民间故事时，却是听到过一则与之反差极大的"柴米夫妻"的故事。

老早以前萧山有户人家，两夫妻加一个老娘。儿子在外做生意，只想老婆不想娘。朋友跟他打赌说，只有娘最亲，老婆是柴米夫妻。不信你装成穷光蛋回去试试，看是娘亲还是老婆亲。于是儿子把钱通通让朋友保管，自己胡子拉碴、破衣烂衫地回到家里。

老婆见了，哭哭啼啼打起包裹回了娘家。老娘见了，叹口气把儿子拉进屋里，从头到脚看了一遍又一遍："儿呀，你擦擦身子，换换衣服，剃个头，好好困一觉。只要人好好回来，一切事情都好办。"娘说着就替儿子烧水做饭。这时，儿子的朋友上门了，拿来了一大包银子。

儿子拿了银子穿了新衣服到丈人家，讲他在外面做生意赚了大钱，说得丈人丈母娘眉开眼笑，说得老婆挨到他身边催他回家。他想起了朋友的话，叹口气说："唉！果然有柴有米才是真夫妻！"

有柴有米，还要有情有义，三泉王村人完成了一次民间传说的升华——民间传说中，蕴含着各种"教化"，有劝人积德向善的，有教人孝顺父母的，也有歌咏爱情的。唯独标榜夫妻之情胜过"不孝有三，无后为大"的封建礼教的，着实是不多见。

这就是故事里的三泉王村。不管外面的世界多么风云激荡，多么艰涩困顿，三泉王村人在樟树下、泉井边，一代又一代人讲述的，只不过是些祖先怎么找到三道泉、儿子怎么孝顺、夫妻怎么恩爱的家长里短。这些故事就像风一样，来无影去无踪，却在三泉王村飘荡了千百年。当年因为青川秀丽、伏流暗涌的好风水而决定迁居于此的道立公、永康公，也许想不到，对三泉王村人来说，母贤子孝，夫妻恩爱，才是最好的风水。

故乡的情结

陈亚兰

所前越山村是我终生难忘的第二个故乡。

越山村的村民以郑姓人居多，习惯上大家都叫郑家村。据说当年越国与吴国曾在这里屯兵打仗，在村西南面有一座山叫作越王峥，后来这片山划归了绍兴，但这并不妨碍此地曾经有过的辉煌。望那山头，如同在翻阅一幅沉重的历史画卷，感慨万千。此地因为与这段历史有关而取名为越山村。

从插队那年至今，四十多年过去了，我从未中断过怀念这条永远难忘的路。因为这条路记载着我的成长经历，有我的喜怒哀乐，有我永远也讲不完的故事。

今天参与采风，虽天公不作美，不能下车多看一眼，但从窗口呼吸着弥漫在空气中的乡土气息，尽是掺和那时岁月的痕迹。故乡的山，是那样的青翠欲滴；故乡的水，是那样的清澈甘甜；故乡的人，是那样的勤劳善良。

特别是经过越山村的那段路，雨中飘舞的那截横幅，仿若让我看到了"铁姑娘战斗队"的红旗，路建到哪里旗帜就插在哪里。嘴里哼着"能挑千斤担不挑九百九"的歌。当年为了方便乡

世风·洁

101

亲们，我心甘情愿地和他们一起挑挑挖挖铺铺，把泥泞小路拓宽成机耕路。他们有时开玩笑说，有一天路平了，宽了，可惜你们不在这边了。我说我们会来的。果然，后来我回城后，真像村民说的，那段路成了千年不断的娘家路。我三天两头过来，有人说我成了半个山里人。没错，我已经习惯了山里的生活，山里的风俗，喜欢跟山里人打交道，他们好客，豪爽，耿直！

隔着大巴的车窗玻璃，望着曾经朝夕相处的越山村，看到站在雨帘中熟悉的身影，我所有的神经好像被刺激，心绪沿着十八村的山丘起伏。这里有好山好水，还有更好的乡亲们啊！若是听说我要到来，她们会早早准备好各种美味，各种点心，然后把楼梯一遍一遍擦得锃亮，把我爱吃的鱼，在鱼鳍上扎一根线养在水缸里，还留两只虾油鸡腿浸在钵头里……

在风里来雨里去的几年，我熟悉了农村的艰苦，了解了农民的淳朴。想起初来乍到那天，我捂着鼻子说，这里有一种难闻的气味。有人指着墙门口堆起的柴草说，恐怕是这柴草底下腐烂出来的气味。我说没堆柴草处也有，反正四处都有一股难闻的气味，说着时，我捂着鼻子转了个圈，说，气味在空气中盘旋。村民哈哈大笑说，我们这里气味会转动，知识青年说话还真有趣！

想当年这个小山村有多闭塞，我们的到来，让那时十来岁的小孩像一群追星族一样，我们走到哪里，他们都要跟着看，看我们走路，吃饭，晒衣服，还看我们说话，似乎我们是来自另一个星球的。我们的一举一动他们都觉得新鲜而好奇。有时觉得被他们看得有点烦而关起门，他们会设法趴到窗台上，蹲到门板缝隙处窥视，时而发出吃吃的笑声。我常想，在他们的眼睛里，我们的一切都是陌生和异样的。

在农村中劳动时间长了，我慢慢地适应了环境，也不觉空气中有异味，孩子们也不觉我们陌生与异样。反而空气中萦绕的一切让我感到亲切与淳朴。

回城后，我像一只失群的孤雁，傍晚时分坐在窗口，遥望东南方，脑海里一幕幕如电影在回放：炎热的中午，岩石边一担青柴陪在我身边，山头那边突然传来野鸟阴森森的怪叫声。我浑身打战，惊慌失措地挑起柴担，趔趄中摔倒在热炕般的崎岖小路上，脖子被柴担压得严实。正在挣扎时，随着一阵脚步声，我脖子上的那担柴被拿掉了，一双沾满柴汁的手，搀扶起我。她说，可怜啊！城里人来山村吃苦，真不该呀！我内心的惭愧化成了满脸泪水，我两只袖子左右开弓抹好脸颊去找自己的柴担，有人手指前方说，梅姨挑着两担柴走了，你一人走好就是了。我捂住眼睛说，那不行，我自己挑。芬姨揉着我的膝盖说，你追不到她，她女身男力。今后你抽调城里，多来看看她就是了。

真快！真的回城了。想起那天难舍难分的一幕，我常偷偷在午夜里抹泪：同龄姐妹看我整理回城的什物，哽咽了，趴在我床前的小桌上泪流满面。婶姨们一双双温暖的手，一张张亲切的脸，用新毛巾裹着鸡蛋、乳白的纱布包着米团米糕给我，她们拉住我说，你平日回城，过几天就能看见你回来，可这下你回去，不知要到什么时候才能见到你。话还没说完，眼泪就啪嗒啪嗒往下掉。我说，我有星期天，一定会来看你们！

我回城上班的第一个月，还真想再回到山村去，和她们一起劳动，和她们一起生活。

世风·洁

曾记得一个星期天，我坐上船，带上凭票年代的豆制品。他们见到我，朗朗笑声一片，像过节一样开心。她们一声又一声叫我，我应接不暇。笑声话声热闹一团。

自行车年代，车后驮着自己的旧衣服，送给她们劳作时穿。他们说我瘦了，她们说我弱了，半开玩笑地说，你回来吧，我们这边空气好哩！我们要分山了，分几株杨梅树给你！

不久，山里也通了公交车，来往中如邻里串门。他们说杨梅红了，你带朋友过来摘；她们说春茶香了，你带去尝尝。摘着尝着，茶叶杨梅传递着朴实的情感，醇厚的茶香飘荡着昨日的温馨，似涓涓细流，岁月在不经意间流淌。

饱经风霜的越山村在不断成长，如今像一位自信而矜持的女孩，越变越美，越长越丰腴。荒山成茶园，山岙野岭已成一方生态园。一条条不起眼的机耕路拓展为铺上沥青的盘山公路，崎岖坑洼的山间小道建为茶余饭后的游步道。当年有人说越王峥绕行整个越山村，抽个时间带我去走一圈。当年离开时我还心留遗憾：山头还没绕行呢！如今，山顶上建了岭道，车子一溜哪个山头到不了？何止是在越山村绕个圈，绕到进化，戴村，河上，楼塔哪里不行？

美丽乡村越建越美，微风带来馥郁馨香，沁人心脾大口呼吸却不言够，山上山下，村里村外，哪里还有难闻的气味？哪怕是梅雨季节，即使是暴雨倾盆的今天，也难以阻挡清香微袭。

乡愁依旧，验证了我当年的选择，没有悔意。四十多年的来往没有厌倦。青松更绿了，溪水更澈了，烟雨朦胧中山岚群舞，恰似一帧天然的山水画。我爱山村，更爱我的第二个故乡——所前！

回到夏天

李沅哲

入伏了，太阳已不似从前温柔。天上开出了一个明晃晃的白洞，刺得人睁不开眼。热流一团一团急赶着钻出被火芯儿烫破的大窟窿，倾泻人间散热，当它从绿野、湖面散步到屋院，大地早已被烤得炙热。

在那些同样属于蛙、蝉、蟋蟀、麻雀的夏日，我独自从城里溜进外婆的村庄，绿绿的稻田散发着油嫩的植物芳香，一阵风拂过，满目的翠绿起伏，穗子像晒胀的小脑瓜子随着节拍摇摇晃晃。

广阔的菜地里，我远远瞅见一个熟悉的身影，那是我的外婆。她一会儿穿梭在丝瓜秧与黄瓜秧攀缠的竹篱笆中，一会儿弯腰摘紫的茄子、青的番茄，在一窝绿苗子中寻低调的小尖椒。我时常会在田埂上坐下，扯一根铃铛草，将它层层叠叠的三角形叶柄小心翼翼往下撕拉一点，旋转，悬在耳边，听热闹的铃铛声响。那片土地还有许多蓝色婆婆纳、猫眼草、荆芥花等小植物，它们连同夏季一起刻进我的童年记忆。后来，它们又仿佛随着外婆的离开消失在乡间小路。

外婆所在村庄的不远处有条小河，小河里什么都有，蝌蚪、泥鳅、小鱼、青蛙、黄鳝、小龙虾……不知何时起，我的表姐开始盯上了这条小河。儿时某个夏天，她好像蓄谋已久般，召集了一帮小弟兄，到河边的泥洞里掏小龙虾。

那头顶的日头比现在还要晒，男孩子们下河蹚水、掏泥洞的精神头儿一点儿不减。而我那十岁出头的表姐，则会熟练地将那些小龙虾去头剥洗干净，让它们在外婆家那口大灶台上集合。一阵翻炒，火辣辣的香味由锅口四溢，霎时铺满厨房，几个孩子不时凑到锅灶前欣赏着自己的战果。起锅后，表姐呼唤小伙伴们来品尝，虽然只有油、盐、花椒这些简单的调味品，大家却能吃出无尽的快乐。

每个村庄的夏季都有独特的色彩和风味，所前杨梅是令人愉悦的存在。萧山人有多爱杨梅？其实，从各种食用方法上可略窥一二，据说不下 10 种，待你一一解锁各式吃法，兴许还能将人的性格分析出三六九等。比如，率真之人从树上摘下就吃；看见新鲜杨梅不慌不忙，拿盐浸洗再吃的要么有洁癖，要么就是理性之人；泡烧酒存起来的，多少有些浪漫情怀；喜食冰冻杨梅的人就有点懒了，虽算不得杨梅的真正爱好者，但是会过日子没差了……就这样，有的人在鲜果的品食中消解了暑气，也有人将它带入下一个季节，酒壶一煮，暖上一整个寒冬。

所前李氏家庙里少有生趣，方井中的几尾锦鲤是唯一的点缀。鱼与鱼虽在同一口井中，却看似拥有不同的时空。你看不见我，我看不见你，却能以相似的轨迹慢慢相遇。

电影《大鱼海棠》中也有一条极有意思的鱼，名取自庄子《逍遥游》中的鲲。电影中的鲲不但会飞，还会不停长大，只有拥有纯洁灵魂的鱼才能长成大鱼。

俗话说，春有百花夏有雨，秋有风霜冬有雪。如果说，执掌海棠花开的椿代表着象征美好寓意的春季，执掌人死后灵魂的湫代表着象征悲凉寓意的秋季，那么，为救椿而失去生命的人类男孩鲲则代表着夏季和冬季。细心一点会发现，被椿和湫用寿命救过后，鲲每逢下雨和下雪时就会长大，还会飞。他从鱼缸飞进天井院子，从井水中飞进浪漫的海底星空，最终穿越海底回归人类的世界。鲲所代表的人类与掌管自然规律的另一个世界形成交互。

生命旅程往复不息，春会与夏重逢，秋会与冬再次相遇。

《牡丹亭》的题记里说："情不知所起，一往而深，生者可以死，死可以生。"就好比鲲与椿之间的缘分，从少女椿游历人间时就已存在。鲲也觉得椿这条鱼很是眼熟，这与宝玉初识黛玉时的玄妙别无二致。在各自所处的世界里，二者都曾以一条大鱼的身份被彼此以生命挽救，或者，电影传达出了另一层意思，命运与共的感情才是恒久的爱，每一个被爱的人应该像一条大鱼一样被呵护。

所以，人死后还会重逢吗？会重新认得吗？

生命的大鱼横越大海，有时相遇，有时分开。爱早已记住初春灌溉第一滴露水时的形状，推动四季往复。因此，椿在百年之后给出回答，不管怎样，"我们会重聚的，无论变成什么模样，我们互相都会认得出来"。

记忆从来不会轻易叫醒一个沉睡的灵魂。就像一座江南老宅不会主动透露自己的秘密往事，而一口打了补丁的旧水缸也会将其熟睹的历史隐藏。

久违的夏天，从漫步一间间宽敞且不被打扰的宅子开启。马头墙高耸，脚步叩响布满岁月沉积的石板路，周身被高高的灰白墙面包裹，头顶一条窄窄的天缝仿佛也身处寂静，静得能听见那些散漫心事和阔别已久的年代里纯真的誓言。

所前娄家墙门号称九十九间半，如若将它喻作一颗心房，西侧的小花园绝对是那另外半间。无论是谁，内心都存在这样一处角落，有时阳光穿越丛林洒下明媚光线，有时草木遭遇慌张的暴雨，有时孤坐八角古井，在清泉中看见过往时空里每一个不一样的自己，或悲或喜，或走走停停看风景，或在蛰伏与醒来之后慢慢生长。

所前记游诗

尚佐文

文字是我们行驶在认知路上的导航仪，使用不慎会将我们引入歧途。萧山的"所前"，闻名已久，我先入为主地把"所"字当成助词，感觉这个地名好奇怪，因此而印象深刻。这次承蒙萧山区作协邀请赴所前采风，听了主人的介绍，才知道此"所"乃名词，指古代的"盐务批验所"；"所前"的命名方式，与"衙前""府前"同一机杼。真是应了那句俗话：处处留心皆学问。

相较于"所"字的虚实，在所前采风两个半天的所见所闻，更是令人虚往实归。同行的都是散文名家，我滥入其间，不敢吹竽，还是击缶助兴吧。当日游览过程中得句若干，归来后衍为七绝六首，并加附记，聊充作业。

一、自家码头

绿意红情窨倦眸，粉垣灰瓦俯清流。
无船系缆亦堪羡，几个人家有码头？

9月10日下午刚到所前，即觉眼前一亮。清澈的河水若渟若流，临河人家开了后门，蹲在埠头上，可以洗菜，可以浣衣；如能持竿垂钓，那就更美了，钓的不是鱼，是闲情。虽然无船可系，但这种拥有自家码头的感觉，实在好得让人嫉妒。河边屋畔的花草树木，或浓密或疏淡，各得其宜。诗中用了"倦眸"，真不是矫情，日常看文字、看楼宇街道，确实是眼与心都倦了。到此一游，洗眼洗心，不亦快哉！

二、花　海

入秋仍见百花妍，弄草迎风态万千。

纵不知名无所憾，免将真趣落蹄筌。

鲜花是造物主赐给人类的厚礼。但是有些花，在有些场合，

是未免有些矫揉造作的。所前花海里的花，自由散漫地开着，与杂草和谐相处，这种自然状态，才是造物主和我想要的。这些花都是有名字的，但我大多不知道，也不想知道。造物主创造了它们，并没有为它们命名；它们的名字是人类给起的，而且肯定不止一个：学名描述它们的生物学属性，各种俗名反映它们某一方面的特点。它们的美，并不依附于这些名字；相反，这些名字可能会限制或者干扰我们感受其真正的完整的美。

三、蔡东藩

手持一卷向墙隅，快意浑同读禁书。
四十年前如在昨，今朝来访子云居。

我念小学是在书荒年代，除了课本几乎无书可读。有一天，走南闯北的邻居借给我一本《前汉演义》，我如睹珍宝。母亲怕影响我的学业，禁止我读闲书。我常将书藏在怀里偷偷带出，躲在后院的墙角阅读。"蔡东藩"这个名字，从此深深印在脑中。这次到所前，知道蔡东藩在抗战期间曾在此居住，当年住过的房子现辟为"蔡东藩故居"。可惜因采风行程紧张，没有时间往谒，留待他日再弥补此憾。

四、娄家墙门

庭院深深深几重，绕廊抚壁想昌隆。
只今作主唯芹草，迎客升阶宛在东。

当天参观了"娄家墙门",为当地一娄姓米商建于 1920 年的豪宅。从大门进去,一进又一进,几乎要迷路,让我们感受到当年大户人家的气派。宅已闲置,真的只剩下"墙"和"门"了。庭院中杂草丛生,高低错落,在这向晚的阴雨天,有些阴森森,似乎随时会有魅影出没。一条地锦从庭中蜿蜒而上,盘踞于走廊一侧,俨然是遵周礼站在东阶迎接贵宾的主人。

五、彼岸花

雨天昔有曼珠沙,散作尘间彼岸花。

石蒜已嫌辜雅意,蜚蠊何事乱声华。

9月11日上午,拜谒英雄葛云飞之墓。墓地属三泉王村,墓碑上刻"诰授振威将军追赠太子少保葛壮节公之墓",碑额刻咸丰帝御笔"忠荩可风",碑两侧有楹联曰:"泉台光宠泽,抔土奠忠灵。"

墓上摇曳着十数株彼岸花,鲜艳的红色,拒绝绿叶的陪衬,格外显眼。熟悉花事的同行者,说彼岸花还有个很美的名字,叫"曼珠沙华";又有博学者说它的学名叫"石蒜"。曼珠沙华出自《法华经》,是"乱坠天花"四种之一,"华"即"花",故也可略称"曼珠沙"。大家沉浸在名实皆美的曼妙思绪中,忽闻博君兄高声叫道:"这不就是蟑螂花吗?"这一声喊,大煞风景,引起曼冬秘书长的强烈不满。大凡长得像朵花的女性,往往特别爱花,并且爱惜花的芳名。这么美的花,应该配一个特别美的名字,怎么可以用"蟑螂"来"污名"呢?我在诗中都不好意思直接用"蟑螂"，而是用了它的学名"蜚蠊"，显得文雅些，免得被以曼冬为代表的爱美爱干净人士嫌弃。

六、三泉王村

地涌三泉龙虎牛，十围樟木历千秋。

山川信是藏珠玉，佳气葱茏日夜浮。

陆机《文赋》中说："石韫玉而山辉，水怀珠而川媚。"所前就是一个韫玉怀珠的宝地，这里所有的草木，似乎都散发着一种柔媚的辉光。三泉王村有龙、虎、牛三泉，村民以王姓为多，因此而得名。村中有一株大樟树，树干粗壮，目测四五人方能合抱，据说树龄已近千年。适逢橙黄橘绿时节，枝头果实累累，清香扑鼻。三泉王村最有名的水果是红心李，家家种植，此行未逢其盛，俟诸异日。村支书自豪地介绍，三泉王村已被认定为"浙江省AAA级景区村庄"，景点建设也在优化过程中。住在三泉王村，村庄即景区，村民的幸福感可想而知。

我认识的缪家村青年

木 瓜

缪志奎、缪建国、缪柏灿、舒林法都是缪家村人。他们是我的战友，1976年年底我们一同参军，一同乘坐闷罐列车，一同奔赴云贵高原。

缪家村是典型的江南水乡，河道纵横，交通便利，绿野平畴，丰裕富饶，现在是所前镇人民政府的所在地，是所前政治、经济、文化的中心。

　　流淌了千百年的西小江，在村前绕了一个大弯，之后一路向东奔去，它给这方土地留下了富足、温润与灵性。

　　缪家村的历史非常悠久。据查考，早在北宋时，那里就有一座小村——舒家畈村。当时，村里大多数的村民姓舒，后来在明朝时，不知何故舒家得罪了官府，被满门抄斩，只有为数不多的在外做长工的几户舒姓人家得以幸存。如今的村子里40%的村民姓缪，缪姓成为村中的大姓。缪家的先祖可追溯至春秋时期的五霸之一秦穆公，因古代"穆"与"缪"同音，他的子孙以缪为姓，以兰陵（今属山东省）为郡望，传三十世至

文锦公，任宋节度使，随宋高宗赵构南迁临安，因不满偏安江南的朝廷，遂隐迹于绍兴柯桥华舍小赭。其四子缪簧，中秀才后，受聘于渔临关当塾师，于是将家小迁至舒家畈村，缪姓家族在此安居，世代繁衍，人丁兴旺，至今已传至第二十三世。

当年代跨越到了 1928 年，一位奉化籍的共产党人，沿着西小江来到了缪家村，他带来了革命的种子，他唤醒了枕着河水沉睡的乡村，他给这里打上了红色印记。从此，这个古老的村庄，登上了中国革命的舞台，成为萧山青年运动的摇篮。

裘古怀，生于 1905 年，20 岁入黄埔军校学习，1926 年加入中国共产党，毕业后在叶挺独立团任职，投身于北伐战争，1927 年参加南昌起义，后负伤回宁波养伤。1928 年到萧山，在缪家祠堂以教书为掩护，从事秘密的革命工作，他组建了共青团萧山委员会，并担任第一任团县委书记。裘古怀这位缪家村的新青年，他积极开展革命活动，扩大组织，建立了临浦、义桥、缪家等地的团支部，他培养本地的进步青年，全县团员发展到了 88 人。1929 年 1 月，他在杭州被国民党当局逮捕，1930 年 8 月 27 日被杀害于浙江陆军监狱，牺牲时年仅 26 岁。

2001 年，缪家祠堂改建成"萧山青年运动纪念馆"，并对外开放。2019 年，纪念馆进行了一次全面修缮和重新布置，成为杭州市市级文物保护单位。昔日的宗祠，昔日的小学，如今是萧山爱国主义的教育基地。

志奎告诉我，20 世纪 60 年代，缪家村的孩子们都是在祠堂里读书上学的。他们对祠堂和那段岁月怀有一种特殊的感情，大门前的石板道地，一条清澈的缪家河，一座古朴的石板小桥，几棵香樟组合成一片绿荫，缪家弄堂的小店、茶馆、老宅，还有学生们喜欢的戴老师。小桥流水人家，他们就是在这般恬静平和的环境下长大的。

时间回到1976年，那一年的中国，无数个的大事件都集中发生在了这一年。12月中旬，征兵工作开始了。缪家村的青年都踊跃报名，当兵是那个时代年轻人的梦想，无论是在农村还是在县城，有志的年轻人都希望在最美好的年华走进部队这所革命大学校，毕竟是"一人参军，全家光荣"。那年，缪家村体检合格的青年一共有九人，经过政审和选拔，贫农家庭出身的志奎、建国、柏灿、林法四人穿上了军装，成为解放军战士。

两年部队生活的锤炼，让几位缪家村的小伙迅速地成长为大树。1979年年初，西南边境形势吃紧，由张涛副团长带队的第一批22人赴内蒙古自治区先遣小队，志奎和建国也在其中。已担任二营营部通信员的志奎，被专门分配在张副团长身边，与他同吃同住同行，除了负责首长的生活和安全保卫之外，他还必须把上级的命令和指示及时送达到各个连队。

建国的工作也不轻松。由于内蒙古自治区机场要建一批临时机库，在当地物资十分紧缺的情况下，钢材、水泥、木料全都需要到外地采办。负责这项任务的建国，去东北协调落叶松的组织发运，去贵州水城水泥厂购买水泥，去贵阳钢厂调剂钢材。那场冬春之季的战事，让志奎与建国这两位缪家青年实现了他们少年时的誓言，保家卫国，奉献青春。他们俩还先后获得了营嘉奖和团嘉奖，并一起"火线入党"，由此也完美地铺开了他们不平凡的人生。

缪柏灿的事迹更为感人。他到部队后，被分在四连，那是一个施工连队，平时的任务就是筑路、打山洞、盖房子。艰苦的环境，艰辛的工作，他始终无怨无悔，平日里不爱说话的他，在请战书上写下了一句话：只要祖国需要。他是班里的副班长，上前线时，什么脏活累活都抢在前头。那一天，团里下达命令给四连，必须在第二天天亮前突击完成一项施工任务。指战员们从早上一直干到晚上，工程只完成了一多半。就在这关键时刻，柏灿却一不小心踩到了木板上的一颗大钉子，钉子戳破了鞋子，又从他的脚底戳进，从脚背穿出，当时整只鞋子都灌满了鲜血。可他硬是咬了咬牙，将钉子拔出，用手帕将伤口简单地扎住，穿上鞋一拐一拐地又开始了工作。排长李贵阳让他去休息，可柏灿就是不肯下去。他说："前线的战友都在流血牺牲，我这点伤又算得了什么。"他就这样坚持到天亮，坚持到任务的圆满完成。正是因为他在前线的突出表现，团里给他记三等功一次，这是柏灿的光荣，也是缪家村青年的光荣。

时间一晃，四十五年过去了，当年参军时才二十岁上下的毛头小伙子，现在已是两鬓斑白，都到当爷爷的年纪了。

那天我路过所前，顺便去看看老战友。建国发了一个定位给我，"萧山青年运动纪念馆"。在纪念馆的门口，我见到了缪家村的"青年"志奎和建国。

烟雨所前

陈开翔

一

动笔之前，想着要将文章的题目写成山水所前，动笔时，竟写成了烟雨所前。去所前的时候，刚好是梅雨季节的尾声。一场雨，让所前之行有了些许凉意，雾岚流动中，远处的山脉、村庄时隐时现，大地似蒙上了一层洁白的轻纱。

二

大巴驶离所前镇政府，直奔杜家村而去。杜家村，优质杨梅的主产区。萧山杜家杨梅，早在宋朝时就盛名远扬了，苏轼在杭州任职时，品尝过萧山杨梅后感叹道："闽广荔枝，西凉葡萄，未若吴越杨梅。"由此盛赞便可窥见杜家杨梅的不一般了。一年一度的杜家杨梅节，更是将杜家杨梅的名声推到一种高度。杜家杨梅节已过去好几天了，但属于杨梅的季节还没真正结束，路边的杨梅树上，青色的、青红相间的、红色的杨梅还藏在绿叶中，山风拂过，树叶晃动间，那些藏着的杨梅纷纷探出头来。

大巴停在一块平地上，雨还在下着，一把雨伞好像一个移动着的屋檐，我们站在各自的屋檐下，寄情于短暂的山间时光。山间有清泉流淌，泉水纯净，甘洌，捧上一抔，那些晶莹剔透的小珠子，一滴滴从指缝间滑落，宛若那些攀附于肉身的光阴，一点点破碎着，流逝着。杜家的山里是寂静的，又是热闹的，人一拨接一拨来，又一拨接一拨离去，只剩青山寂寂，草木如斯，一天天，一年年，立于这方小小的世界。

"你们老家都是大山吧？"望着眼前白雾缭绕的山，有人问我。见惯了各式各样的山，对山就不敏感了，老家的山，多是岩壁裸露，直逼高天的那种，在山间行走，常会没来由地徒生苍凉。相对老家的山，眼前杜家的山，就秀气得多，满目苍翠中，让人心生愉悦。有人从山上下来，是个老者。黑色的雨服，怎能挡住飘洒着的雨水？雨水越过帽檐，流淌在脸上纵横着的沟壑里。老人的肩上，一根竹棍的两端晃荡着四只装满杨梅的竹篓，竹篓口上，覆盖着新鲜的狼蕨草。见有人围上来，老人将竹篓放在地上，向人们推销他的杨梅。兴刚老师上前去，买了两篓。我们分食着杨梅，正宗杜家山里的杨梅，饱满而圆润，汁水充盈，甜中带酸，酸中有甜。此时，不禁想到了大诗人陆游"天与杨梅成二绝，吾乡独有异乡无"的诗句。巧的是，老先生是越州山阴人，也就是今天的绍兴，而所前古时属山阴。在老先生的故乡，一颗颗杨梅，让人读懂了这片土地的厚重。也许，只有好山，好水，才能赋予一颗颗杨梅平凡中的不平凡。

在杜家的山里，人们都是被雨水眷顾的人，是一滴滴雨水的苍生，契合着漫山的野草，迎风疯长；契合着一颗颗鲜红欲滴的杨梅，在枝头灿烂地笑着……在心底，腾出一方天地，自成青山，自成溪谷，盛积着雨水，过滤俗世的芜杂，滋润着生命的绿意。

三

三口泉水，一个姓氏，就构成了一个村庄。很喜欢这种命名村庄的方式，简单、直接。这片土地上，类似的命名还很多，就像距此不远的施家渡、谭家埭、楼家塔……

三泉王村，坐落在群山环抱中，东面是山里王村，南面接进化镇地界，西北面毗邻临浦镇通二村。

眼前的三泉王村，是熟悉的，又是陌生的。十年前到过三泉王村，那时有老乡在三泉王村的山里的砂石场上干活，租住在三泉王村的一间老房子里，我那时住在临浦镇一个叫谭家埭的村庄，空闲时常去老乡处玩。那时，从临浦到三泉王，兴许是经常有拉砂石重车路过的缘故，路面都是坑坑洼洼的，晴天，尘土迷漫，雨天，一路泥水。

此次来三泉王，虽是故地重游，但很多东西和十年前明显对不上号了。最明显的就是村中的柏油大道，颇具运动跑道的样子，环境绿化、溪道改造、基础设施也提升了不少。

相较其他村庄，三泉王村在文化这一块做得还是挺到位的。村里有个专门的村史馆，陈列着三泉王村的历史变革、人文景观、民风民俗、物产特色等方方面面。在工作人员的讲解下，一个村庄的发展脉络变得清晰可见。在中国，很多村庄是没有历史的，何处来，怎么来，都是故老相传的，有的传着传着便断了，就像我出生的村庄。小时候曾听爷爷讲过村庄的来历，后来由于种种原因，人们都搬离了村庄。现在，村庄空了。我想向我的孩子们讲讲从爷爷那儿听来的村庄史，可孩子们一脸的茫然，不怪他们，因为那儿已不是他们的村庄。一个村庄的历史，就中止于我们这一代了。如果当初我的村庄也有村史馆之类的记录条件，它也不至于这么快便被人们遗忘了。

村中，随处可见很具年代感的建筑，最显眼的要算山里王村大会堂了，会堂的大门两边，还保留有那个年代特有的标语。走进去，是一个宽敞的会场，会场空空的，可有那么一瞬，分明感到里面都是人，他们或静坐，或喊口号，或谈论着这块土地的命运。门口的一面墙壁上，有师傅正在墙绘，勾勒出的画面棱角上，一代伟人挥斥方遒的形象跃然墙上。

三泉王村的乡村旅游也搞得风生水起。乘着乡村振兴之契机，三泉王村将自身的历史资源和自然资源进行深挖与整合，

葛云飞墓、千年古樟、龙泉、虎泉、牛泉等景观被串联成颇具特色的乡村旅游线路。游客多起来了，民宿、农家乐等相关产业链也被带动起来。如果说所前是萧山的后花园，那三泉王村便是后花园中的花园了。

坐上村里的观光车，先是到了虎泉，虎泉不见泉，只见一只石头老虎仰天长啸，守在一架铁辘轳旁，上前去，试着摇动几下辘轳的手柄，地下传来"哗哗"的声响。虎泉旁边，是一条小路，沿石阶而上，便是千年古樟了，古樟亭亭如盖，树干上散布着一块块鼓胀的包块，像壮硕男人高高隆起的肱二头肌。虽是千年古樟，却没有岁月的沧桑感，而是焕发着一种朝气蓬勃的景象，古樟矗立着，千年如斯，见证了一个村庄磕磕绊绊的历史轨迹。

关于虎泉与古樟，还有着一个精彩的传说哩！说是明末绍兴一张姓员外的儿子生病，久治不愈，很是烦恼。一日有道士路经此地，听到员外家的情况，便来到员外家，对员外说不是药不灵，而是熬药的水不对，并对员外说要用虎泉水，晚上在天井中的水缸里能看到古樟树的倒影，树下面的井便是虎泉。员外便派人四下寻找，一下找到很多棵古樟，这下犯难了，树太多，不能确定是哪一棵。于是灵机一动，让人将草鞋系在虎山上的古樟树上，分别做记号。晚上，便在水缸里见到了有草鞋记号的古樟，跑去看，下面果然有虎泉，遂取此泉水熬药，不几日，员外家儿子的病便好了。于是乎，古樟与虎泉名声大噪，古樟成神木，虎泉变仙水，成了乡民们的吉祥物。还传说绕古樟走一圈，饮一口虎泉水，所想心愿皆能实现。故事很写实，让人莫辨真假，但这又有什么关系呢。在漫长的人类社会

世风·洁

123

中，人们会将人的思想寄托到他物上，有时候是一块石头，有时候是一株草，甚至是一些不存在的假象。人死了，被寄托之物活了下来，就像眼前的场景，一代代传诵故事的人不在了，虎泉和古樟树还在，等待着后来者的传诵。

古樟旁有观景台，在上面可以俯瞰整个三泉王村，此时的三泉王村，在雨水的润泽下，显得格外清新脱俗，一幢幢别墅型的民宅，错落有致地排列着。群山静默，氤氲着如梦似幻的薄雾。

如果村庄有魂的话，那千年古樟、虎泉、龙泉、牛泉便是三泉王村的魂了，参观完龙泉和牛泉后，我如是想着。也正是这些存在，赋予了人们对这片土地无尽的遐想与探索。三泉王之行结束了，但对三泉王的认知还没有结束，我们所走过的，所看过的，或许只是表象而已。想读懂三泉王，得像一只鸟，盘旋在三泉王的天空；像一株草，长在三泉王的山里；像一滴雨水，渗进三泉王的泥土里。

所前，所前

王葆青

一

沿育才路一路到底便是所前镇。

作为重头戏，萧山区作协把 2021 年上半年最后一次采风定在了所前，碰头时间是早上九点。一早下着雨，我自驾前往。当到达碰头地所前镇政府时，八点半刚过，时间还早，我便猫在车里听雨。

雨有点大，阵阵敲打着车顶盖和路面，"嗒嗒"声脆，契合着我略显忐忑的心境。好在时间过得快，不久，大队人马乘坐大巴赶到，我随即从某种状态中解脱。

接下来统一乘坐大巴，首站是杜家村。也好，从熟悉的地方切入。雨雾弥漫，窗外湿漉漉朦胧胧，车内热烈非凡，大家一边倾谈，一边听接待人员介绍杜家村的情况：400 多户人家，4600 亩山林，以种植杨梅和茶叶为主，杨梅园和茶园有几百亩，兼种桃李，秋季还有板栗、柿子，总之依靠山林，日子红火。

遗憾的是，此行刚好错过了杨梅采摘期。惋惜中，诗人蒋兴刚端着一碗新鲜杨梅挨个儿来到座位前，请大家尝鲜，新鲜的汁液立马弥补了缺憾。

不一会儿，跟随讲解的声音，西边山坡上一棵巨伞般张开的杨梅树吸引了大家的眼球，那是杜家的镇村之宝——"杨梅之王"。1958年6月5日，粟裕大将到浙江考察时曾来过杜家，就站在这棵杨梅树下，了解农业合作社情况。诞生十年不到的中华人民共和国，亟待找到一条适合于农业发展的道路，杜家杨梅作为一种水果，一种并非粮食的农业经济作物，进入共和国开国功勋的眼中，这是杜家的荣耀。为了弘扬历史，杜家村今年准备借美丽村庄创建之机，着手把这里美化一下，使之成为一个景点。

而今，六十多年过去了，杜家杨梅光泽依旧，早已成为杜家乃至于所前的代言。一个亮丽的点——杨梅引领大家向前。

沿着不宽的山路行进，不久，大巴停在一处开阔地，是"杜家山凹"。

大家下车透气。不愧为一个窗口，这里更加通透，所处清幽，乳白色浓雾完全笼罩了远处的山峦，近处绿翠盈眼，但仔细看还是能看出些瑕疵，加上缺少点缀，多少有些单调，不用说，是杨梅林。它们刚刚卸掉果实，正在从产期中恢复。其他各种经济林该在来时山道两侧，其中有桃树、李树、板栗树和柿子树等，还有茶园，一部由杨梅引领的合唱，接下来会次第出场，渲染各自的色彩、枝叶、果实，主角与配角，呈现与馈赠，角色转换等等，寂静之上，将"热闹"纷呈。

山林被激活，激发，杜家对应一座绿色银行，一个聚宝盆。

126

枢机是搭配，背后是人。神奇的是，这座经济林全然看不出人工痕迹，仿佛高仿上帝的手笔。的确，要把这些高产出的植物组合好需要匠心。人对于自然的了解和态度也显得非常重要，杜家人似乎懂得顺应，有度，取之有道，所以回馈绵长，丰沛，用之不竭。

那样有序，以至于可以连续数十年滋养一个品牌，这是杜家的神奇，背后到底蕴藏着什么呢？仅仅是附丽于自然并爱惜它的人类聚居者该有的荣耀？同样的自然条件，杜家难道不担心周围村庄复制其模式？

大大的问号。往返杜家，即便算上逗留，也不过一个小时。我的思绪像极了这条来娘线折向青化山的山道，只是往里轻轻一趑，在杜家山凹这里便戛然而止，似乎有些浅尝辄止。这样连刺痛都不会有，杜家人的诉求和大山的反馈好似有某种默契，答案在其中；又也许，这是我个人的问题，只是我不想让它成为悬念，毕竟我忽视太久，而走马观杜家，一扇门还未来得及开启，更甭谈进门一窥，随即折返。这样也好，那就让杜家成为酒引子——一坛开胃酒正待点化。

二

不用说，杨梅的甜与酸已然激活某些休眠状态的因子。我们惯于隔离和自闭，惯于尘嚣、闭塞、迟钝或麻木，的确需要一场唤醒。

某种期待中，大巴转场，好似从主体的边缘掠过。

"哗哗哗哗……"，突然，一阵悦耳的声音传来，是流水的

世风·洁

喧哗声。大巴应声而停。

是另一座山坳，三泉王村。大家兴奋地下车，三五成群地散落在流水边。雨依然不止，呼应着流水，天气依然通透，契合着景致。桥的对过，作家们兴奋地合影留念。

我站在桥上静静地观察溪流，这是一道南来的活水，挟着势能，几乎是向着村口砸过来，足以振聋发聩。那奔涌的素玉跌宕，嘶吼成背景，在自我渲染中不断荡涤、攫取、收编，那一刻我直想汇入洪流，远离平庸。

由此我想到源头和归宿，譬如眼前的三泉王的兴起和未来。

比较详细的三泉王姓家族史，我是在采风后查证的。当然，青化山北麓三泉王姓家族的发迹，并未能逃出"北人南迁"的范畴。据王梦庚和王锡桐合撰的《三泉王氏谱》，三泉王村的始祖叫王怿，又称"道立公"，与欢潭田的始祖一样，道立公也是南宋初年"护跸南迁"的功臣。据民国《绍兴县志》，南宋王怿是"由清溪迁山里"，"清溪"在余姚，"山里"该是今天"三泉王"隔壁的"山里王"，"二王"共同的始祖是道立公；与三泉王不同的是，山里王是道立公次子一脉，此后这一脉多居嵊县。

王姓的聚居地，青化山麓还有"祥里王""燕窠王""西江王"等，几公里外甚至还有"王家大山"。由此我想到更多，譬如东晋王羲之——今天王家大山靠近柯桥的一侧还有"王羲之纪念馆"——青化一带王姓聚居史恐怕还可以上溯，范围还可以由越中拓展到浙东。

迁徙的初衷，据说是道立公"慕黄湾乡山川秀丽，寻正幹卜居于外王山麓"。"正幹"指"本体"，指分隔山里王和三泉王的那道山峦，即与"王家大山"对应的"外王山"。最初道立公相中的是外王山麓的开阔部分，涉及山里王和三泉王，不过三泉王最初的称谓是"山前王"，直到九世祖永康公"披荆斩棘，劈草莱，相阴阳，观流泉于虎山麓"，发现了三座泉眼之后，才改成"三泉王"。

引领泉水的，是一段传说，由于叙述者太多，我且略过。总之历经"九世"，差不多两百年，村庄进入"泉眼"时代。我感叹精诚和开拓过后，大自然的慷慨。

虎泉开端，一侧的虎岭是见证。虎岭突兀，半山腰一棵千年古樟擎着巨型伞盖，耸立在轩敞、明亮的高处，与低处的虎泉若即若离，好似一面大旗，引领着拓荒者。我拾级而上，感受虎势，虎岭必有虎，虎啸山川，泉眼松动，被永康公觅得，从此，这片充满未知的蛮荒之地逐渐被纳入开拓者的视线。

此后，大自然好似要继续奖赏永康公的执着，又相继凸现了另外两座泉眼：其中一眼在早先的"信川房屋"一侧，深约两丈，因近青化牛山，取名为"牛泉"，又名"小泉井"；另一眼取"青龙伏流"之意，取名为"龙泉"，又名"大泉井"。

总之，永康公"连中三元"，向青化山索取了三眼泉水，"劈草莱"在先，观泉流于后，一切顺理成章。先是淘之筑之，随后取名，赋予特有含义，用仪式感强化尊重和感恩。从此，青化山下多了几样新事物，带着特定的标签和承诺，惠及一方，譬如三泉王以及属于它的三眼泉水，譬如"杜家杨梅"。

告别泉水时，我们从"三泉印象"的标牌前掉头，在流水

世风·洁

持续的渲染中返回桥头。边上是文化礼堂，展厅里有很多新元素——以展品或样品呈现的现代农业成果，每一样都有自己的标签，挤满了角角落落，品种有茶叶、杨梅酒、桂花藕粉、桃酥等等，每种都包装精美，各有其名。有几款明显是隔壁村庄的产品，如一款富锌食品"金地三宝"是不远处李家村的新名片，而以"杜家特产"名义推出的杨梅酒则是"杜家杨梅"的升级。在一以贯之的传统标牌之下，内涵更新意味着模式的更新，品牌依旧，荣耀叠加。

在一处以"三泉王"为标签的"三泉王青红红心李"前，我停下了脚步，这是三泉王真正的出产，是三泉王村衍生出的新事物。古老事物，譬如村庄和古泉们，今天都面临突围，用它们自己特有的标的和路径，为了专属的荣耀，把根基和内核以切合时代的要求呈现。写到此，我想起了在虎泉井口边从讲解员那里听到的关于以"三泉王"为标签的矿泉水的消息。"三泉王"已然不仅仅是一个村庄的名字了，而是一个品牌，就像隔壁的杜家那样，像浦阳江对过不远的尖山下那样。在"萧南"同一个地域之下，以"一村一品"总领的特色村庄如雨后春笋般涌出，有如泉水般的丰沛和未来，当这些内在诉求成为趋势、潮流，未来该是多么令人神往。

由此，再回到上一章的"疑问"，"杜家"已然不是最初的"杜家"，三泉王、山里王、李家村当然只致力于成为它们自己，断然不会因袭别人了。错位，因地制宜是生存之道，更是一种雅量，平台可以共享，路径和手法各异。当然，平台做大了，覆盖面扩大了，能体现规模效应。我期待能够有越多、越响亮的窗口或平台来带动区域经济，如此，则善莫大焉。

三

接下来我该把那方天地的白墙黑瓦和与之对应的绿色背景抛在身后，再一会儿，大巴将告别溪流，驶上一条宽阔的河流——著名的西小江，曾经的一条界河，今天所前的内河。

所谓"界河"，是指它在历史上是绍兴和萧山之间的天然分界，也是传统的所前镇和萧山来苏乡之间的分界。所前镇原属绍兴，直到某个时期，划入萧山，后来又和来苏乡合并为新的所前镇。这条河流的地理学特征才发生改变。

关于西小江的流变及与所前的渊源，可以从明代萧山进士黄九皋一篇给皇帝的奏疏中了解一二：西小江流经所前的部分，"岁被小江之害，且小江两涯皆赤卤之地，雚苇之场"，即都是盐碱地、芦苇荡。因为西小江往东与大海相接，海水常常倒灌

造成泛滥，更造成西小江两岸土地的盐碱属性。这种土地特性在萧山境内的钱塘江及北海塘流域都曾长期存在。这可以从萧山古代的"余暨"称谓中一窥，据《越绝书》，"越人谓盐曰余"。

于是有盐场。《盐地记》载："沿西小江一带，上自金家衖，下至旧志所载之竺山埠止，约长三里，均称盐地。"接着是盐商云集，清代在盐仓上地设有盐号四十八家，由来自杭州、徽州和绍兴等地的盐商们经营。

中心便在离所前老镇不远处的"后塘"，当时那一带繁华无比，同时也是著名的烟花之地，据载"有妓院数十家，为往来盐商娱乐之所"。后塘对过，西小江的另一边有个叫"猫儿口"的渡口，当年也很热闹，具体位置待考证，《娄草庐诗稿》中有"夜航已过猫儿口，晓梦浓，燕子楼"的记载。这一带的繁华后来因一场"洪杨乱作"被毁殆尽，其地也相继被乡民占有，只留下一条"后塘弄"刻在岁月的肌肤上。

另一个白日，为了寻找记忆，我实地探访后塘。沿着所市路往北步行几分钟即到：一侧是西小江的光影微澜，一侧便是后塘——依然是密集的住宅区，略显杂乱的集镇边缘的村庄，一条长长的"后塘弄"在村庄东侧。我终于找到几幢幸存的老宅。

这些老宅或许就是当年盐商们的私宅：两层歇山顶夯土或砖木结构建筑，白墙青瓦，有些还带有冲天防火墙，属于典型的融入徽派元素的浙中民居，注重细节，譬如精致的雕花门窗。一处宅院的侧门门楣之上镶嵌着小巧精美的门楼，另一处宅院则呈现优美的斗拱和雕工烦琐的牛腿。几乎每个宅子都带有一个小花园，凸显当年优雅生活，不过当下，有些长满杂草，有些做了菜园子，而宅子，大都显得暮气沉沉，像患了自闭症。

"住在里面会不舒服"，住在边上的一位中年妇女这样评价。

这大约是由于时代变迁带来的人们居住观念的改变，或者，老宅太旧，即便主体完好，早先人们的生活痕迹和岁月的苔藓太深，毕竟，这里曾经被另一种生活方式浸润太久。

村中间，南北布置着几口卵形池塘，与一侧西小江河口的波光相映，其中一口池塘在清淤和维护，或添置一些石砌小品。后塘区域的面貌局部可望改变，只是，这块萧山和古山阴之间的繁华地，当年不可一世的主人和曾经的事业、奢华不再，疾风骤雨过后是平常百姓生活。

一侧就是所前老镇。我来到所市路。所市路经过拓宽后，宽也不过两丈余，西侧几幢老宅毗邻，依然完好。一间老宅前，一个老者自称在这里生活了六十多年。所市路原先更窄，宽不过两三米，但是异常繁华，老街坊们对于曾经的年代记忆犹新。

我总疑心"所市路"原先的名字叫"所市街"，不过并未找到佐证。

"镇政府搬到来苏后，这里逐渐就冷淡下来了！"一堆老人扎堆在街边聊天，其中一个发出了感慨。

我完全听得懂老人们讲话，老人们也听得懂普通话，这个和我在戴村一带探访溪流和古桥时的感受迥异。由此我想起"开化"两个字，和戴村一带比，所前毕竟是一个码头，江河交汇，譬如不远处这个河口，它多么开阔，南来北往的人流曾经在这里交换信息，外部世界通过粼粼波光、航路往这里投射。这是所前作为旺埠和节点的记忆，其实在时间跨度上也并不遥远，只是感觉如隔世。

这是插曲，回到采风游。

终于，大巴驶过曾经的"界河"，仿佛跨界，当年的分界标志，上下可循，譬如往南不远处的"汀头桥"，为民国时所前和来苏间的一座桥梁。在西小江江塘成形之前，这里原来是汀头渡，各类船只往来江上，萧绍之间，一衣带水，今天这里是"汀头运河桥"，景象三变，"汀头"依旧。

西小江上类似的界桥有不少，譬如所前桥、凤仙桥，往临浦方向还有王湾桥等。这些桥今天都不在，但是大致位置可以确定。据绍兴县志资料，"所前桥由汀头桥北折三里"，所前桥的大致位置在今沃所线横跨西小江的桥梁附近。当然，按照准确的距离以及"所前"两个字的含义推算，这座桥更有可能对应云飞路的那座桥梁——桥对面便是老所前的核心部位，所市和后塘的连接点。

自然，西小江边的"连接点"非常接近于老所前的发端，属于由原点过来的另一个点，与辐射、跳跃和黄金水道关联。

据绍兴县志资料，所前在"明弘治前系江流之地"，弘治之后，因"盐政改革，设绍兴批验所衙门"，凡是东江、曹娥江和钱清江这"三江"以及"金山五场捆载盐斤运赴引地"，都须经过批验所，"所前"名称由此而来——掌管绍兴一方盐政的批验所的前面逐渐形成集市，有所市路、后塘弄为证。

从所前批验所的选址看，它选在了西小江的西端，和浦阳江的交界处附近，便于盐外运。所前批验所其后的演变大略是："洪杨乱作"后，盐商散去，终于在"辛亥"后降格成"查验所"，由一个地区的盐业审批衙门降格为一个点上的稽查机构，至此，所前加速衰落，终于在民国二十二年（1933）被裁撤，帷幕落下。至于所前衙门的具体位置，最开始是在金鸡山下，清中叶才搬到所前，《绍兴县志》中有载"其废署归所前小学租用"，"所前桥"东不远有所前镇第一小学，当是"废署"所在地。

所前盐业的衰落还有另一重因素，便是浦阳江改道。数百年前，浦阳江并不通钱塘江，而是在临浦这里直通西小江流入绍兴三江口入海。明代成化年间，浮梁（今景德镇）人戴公琥做绍兴知府时，凿通了碛堰山，使得浦阳江和钱塘江连通，同时修筑了麻溪坝，使浦阳江之水不得进入西小江，并修缮了西小江滨海区域水利设施，规避了潮水倒灌。这几项举措使西小江流域盐碱地得到改善，逐渐适合于耕种，盐场逐步减少，农业兴起，盐业衰落，当然这一进程是缓慢的，持续了数百年，直到盐业画上句号。

一枚标识终于卸下了繁华和负累，铅华洗尽，露出天然，一如我在杜家和三泉王所见识的。但是，嬗变的主题依旧，标识的内涵亟待更新，而外延，因为有了西小江这一脉活水，已然不再是简单叠加，势必催生新的模式。

不变的是更新，譬如杜家和三泉王围绕生态农业的发展模式，在面上拓展农产品加工品种，由初级农产品发展到深加工，品牌引领的分工协作和规模化经营、错位经营，我还看到了旅游业的端倪。回到所前镇政府时，我甚至对其所在的来苏区块有了期待。由于靠近萧山城区，相信它很快会走上都市经济之路。

总之，一个传统的所前消失了，取而代之的是以西小江为经的新所前。其中蕴含着观念提升：旧时代，人们习惯于把山

世风·洁

135

脉、河流作为分隔的界线，今天不是这样，自然之物不仅不再是分隔，譬如青化山，早已不是萧绍的界山了，而是共享之山，西小江也早已不是萧绍的界河，相反，它是纽带。

今天的西小江依然是四达之江：往北有若干条支脉连通南门江水网，往南，绕开麻溪坝，依然有水网到达浦阳江，其间有峙山河、前孔河、新开河等通外埠——两个月前，为探访某一条河流，我曾经在那里流连。

两个月后，我的脚步依然没有走远，采风所前时我往返西小江上，一个有着历史底蕴的区域散发出的谜团、深邃和张力长时间让我无以释怀。我试图用笔墨一点点收拢，同时通过不断地向摹写对象学习，我的心胸逐渐豁开，即便不能说我完全走出迷局，至少，我的视野能够和新旧切换中的所前保持同步。

所前，我会再来！

走进李家村

陆永敢

所前李家村本并不陌生。春天有春茶，一片翠绿；夏天有杨梅，满山遍野；秋天有山货，品种丰盛；冬天有景色，引人驻足。对她的认知，得益于一位 20 多年的朋友，一位十分平凡而普通的朋友。这些年来，看着朋友家的发展，见证着李家村的变迁。然后，不知什么原因，从来没有想过用笔墨留下点记忆或者友人家的发迹，或许是熟视无睹，或许是过于平淡。总之，没有一点想动脑的积极性。要是没有区作协组织采风，没有走进李家祠堂，没有领略李氏家姓前世今生的辉煌，绝对没有蘸墨以下文字的冲动与欲念，也不会发现李家村的亮点与不凡。

有根的姓氏

这是一个极不平常的村落，他们从远古走来，从远道走来。很早很早以前，李氏一族，为了生存，从甘肃陇西出发，历经隋唐，又经长安，来到陕西凤翔落脚。后为躲避战乱，来

世风·洁

137

到越国，今天的绍兴一带。公元 907 年，李氏部落来到天乐乡大坞居住耕作生活，即今天李家村的原始鼻祖。于是，才有了李家村的"开灶"。屈指算来，至今已有 1114 年时光，传世第 38 代。

寻根，是一种感恩，是一种溯源，是一种文化。而根又是客观存在且必然联系的。生活在有根的社会与有根的时代，时时处处都是根的踪影。有人说：光的根在太阳，山的根在大地，水的根在溪流，稻的根在农田，茶的根在大山。有人说：机场是飞机的根，码头是船舶的根，牛栏、马槽、猪圈，是牲畜的根。也有人说：水是鱼之根，秧是瓜之根，家是人之根，国是民之根，心是爱之根，魄是魂之根。一句话，万事万物皆有根。

李家人无论走多远，都没有忘记根在何方，都没有忘记自己从哪里走来。玉叶传芳、金枝衍庆。落成不久的芳庆堂，就是见证。这是一处不同寻常的建筑，一处李氏家族集体力量汇聚的建筑。村民们自发捐资一千三百余万元，历时两年多修建而成。前后三进，左边厢房延伸到底。雕梁画栋绘彩图，蜿蜒迂回檐微翘。规模宏大、气魄雄浑的风格，与古时神殿圣坛建筑没有差距，恰多有异曲同工之妙。精巧装饰留诗意，多姿多彩显气势。这里记载着李家村的根，贮藏着李家振兴辉煌的历史。芳庆堂前，人们敬祖尊宗、寻根觅源，人们弘扬祖德、讴歌宗功。徜徉其间，仿佛能看到唐朝盛世的开创者李世民，能看到李氏家族的一路走来，越走越兴旺，越走越辉煌。据史料记载，宋朝时期，李氏姓数约占全国人口总数的 7.2%；中华人民共和国成立后的几次人口普查结果显示，李姓约占全国人口总数的 7.38%；而刚刚结束不久的第七次全国人口普查数据说明，李姓总人口达到 9530 余万人，占全中国人口总数的 7.94%，属于全国第一大姓，比第二大姓的王氏多出 640 万人。在中华民族上下五千年的历程里，李姓建立的政权最多，称帝、称王的将相达 60 余位，数第一。在新中国成立以来李姓的将军中，有上将 5 位，中将 5 位，少将 61 位，足以说明李氏家族的兴盛。

平凡友人家

友人小李，世居李家村，全家五口人。主人也有奔五年岁，两夫妻在城区经营二手车交易服务，与车辆管理有关。这块领地政策多变，许多人都已中途退场。然而，10 多年来，无论外界怎样变，小李却一直坚守。凭着诚心与勤奋，在赢得服务对象好评的同时，也收获到自身付出的回报。早些年，在城区一高档小区买了房子，有了属于自己的家。培养的女儿，也上了大学，在国外学艺术。夫人小陈也很勤快，勤俭持家，把家管理得井井有条。在与小陈接触中，只要一拉起家常，开口就是夸她的婆婆勤俭朴实，待她比待女儿好，等等。言语中说明她们婆媳关系很和谐融洽。不仅如此，在打理公司的事务中，她也是顶梁柱，方方面面的关系，都由她处理得四平八稳。

家和万事兴。小李身显略瘦，小陈体壮微胖，相互关系十分和谐。无论管理事业，还是打理家务，都能夫唱妇随，配合默契。在处理相邻关系时，更是谦让在先，善待他人，和气生财。山上的杨梅树间，你中有我，我中有你，犬牙交错，交织在一起。为了区别开来，邻居间会在树上用红布、黄布加以区分，即便如此，时有客人误摘也在所难免。村规约定：如果错摘，由错摘方赔给对方 50 块钱，以表歉意。因此，每次在上山采摘时，小李总会反复提醒，别人家的树，不要认错了。然而，还是有一次，我们团队的一位游客，在邻居家的杨梅树上误摘了。没等对方发现，小李自觉地将 50 块钱赔给对方，说明缘由，获得邻居的理解与谅解。乡邻之间就是诚实地维护着契约，保持着长久的和谐与友爱，多少年来一直照此遵行，相安无事，平平和和。

小李父母一直在李家村劳作，虽已年迈却很健康。父亲年过七旬，却一年到头侍弄着几亩山地，从不放手。春天茶叶要采摘，要炒制；夏天杨梅、桃子要收获，要出售；秋天，田地主粮要收割，要收藏；冬天，山上的果园要施肥、要防寒。一年四季在山坡上忙碌，在土地里耕耘。土地不负勤快人，总能以收获颇丰的恩赐反馈给辛勤的汗水。无论果园，还是茶山，无论主粮，还是菜蔬，总是种瓜得瓜、种豆得豆。

两代人辛劳付出和共同奋斗的结晶，体现在老家房子翻建上，高大豪气的别墅就是见证。四层小高楼，精致实用。宽敞的一层，全域通透，用作置办酒席等大事。上面三层，一代人一层，合理分配。添置家具电器，先进一流，高档标配，城里有的，他家都有，智能马桶，节能冰箱，红木家具，真皮沙发，一应俱全。友人努力奋斗是成功的，家庭发展也顺风顺水，提前进入小康行列。这样的结果，得益于全家人齐心合力的努力与拼搏，得益于改革开放好政策，得益于李家人做事为人优秀品格的传承。身为李家后裔，要为先祖争光，不愧李家人，这就是小李家人处世的底气与志气。凭着这种平凡、平常的理念，蕴含着不平凡的闪光点，祖祖辈辈，一代又一代。

我爱李家村

山欢水笑百果飘香，鸟语莺啼千花舞彩。李家村的变化从村里整体整治开始，一户二宅，拆除一宅，平整土地后，给游客做停车场。村内小道拓宽改作公路，汽车可以穿村上山，路虽蜿蜒却平坦宽阔，可以全程到达目的地。花大本钱对流经村庄的小溪做了修整，两岸砌石，整齐划一，牢固美观，流水潺潺却是清澈见底。李家村变了模样，一年更比一年强。

更欲寻源去，山深不可穷。李家村，没有城市的车水马龙，没有城市的喧嚣拥挤，显得格外宁静与清净。偶尔，传来几声清脆的鸟鸣，让人心旷神怡。这里的天是蓝色的，如海洋一般蔚蓝，能开阔你的胸怀。这里的风是温和的，纯粹一般的质朴，能涤荡你疲惫的心，无论夏季还是冬季。这里的山是平缓的，步行就能攀登。山坡上种植果树，每到春天，五彩缤纷，百花争艳，梨花白、桃花红、樱花黄。这里水是绿色的，一条穿村小溪，如同天上银河遗落村庄，水波荡漾，银光点点，石板鱼在水中自由自在，游弋浅底。这里的田是金黄的，那是盛开的油菜花，那是低垂的稻谷香，那是成熟的季节、收获的时光。这里的人是有情义的，他们热情好客，诚恳朴实。杨梅节期间，家家户户都会摆上几桌农家宴，邀请亲朋好友，前来采摘杨梅，呼吸新鲜空气，品尝农家菜肴。由农家厨师掌勺烹饪的一顿农家土菜，定能让你胃口大开、疲倦顿消，让你爱不释手、回味无穷。如此唯美，如此深邃，吸引人们无限向往。

世风·洁

141

　　大树的根，植于大地之下。如果说根有多长树有多高、根有多壮树有多茂，那么，李家村就是一棵根深叶茂的大树，正吸引着南来北往的飞鸟。你看：成群的喜鹊叽叽喳喳地欢呼着，一会儿落在电线杆上，像五线谱上的音符在跳跃，一会儿翱翔在空中，划出一道美丽的弧线，一会儿回到树枝上，休憩嬉闹，它们在此安家，为风光秀丽的李家村增添无限生机。

　　随着乡村振兴画卷的徐徐展开，随着乡村旅游事业的落地生根，有根有魂的李家村，利用如此多娇的山乡优势，挖掘如此深厚的文化特色，利用传说、绘画等民间文化，以小见大，"借题发挥"，讲好李家故事。让这山、这溪、这田、这祖庙、这神殿、这家谱，充分展示李家村田园诗意的魅力，吸引更多城里人来此休闲观光，欢度快乐时光。

缪家祠堂与青运馆

缪 丹

　　一个周日的中午，在炎炎烈日下我随区作协采风团前往所前缪家村的"萧山青年运动纪念馆"（以下简称"青运馆"），瞻仰革命先辈裘古怀，品读他当年的日记，见识保存在馆内当年游击战争的简陋装备——金萧支队战士的服装、军械等革命文物……

　　去青运馆，我的心是激动的，虽然我是个土生土长的缪家人，曾在青运馆的前身——缪家祠堂——从小玩到大，但这间早在 2001 年 4 月 30 日正式开馆的青运馆，我还只去过一次。2021 年是建党 100 周年，五四运动 102 周年，今天我终于再次走进缪家祠堂，走进青运馆，走近裘古怀，去追忆和缅怀英烈，去感受萧山团委和所前镇所打造的一条青年文化巷。

　　青运馆是一幢两进三间两厢的平房，坐东朝西，面临西小河，原为"缪家宗祠"。它始建于清末，民国时期改建为缪家小学，共青团萧山县（现萧山区）第一次代表大会在这里召开，是当时萧山地区革命活动中心。

　　我作为缪家人，对这个地方是有很多记忆和感情的。虽然常回缪家村，但平时也没机会进去参观，因为里面陈列着一些文物，平常参观的人也不是很多，所以大门一般是锁着的。一些学校在进行爱国主义教育时，都是预先与村干部联系好，然后由专门保管钥匙的干部陪同前去参观。今天能随区作协一起来家乡的青运馆采风，自然感到既亲切又激动。

当走进青运馆的大门时，我感到既陌生又熟悉，伫立在青运馆的大门口，脑中像电影似的回放着，原先的"缪家宗祠"我太熟悉了。它是清代建筑，依稀记得三间两进，祠堂的正屋是木质圆柱，墙角、走廊上巧妙地采用了一些木雕作为装饰，简洁明快，技艺精湛。祠内有开阔的天井，两厢和前庭均为小屋或围墙，占地近五百平方米，白墙黛瓦，它是典型的江南民间宗祠建筑，传统的四合院式。而如今里面完全变了模样。

迈入青运馆大门，一股浓郁的历史气息扑面而来，白墙青瓦，石板天井，一抬头，首先映入眼帘的是对面正屋门内的裘古怀塑像，简简单单的建筑背后，却有着惊心动魄的历史故事！

我来不及一一细看，怀着崇敬而凝重的心情，缓步来到革命烈士塑像前，下意识地双手合十，低首崇敬地站在这位就义时才只有26岁的英烈面前，以示深切缅怀。想起裘古怀烈士在临就义前曾留下让人潸然泪下的遗言"……同志们，壮大我们的革命武装力量争取胜利吧！同志们，胜利的时候，请你们不要忘记我们！"烈士的理想早就实现了，但当怀念那些千千万万牺牲的烈士，想起他那庄严的遗言时，我心里还是很难过。26岁，正是风华正茂的年纪呀。好在，人们并没有把他遗忘。1928年的那个春天，身穿竹布长衫，教师打扮的青年人裴古怀，走进了缪家小学，从此也走进了人们的心中。

　　裴古怀，浙江奉化人，1904 年出生，1925 年考入黄埔军校第四期，次年加入中国共产党。1928 年，受共青团省委书记卓恺泽的指派，化名周梧秋，秘密到萧山创建团组织，首任共青团萧山县委书记。他当时以教师身份，到缪家小学（祠堂）开展工作。不久，在缪家小学内，20 多名青年农民庄严宣誓入团，标志着缪家团支部成立了。他是以创办平民夜校方式，吸引缪家及附近村庄的年轻农民到校读书识字，进行革命思想的宣传教育，从此在这里播下了革命的火种。星星之火，可以燎原。1929 年 1 月 16 日，裴古怀在杭州被捕，狱中继续宣传革命，让狱友们坚定革命信念。1930 年 8 月 27 日，裴古怀在狱中英勇就义，壮烈牺牲。

　　如今来此瞻仰革命先辈，感慨万千：曾经有多少志士仁人为追求救国救民的真理抛头颅，洒热血，又有多少革命先辈为中华民族的解放事业前仆后继，义无反顾地舍弃了生命，而我们只能面对一块石碑或一尊塑像，来诉说敬意。我惋惜，惋惜这些牺牲的年轻生命，在风华正茂的时候，为了国家和民族大义，他们视死如归；我欣慰，欣慰自己能出生、成长在和平年代……我们的幸福来之不易，是无数英烈的鲜血换来的，真的应该好好珍惜呀！

　　总以为站在青运馆内与儿时的记忆会有隔世的感觉，谁知一切恍惚如昨日，青运馆正屋保持了原来的结构和框架。以前两端墙壁绘有壁画，内容为戏剧故事、神话传说之类，如今是图文并茂地介绍了萧山青年运动的历程，把抗战时期、解放战争时期的萧山青年运动的开展及活动内容用图画和文字形式在

世风·洁

这墙上形象地展示。展柜中的一件件革命实物，都真实具体地反映了自建党以来，萧山青年在中国共产党领导下开展各项活动的重大史实。

青运馆的展示内容囊括了整个民主革命时期，因此把共产党领导的游击武装——金萧支队战士的服装也存放在这里。这些文物，每件都显示出那个年代的艰难和困苦。馆内还珍藏了裘古怀读书时的日记本，等等。

因为曾经是以办夜校的方式来进行宣传革命工作，因此青运馆大门靠北的房子还做了个教室，陈列了一些旧桌旧凳。看到这些东西，感觉特亲切。儿时，这里可是最为闹猛的地方，大队、小队那些重要活动或会议，一般都在这儿举行，因此平时都摆放着一些旧桌旧凳子。这儿，也曾是我们孩子的乐园：春天，我和小伙伴们在天井里拍洋片，打陀螺；夏天，坐在门口石门槛上，摇着芭蕉扇或草扇，听知了鸣叫，看小伙伴们游泳；秋天，看门前人来人往忙于秋收；冬天，我们则会躲在里面捉迷藏。

20世纪80年代初，祠堂更是热闹了：白天，村领导在这里办公，晚上，这里聚集了满满一祠堂的人，老老少少、男男女女都在这儿看电视。那时我们每家都还没有电视机，因此一到晚上祠堂热闹非凡。直到后来生活条件好了，大多数家庭都置办了电视机，祠堂才慢慢冷清了。同时村委会也搬出了缪家祠堂。

房子是要有人住的，需要烟火气，没有人住的房子，像一个孤独的老人，风烛残年，破朽得更快。后来祠堂也就完完全全成为一些农户堆放废旧农具、柴草杂物之类的地方，虽然房

子越来越破旧，但村里人绝不把这块地改作他用，因为大家都知道土地革命时期党、团组织活动的那段旧事，于是一直保留着风烛残年似的老祠堂，直到2001年4月30日，经过差不多一年的筹备，祠堂修缮一新，作为萧山青年运动纪念馆开放，并成了全省首个地方性的青运馆。

2019年，所前镇联合团区委又对青运馆进行了全面修缮和重新布展，加强对相关史料和物件的收集、整理和保护，还在青运馆的南面新建了青年广场。修建一个青运馆、修订一本青运史、建造一个青年广场、打造一条青年文化巷，使青运馆焕然一新！

缪家祠堂，我的心中总有一种无法割舍的情缘，祠堂能得到修缮并成为纪念馆，是大好事。今天，我们再次走进了青运馆缅怀英烈。我们一定不会忘记，人民也不会忘记那些革命先烈。

世风·洁

147

龙角尖

陈亚兰

所前的东坞水库里面，有一座山叫龙角尖。

朋友聚会，谈天说地，一扯扯到了龙角尖。有说杜家村龙角尖的溪流清澈见底的，也有说越山村龙角尖泉水甘甜可口的。其实，这两种说法都没有错，龙角尖的西南面是杜家村，东南面是越山村。从越山村眺望，有"横看成岭侧成峰"的感觉，而从杜家村这边看，有沟壑纵横行路难的味道。

相传很早时候，这里遭遇三年大旱，水塘见底，土地龟裂，滴水贵如油。在杜家村一户村民家，在一声干雷中一个男孩降生了，只见他鼻子丰隆，眼梢细长，两臂异长，小拳紧握瘀血。因缺水，没法给他洗澡。接生婆接过主人一件破衣给男婴擦身，哪知擦后男婴满身起疙瘩，每当哭闹时脸红耳赤，气喘吁吁，满身疙瘩犹如鱼鳃呼吸，看起来很是可怜。全家人围着他转，精心呵护，但他还是不断地拉屎，不停地哭闹叫喊，闹得隔壁邻舍不得安宁。无奈之下，父亲把他抱到东南面的高山顶上，弃之。

哪知刚回到家里，突然间乌云密布，电闪雷鸣；一会儿又狂风大作，暴雨倾盆。见此情景，父亲内心纠结，不知所措。他突然间转身向山上冲去。可爬到半山腰，就是爬不上去，无论他如何使劲，总是在原地打转，在这百般无奈之际，只好半跪在山腰上，等候时机。就在这时，迅雷不及掩耳，半边天空炸裂，冒出了一个怪物。这怪物，金光闪闪，似龙非龙。雨停后，他再次爬上了山顶，却不见了男婴，只见这山顶不像刚才那样峰峦叠嶂，而被劈成一块大坪，两侧嶙峋奇石耸峙。这时婴儿的母亲也赶到了。她想，天降暴雨，再不用担忧没水给孩儿擦身。父亲见孩子母亲涕泪涟涟，随即低声说，刚才大风，会不会把他刮到山那面去了？说着，他匆匆翻山去寻找。

母亲在山这边哭着喊着寻找，结果又累又饿，倒在岩石上。朦胧中一位白发老人对她说，大婶，你不用哭了，小孩拉屎，爱哭是天性，你们怕厌烦而将其弃之，现在已被上天抽去龙骨。看你们父母有悔意，却已晚矣。只剩下两个龙角放于此，作为纪念。母亲一听龙骨，说，那不会是一个真龙天子吧？老人点点头，两手东西方向一甩。母亲看到一条银蛇蜿蜒而下，她迎上去捧，银蛇在她指缝间滑落，原是清澈的泉水，母亲在皲裂的唇边抹着舔了几下，清爽可口甘甜，别有滋味，索性蹲下，咕嘟咕嘟喝了一肚子，霎时神清气爽，精力充沛。

从此，在这云雾缭绕中，陡峭的山崖之间多了一块不大不小的草坪。

这件事情在村子里迅速传开了，村民怀着好奇心也上了山顶，看后还真是惊奇，说山顶成了一块大坪，两侧还真有让人无限遐想的一对龙角耸峙。从此人们叫这山为龙角尖。

龙角尖流淌下来两支泉水，一支流淌在杜家村，另一支流淌在龙角尖东面的越山村（现在的生态园）。

龙是山脉，水是山之精华。万物生两仪，淌下的两支泉水还真有公母之分：公的在山之东面，生态园越山村，流淌中强势而灵动，清泠而凉爽，如啸如吭如哧，湍急中带给人们活跃与激情；母的在杜家村，流淌中弯曲怀抱而柔软，蓄蓄停停，如吟如咏，水的流淌声中蕴藏温馨与亲切，热情与活力。

原来这山由一层龙虎护卫环绕，东南峰高大的风水是出真龙天子之地。

现在无论从山的东面越山村望去，还是从杜家村的角度看去，山形都像是一对龙角耸立。

有了这两股龙角尖泉水，杜家村和越山村再也没有出现过旱情。年年泉水潺潺，松杉青翠，树木茂密苍秀。

如今，不仅这里琼泉汩汩给人留下一个传说，还闻名数十公里以外，开车排队前来接泉水的人络绎不绝，道是这边泉水清澈甘甜，含有多种矿物质和微量元素。泡起茶来，清香飘逸，别有风味！

山不在高，有仙则灵；水不在深，有龙则名。从此，龙角尖的山，龙角尖的水成了所前又一景！

人间至味在所前

高　萍

　　食物仿佛是记忆的载体与向往，我们慢慢长大，过去的回忆也渐渐褪色，但只有那记忆深处的味道，经久不散。

　　《舌尖上的中国》里有这么一句话：中国人对食物的感情多半是思乡，是怀旧，是留恋童年的味道。

　　二十年前，师范毕业，我意气风发，感觉肩负重任，因为教师是太阳底下光辉的职业，是人类灵魂的工程师。虽然我被分配到了当时不算发达的所前一小，但是我是怀着美好的憧憬来的。在我的印象中，农村有农村的好处，这里的四季会让你陶醉，这里的民风淳朴，这里的学生天真可爱。

　　但是，在成为乡村教师的日子里，生活极为单调，每天奔于教室、办公室、宿舍，三点一线。教室里坐着的孩子绝大部分是面朝黄土背朝天的农民的孩子，办公室里学生作业堆积如山，宿舍里摆放着一张简陋的单人床。面对这群天真的学生，我满腔热情，细心耕耘，奉献的是时间与精力，真情与爱心。

　　那个时候，交通不方便。处在近郊的所前，也是在一个旮旯里，坐公交回家也要两个多钟头。我是住在学校里的，一个

礼拜回一次家，因此非常想家。好在这地方丘陵逶迤，山环抱碧，林葱水秀，风光旖旎，我在教书之余最开心的娱乐就是四处爬山。

那时候年轻，小姑娘一个，干什么都豪气冲天，爬山不气喘。最有趣的是，山上有各种天然好美食，杨梅、李子、板栗、青梅、桃子、李子、樱桃、蓝莓等各种果子，大大满足了我这个吃货的心，弥补了所有其他的缺憾。这些新鲜的绿色食品，对于我这个外乡人来说，有无法抵御的诱惑。我的家在新街陈家园，没有山，农田里种些水稻和苗木，哪有水果？所以，业余时间爬山成了我在所前的最大爱好。当然，爬山只是个借口，解馋才是真的。有时，连礼拜天也不回家，与学生一起去爬山。

　　每年三月，以李花闻名的所前镇三泉王村，一树一树的李花恣意怒放，洁白的花儿缀满枝头，"虎泉""牛泉""龙泉"，配以满山绽放的李花，呈现出"半山李花满山雪"的醉人景象。诗人李白曾作诗"火烧叶林红霞落，李花怒放一树白"，若仔细观察李花，会发现它成簇开放，花朵小而细碎，有点像樱花，但花瓣没豁口，树皮没有横纹。李花以其洁白秀美、质朴清纯、气味芳香而深受人们喜爱。行走在李树下，一缕特有的清香沁人心脾，让人顿觉神清气爽。满树的李花，在微风中轻轻摇曳，犹如婀娜多姿的美人，用美丽的姿影装点着乡野的初春。我记得那时，我非常喜欢看电影《红衣少女》，当然，更喜欢主人公安然穿的红衬衫，并且也买来一件同样款式的。穿着心爱的红

世风·洁

衬衫，站在李花当中，我的心也会美得微微颤抖。由此还喜欢上了电影的原著、铁凝的中篇小说《没有纽扣的红衬衫》，从此爱上了文学创作。

那时的农村没有娱乐，难得会放一场露天电影。但是在所前的五年，我一点也不苦闷，因为漫山遍野自有我的乐趣。更何况，所前的家长和孩子，也是那么淳朴和可爱，时不时送些时令水果，让我这个出门在外的小姑娘感受到家的温暖。

后来，我调到城区工作，但平时记忆里会油然而生那些年最美好、最难忘的时光，所前它自然也成了我心中的第二个故乡。

后来，有了杨梅节。

再后来，有了樱桃节、桑葚节、李花节。

各种节日在我眼前飞舞，犹如蝴蝶一般。

每每节日，有学生来电话问候，邀请我重温过去的美好。而我呢，也会欣然前往，不是为了吃，而是为了那一份心中的美好。

五月底正是蓝莓收获的季节，数不尽的蓝精灵在枝丫上跳跃。迫不及待地摘一把，放入嘴中，那又香又甜的幸福感，从味蕾一直蔓延到心！蓝莓生长在山坡向阳的位置，茂密的枝叶向四周展开，就像撑开的一把把绿色的小伞，呵护着枝叶下一串串晶莹剔透的果实，它们一个挨一个地挤在一起，可爱极了。蓝莓的身子小巧玲珑，被一层白色果霜包裹，犹如一颗颗蓝宝石，晶莹透亮，让人看了垂涎欲滴。

我人生第一次吃到蓝莓就是在所前的李家村，这个村地处萧山区所前镇最南端，有一座著名的青化山。第一次看到这个蓝色的野生小果子，还不敢下口，怕万一有毒。在所前土生土长的同事劝说下，我尝试了第一口。谁知，这一口下去就欲罢不能了。小心翼翼地为它褪下蓝色的外皮，只见晶莹的白色果肉夹杂着少许紫色的汁水，蓝莓独有的味道瞬间在我的口腔中弥漫开来，一口咽下，简直人间极品。但是，因为是野生的，所以这种蓝莓可遇不可求。后来因为一直没有找到，成了遗憾。

估计像我这样对蓝莓情有独钟的人不少，所前人民利用独特的地理优势，在多个村建了蓝莓种植基地。目前规模较大的是山联村蓝海小镇，这里拥有生态苗木种植基地1200亩，目前拥有蓝莓种植面积20余亩。这家生态园除了能摘蓝莓、草莓等水果，还能摘蔬菜，偶尔也会有一些有趣的室外小活动。

等不及秋天，春天的所前已是个百果园了。

又到了吃樱桃的季节。"红了樱桃，绿了芭蕉"，已挂在枝头，一抹抹红艳娇俏的果子分外诱人。樱桃果子看着好看，摘着好玩，尝着更好吃哦！早熟的短柄樱桃皮薄多汁，口感鲜甜；晚熟的黑珍珠，比短柄樱桃颜色更红，完全成熟时则是红到发黑，入口较甜，没有酸味。一串串小红灯笼般的樱桃已经缀满枝头，静待我这样有所前情结的人来采摘。

桑葚在我的家乡，是被当作"圣果"来看待的。

这是因为桑葚叶子可以养蚕宝宝。养蚕得来的钱可以补贴家用，沙地的土质，非常适合种桑树。幼年的我，对养蚕宝宝很感兴趣，"沙沙沙"，蚕宝宝吃桑叶的声音，我曾经以为是世界上最美妙的音乐。当然，当桑葚刚刚由红变黑，且晶莹明亮时，感觉超级诱人。忍不住丢进嘴巴，轻轻一抿，满满的酸甜，

世风·洁

155

一股清香充满整个口腔，停不下来地一枚接一枚地吃。

最近对记忆中的所前越来越留恋，那些过去的和美食有关的记忆也越来越清晰。那些熟悉的味道，那些熟悉的人总会在某个夜晚与我不期而遇。幸好，现在的所前虽然已经发生了巨变，但是它依然保留着它特有的淳朴和底蕴，依然是我们回得去的第二故乡。即使离开的时间再长，所前的美食始终是我心中最深刻的记忆。

山水・秀

佳山秀水所前镇

谢　君

一

　　"夏至满山杨梅红""唯有杨梅满枝头"，在很多人心目中，所前就是"杨梅之乡"，山上长满茂盛的杨梅树。那里，东与绍兴相邻，西南靠着临浦、进化两镇，是会稽山余脉青化山环抱之地，气候温暖湿润，景色迷人，素有茶果之乡的赞誉。历史上，境内沿山十八村，茶果是最重要的物产，不少村民就以栽植和贩销茶果为生。从春天到秋天，送走樱桃、枇杷，来了青梅、杨梅，送走桃、李，来了葡萄，送走桑果，来了柿子、板栗。其中，又以杨梅最负盛名，从宋代开始，栽培历史已历千年。

　　每到春天，千树万树梅花盛开是所前的一大盛景。初夏时节，放眼望去，压着树梢的一串串青绿梅子，你挨着我，我挤着你，也是一种独特风光。而随着梅雨到来，果实渐渐饱满，红艳欲滴。杨梅红了，不但视觉效果令人惊叹，它的美味更是令人回味无穷，又大又甜，放进嘴里一颗，令人神清气爽。明

山
水
·
秀

代王象晋《群芳谱》评议说："杨梅，会稽产者为天下冠。"而宋代诗人苏东坡也对杨梅颇为喜爱，他说："客有问闽广荔枝何物可对者，或对曰西凉葡萄，我以为未若吴越杨梅。"可见杨梅的知名度。

所前杨梅品质上乘，美誉度高，因而赢得了中国唯一一个镇级"杨梅之乡"的称号。自从 20 世纪 90 年代以来，这里成了萧山杨梅节的举办地。于是，每年的五六月份，杨梅上市的时候，外地宾朋慕名而来，热闹非凡。山坡上，溪流旁，杨梅树下，游客如织，也有人熟练地攀上两人高的粗壮树枝，伸展手臂，将树顶上的杨梅收入囊中。

这也是萧山本地人喜欢的一个节日，每届杨梅节到来，城区的居民，一家数口，便会驱车前往所前进行一日游。到了所前境内，公路旁，清幽的村道上，杨梅、桃李随处可见，一篮篮一筐筐或横或竖地摆放着。看到车辆过来，一片招呼声就响起了："来来来，山上刚摘的杨梅，刚摘的，尝尝看，不买没关系。"车刚停好，设摊的农妇就提着一只竹篮走近了，篮子上覆盖着一层翠绿的羽状蕨类植物，篮内盛载杨梅，带有露水的杨梅晶莹透亮，红如丹朱。这种乡村的朴实、热情和友好，令人兴奋和流连，是任何其他地方无法比拟的。

二

我与所前的关系，应该说从小就比较亲密。20 世纪 70 年代，我的父亲在那里工作了十年。于是，每年的暑假，坐船去所前，成了我最喜悦的一个节目。到了所前就可以吃上馄饨了，因为那里的街巷里藏着几家饮食店。我还记得第一次到镇上的一幕，上了码头，找到人民公社，在门口，有个年轻的干部问我找谁。我说找我爸。他再问，我还是回答找我爸。后来他问我从哪里来的，才搞清楚我来找谁的。到了中午吃饭时，我的回答在公社食堂里已经传为一个笑话。

夜深人静，提笔写所前，一些细节和片段就都从脑海中浮现了。记忆中的所前老街有许多古旧的木结构房子，街巷有宽有窄，石板铺就的路面，顺着街巷左穿右行，有一种古老的感觉。所前这个地名，也反映了它悠久的历史。据地方志记载，南宋时各路盐商聚集于此，成为盐业商贸的集散地。明代时开设了绍兴盐务批验所，掌管盐政，镇上有杭、徽、绍各地盐商盐号 48 家。这样，在批验所前渐渐形成集镇，故名所前。

所前整个小镇依河而筑，依水成街，直至民国它都是一个古老的内河码头，除了食盐转运，还有茶果集散，南来北往的货运船只熙熙攘攘。环绕小镇的那条江，叫西小江。因与气势壮观的钱塘江相比，故名小江，又因在绍兴之西，称之为西小江。西小江是从萧山南部去往绍兴的一条重要航运水道，在以舟船为主要交通工具的时代，船来船往，小桥流水，绿树绕墙，这是一条带有诗情画意的江水。这也是一条有很多故事的江水，它穿越千年风雨，蜿蜒在美丽的萧绍平原，流经所前，哺育和滋养了沿河而居的乡民。

那是我童年时代的夏日早晨，清幽的西小江上，一只机帆船在嘶嘶作响。它穿越蒙蒙的薄雾，穿过临浦镇上的座座石桥，经过通济，绕过金鸡山，出钱家湾，驶往所前。三四十米宽度的江面上，疏疏密密排列着椭圆形的竹箔，流动着灰黑色

的乌篷船，岸边的杨树下系着渔舟。一幅幅美丽的山水人居图，令人目不暇接。如同英国作家托马斯·哈代在《还乡》中所说——所有的时光从未像童年时代那样美丽。

三

除了佳山秀水，小镇所前由于地处越国古地，每一个角落也都盛装着神秘，特别是吴越相争时期的历史故事。镇子东面的渔临关，是越王勾践屯兵驻守的战略要地。越王峥，以勾践兵败、越师残兵五千栖于此地而得名，也是春秋时期的印纹硬陶遗址。

在西小江串连的小湖和玉带似萦绕的青山间，镇北的里士

湖，有二百余亩湖面，相传是贺知章划船垂钓之处。而境内位于杜家村山冈上的龙泉古寺，讲述的是唐宋时期的故事。据记载，公元901年前后，为躲避朱温叛乱，唐玄宗李隆基长兄李宪之子、汝阳郡王李琎的后裔南下浙江，来到所前，入山静修，始建此寺，因莲座下有清泉一泓，味甘冽，久旱不涸，可以饮用，水底岩石斑驳如龙鳞，故称龙泉，寺以泉名。寺内现存有清光绪年间铸造的寺钟，捐田碑，以及十八罗汉、编钟等佛教文物。除此之外，还有浙东地区唯一一具圆寂后千年不腐的禅师性铿的肉身。

　　山水和古迹，蕴含历史，造就了所前镇厚重的人文资源。人类生存在持续，这种沧桑的痕迹也从未间断。在所前山联村一个俗称鹭鸶头颈的山坡上，那里埋藏着民国时期陆军第十军

山水·秀

163

一九零师五七零团三营近百名抗战的将士英魂。从萧山来娘公路边的山路口拾级而上，山腰有一座烈士墓，墓前竖有圆石柱以及高 1.7 米的三块石碑，上镌"抗日阵亡将士纪念碑"等文字。碑记所载：1940 年 5 月，中国军队与盘踞萧山县城的日军在章潘桥发生激战，并取得胜利。

俗语说，地灵人杰，所前山水中的另一个奇迹，在我印象中最深的，是以著述六百余万字的《中国历代通俗演义》而广为人知的蔡东藩。境内金山村娄家湾，有一幢建于 1926 年的砖木老房子即是蔡东藩先生故居。故居为二层三开间的四合院，约二百平方米。正屋前是石板铺砌的天井，正屋中间为厅堂，东间为厨房，西间曾设私塾，楼上为卧室，故居里迄今还保留着蔡东藩用过的书桌和椅子。

现在，小镇上闻名的，是杭州生态园，藏于幽静山坞中的一个休闲度假区，也是景观房区。从杨梅之乡到生态住居和风景区，凭借得天独厚的山水资源，所前的村镇已经越来越繁荣了。这些年来，越来越多的人正在把家搬到所前。在城市的快节奏、喧哗和紧张中，现代人的心灵深处，总有一种回归自然的声音在叩击，而在这里，独倚窗台，远眺山峰和白云，俯瞰数万亩天然森林，"采菊东篱下，悠然见南山""山气日夕佳，飞鸟相与还"的山居乐趣也许能够令人怦然心动。

里士湖

——所前的指纹

陈曼冬

那一日，说要去所前。

好陌生的地名，却没来由地觉得古朴、雅致而有灵性。于是应允下来。临行前查了百度，方知是萧山的一个镇。暗暗笑自己孤陋寡闻，这样近的距离却不晓得。细品依旧觉得"所前"这名儿好听得不寻常，想来定有什么缘故呢。

旧时所前是一个因水上航运而兴起的集镇，西小江水域南接浦阳江、北通夏履江，明清时期如金华、衢州等多个城市之间的货运往来都要经过这条水运航道。时间一长，逐渐形成了从金鸡山到老街绵延3里的沿江食盐集散地。清朝中期盐务批验所迁到老街附近，"所前"之名也由此产生。那时老街商贾云集，光盐号就有48家，各种商号、茶店、酒肆一家挨着一家，过往的商人都是操着杭、徽、绍各地口音。每到茶果上市季节，村民挑着担子到街上摆开批发零售的摊位，是旧时所前老街的一大特色。人来人往，热闹非凡。据《所前镇志》等资料，民国初年，所前老街从下街盐地至上街老河埠头有500多米长。

　　我是 9 月间的一个下午抵达所前的。先到了所前镇的缪家村。从表面看，缪家村与别的乡村没什么大的区别。可是，假如时光倒退 83 年，这里却是萧山党、团组织工作的重要基地。2001 年 4 月 30 日，经过一年筹备，缪家小学修缮一新，作为萧山青年运动纪念馆开放，也是全省第一个地方性青运馆。历史的长河，就从打开眼前这一扇门的刹那间奔涌而出。一条属于萧山青年的"青春之路"在眼前留下了一个又一个深刻的足迹。"胜利的时候，请你们不要忘记我们。"这是革命烈士裘古怀在他 26 岁的生命即将走向终点时留下的遗言。裘古怀创建了萧山历史上第一个团县委组织。在青运馆，我了解了萧山青年运动的兴起、萧山共青团的成立，感受了萧山青年在抗战烽火中的坚持，也看到了改革开放以来，一个又一个杰出的萧山青年铸就的"奔竞不息，勇立潮头"的萧山精神。青运馆门口有水系，当地人介绍说它叫作西小江。2021 年的夏天特别长，分

明是 9 月了，城市里的风依旧是热的。站在青运馆门前，风掠过西小江拂过我的脸颊，一扫秋日的燥热。这是西小江的风啊，这风就这样吹了八十年，在抗战烽火中坚持的萧山青年是不是也在某一个午后被河边的风吹拂过呢？

里士湖，古称厉市湖，又称里墅湖，曾为萧山名湖之一，就在金临湖村，是所前镇的母亲湖。它是湘湖的又一个姊妹湖，素有南部"小湘湖"之称。整个湖呈 U 字形状，曾为萧山名湖之一。传说唐代诗人贺知章在此垂钓过。唐朝以后临浦湖北岸逐渐淤积成湖泊沼泽地，形成了厉市湖。清代青州府同知、萧山人张文瑞在原厉市湖边，筑了一所住宅，叫归厚庄，他在《归厚庄即事》有诗云：

> 年来剩得草堂赀，小筑城南地颇宜。
> 湖亦有名邻贺监，村因不俗近西施。
> 扠鱼桥下堪垂钓，文笔峰前好赋诗。

诗中的贺监就是贺知章。

我们就这样沿着湖走。到了里士湖的另一头，只见金临湖村沿湖民居整修一新，白墙黛瓦，鸟语花香。临湖的居民养着小鸭子，它们有的用嘴梳理自己的羽毛，有的在饮水。鸭子走路时摇摇摆摆，游水时则像云朵似的浮在水面，一只一只，一群一群，一片一片，像北方的羊群，像天上的白云。晃晃悠悠，飘飘忽忽，拥拥挤挤，卿卿我我，哦哦有声，可爱极了。一时间我竟然看入了迷，抬起眼发现与同行的朋友拉开了好远的距离，便赶紧快跑追上。这游步道跑起来倒真是轻快。我是有跑步习惯的，一周大概跑 20 千米。跑了几步不由赞叹在这游步道跑步的感觉实在太好了，我若是住在这村子里，定要每天围着里士湖在这游步道上跑步，这该是多么快乐的一件事。瞬间懊恼起自己没有穿跑鞋了，否则当下就起跑，那可真是极好的了。问了当地人，得知游步道一圈 2.5 千米，而且还真有个跑团呢！里士湖跑团的成员们不分性别，不分年龄，不分职业，只有共同的爱好，热爱运动，坚持奔跑，用脚步丈量里士湖。每天清晨 5 点，太阳的曙光还没有完全照耀大地时，第一个叫醒里士湖的人，一定是跑团的成员们，他们迈着矫健的步伐，保持匀称的呼吸，在里士湖的大地上肆意地挥洒汗水。我暗暗许下了心愿，下次来所前，一定要在里士湖畔跑步。

走着走着，到了一片空地，空地上开满野花，有各种各样的颜色，大红的，粉红的，紫红的，浅黄的，橙黄的……花开得恣意而野蛮，蓬勃极了，这些花儿与附近农家古朴的建筑风格遥相呼应，俨然一幅水墨山水画。

记得读过这样一句话——"城市的水系就像城市的指纹"。在古代，所谓的护城河就具有保护城市、阻隔敌人的功能。而在现代，这些天然的河流是城市最壮观的公共空间，在人口日益稠密的现代城市中，城市水系与绿带公园结合在一起，构成了最漂亮、最令人流连忘返、最具有生态和文化功能的城市亮点。一个地方的水系就如同人的指纹，独一无二。在我看来，里士湖就是所前的指纹了吧。里士湖的美是动态的，柔美、灵动；里士湖的水亦是人文的，因为它是文化的载体；里士湖的美是和谐的，正在向城市化发展，所前正在力所能及推进民生工程建设，实施乡村振兴战略。就像我国古代剧作家李渔所说的那样："山水者，情怀也；情怀者，心中之山水也。"

　　傍晚时分，夕阳下，湖畔杨柳依依，细鳞尾尾，站在里士湖畔，目光穿过一千多年的历史，仿佛捕鱼的少年贺知章就在眼前。

山水所前处，觅得一缕人间烟火

周　亮

　　来到所前的这一天，正是江南的黄梅季。雨水淅淅沥沥，一把伞，一个人，在所前的街头漫步。

　　井字形的大街上早餐店星罗棋布，每家店的生意都很好。骑电瓶车的用一只脚踮着，褪下头罩，匆匆接过店家递出的馒头，挂在车头，很快消失在雨帘中；步行的也不收伞，店家麻利地卖货收款，行人脚步匆匆，渐行渐远……这是一个充满活力的地方，一家家的蒸笼屉热气弥漫，让人想起童年的老街，想起斑驳的黑白院墙，想起乡村的炊烟。

炊烟——暮色笼罩的乡村，家家户户炊烟袅袅升腾，被清风一荡，便摇曳成游子永不褪色的水墨童年……

所前，南宋时盐业商贸的集散地，到了清代中叶，盐务批验所迁至所前老街。所前，意为处于盐务批验所前面。看来，所前的人间烟火气，历史久矣。

在街头透过雨帘望出去，远处隐隐约约可见几个黛绿的山头，莫名地有些喜欢，莫名地对接下来的行程有些期待。

到了所前，杜家村是一定要去的。杜家杨梅名声在外，杨梅深红，粒粒饱满，一口咬下去酸甜酸甜。可惜到杜家村的时候雨下大了，路遇两三个果农挑着杨梅下山，粉红的杨梅有点点白斑，所谓"大水杨梅"是也。果农说杜家杨梅已经下市，这最后的杨梅能卖掉最好，卖不掉浸酒，自家喝喝。尝了一颗杨梅，酸溜溜的，果然现在不是吃杜家杨梅最好的时候。

让我感慨的是杜家杨梅所在的小山坳，漫山遍野是翠绿的杨梅树。天下着雨，白色的雨帘漫溢到山坡，几乎触手可及。风雨之中，雾带摇摇摆摆，有着几分美人掩面的味道。杜家村的山其实并不高，只是白色的雾带遮遮掩掩，反倒觉得山绵延

了许多，高大了许多。所前靠近城区，能于此地见山见水见雾，倒让人有些意外，出尘之处大多远离人间喧嚣，此处还是难得的。

抵达所前三里王村之时大雨如注。大会堂前的涧流哗哗下泄，声震林木。水皆深碧，跃下石坎的时候，白色的珠玉四溅，不过两米宽的溪流，硬生生冲撞出大江大河的感觉。

农家的院子就紧挨着溪流，院子的矮墙上摆放着叫不上名的花花草草，凑近一看，有几样认识——葱、蒜、辣椒，不禁莞尔，依山傍水、逐水而居的神仙生活，终究有些寡淡，人间的辛辣让他们念念不忘。

三泉王村青山环抱，遍植果木。村里人说每年三四月，500余亩李花竞相开放，白花遍布山头，煞是好看；到了六月，漫山的李子青青红红，又是另一番景象。此外，山上还有不少樱桃、杨梅、蓝莓、柿子、板栗等，青山也是一座花果山。

三泉王村历史悠久，南宋绍兴二年（1132）进士、兵部郎中王道立，因目击政局动荡，"拜疏乞归"，慕青化峰山川秀丽，遂自余姚西迁至山阴县天乐乡永义里肇基发族，至今已有近900年历史。延至王姓第9世王永康，在村中披荆斩棘寻找水源，找到"虎泉"、"小泉井"（亦称牛泉）、"大泉井"（亦称龙泉）三处清泉，故改村名为"三泉王"。

虎泉、牛泉、龙泉迄今犹在，井口石缝中青苔丛生，嫩黄的苏铁蕨抽出长枝，有些沧桑的味道。几百年了，这些井还能用，喝水不忘挖井人，曾经有多少人受过王永康的恩泽？几百年王朝更替，许多大事烟消云散杳无踪迹，挖井这件"小"事却流传至今。

走进三泉王村村口的一家小饭店，下雨天没客人，主人们正围坐在一起喝酒吃饭。家常的小菜，自酿的杨梅酒，家长里短，其乐融融。听说我是第一次来三泉王村，老者抿了一口杨梅烧，颇有几分自得："我们这个村，你看，在整个萧山排几位？"

这个颇似景区的村子是个好地方，否则王氏先人怎么会安家落户于此？我想，在本村人的心目中，此地肯定是第一的，这里有山有水，又有人间烟火，更何况，这里是家，在时间长河中绵延的家。

澄澈的感动：所前茶果的美好时代

黄建明

郁郁青山，悠悠绿水，刻画出所前迷人的山水风光，这正是所前茶果飘香的原因所在。

所前的茶果，有沿山十八村的龙井茶，有早已闻名遐迩的杜家杨梅，有后起之秀樱桃，有蓝莓，有桑葚，这些茶果，现在已是名声在外，再也挡不住外乡人的脚步，挡不住外乡人的热忱。其实在所前，高品质的茶果是很多很多的，如大红袍板栗、缪家葡萄、三泉王红心李等都是绿色无公害名优农产品。此外，所前桃子、柿子、枇杷、青梅仿佛是待字闺中的姑娘，携一缕芬芳，舒一下筋骨，藏在深山，在等待人们前来。

有山有水，所前人杰地灵；有茶有果，所前鸟语花香。春天，所前茶香四溢；夏天，所前果实累累；秋天，所前板栗压枝；冬天，所前梅花满园。所前历史悠久，从唐朝伊始，种植各种茶果，是名副其实的"茶果之乡"，满足了游客"一年四季到所前，品茶会友摘水果"的休闲需求。

往事越千年，茶果永不变。所前的茶果，其山环抱碧，林葱水秀的生态环境不会变，也就保证了品质不会下降；所前的茶果，在打造"品鲜之旅"的同时，一手抓规模种植，一手抓科技种植，也就奠定了营养价值和品牌价值只升不降的良好局面。在"一茶四果"的基础上，大力发展另外的果品，达到能接待八方来客的要求。我们有理由相信，所前的茶果，一定会芳香四溢，冠四海之内，达五洲土地。

所前的山里，一切都那么清新，也特别有情意，只有这样的山，才会生长出独一无二的茶果；只有这样的所前，才会有"五千年山水文化，十八村茶果飘香"的生动局面。

去过所前的人，都会觉得有一种澄澈的感动，这种澄澈的感动就像雨巷中的丁香一样的姑娘，令人浪漫飘飞。

一

唐代诗人白居易有诗"樱桃樊素口，杨柳小蛮腰"，将樱桃的红色，染遍了大江南北。从此，许多文人墨客，都喜滋滋地被一朵红色袭击，心又甘，情还愿，沉浸在樱桃的诗意中，徜徉在樱桃的甜蜜里，一辈子拔不出来。宋末词人蒋捷的《一剪梅·舟过吴江》，词尾有"流光容易把人抛，红了樱桃，绿了芭蕉"之句，更是把樱桃推向极致。

素有"春来鲜果第一枝"美誉的樱桃，在所前已有 800 多年的种植历史。每年谷雨前后，所前樱桃开摘，刚上市的樱桃，红如玛瑙，黄如凝脂，让人爱不释手。所前樱桃不仅色泽光亮、酸甜可口，还以富含维生素 C 而闻名浙江。所前沿山"十八村"，很多村民自家里都种有樱桃树，每到樱桃花开时，芬芳扑鼻。杭州明良农业科技有限公司自主举办的"樱桃采摘节"，扩

山水·秀

大了进入所前的游客群，也带动了周边农户樱桃的种植和销量，增加了农户收入。据说，从前的所前果农，摘下樱桃，用竹竿挑到城区去卖，价格每斤 15 元左右，还不一定卖得掉。自从举办樱桃节后，所前果农采摘下樱桃，再也不用去几十里外的城区，只要在所前的公路上一字排开，现摘现卖，不仅价格翻了一倍，销售量还大大增加。这是樱桃节给所前普普通通的果农带来的最大实惠。

阳光明媚，春风阵阵，樱桃满园，芳香四溢。每年 4 月 20 日前后，所前"依春红"樱桃采摘节在明良农业樱桃观光园举行。明良科技，现是浙江省农业技术推广基金会杭州萧山区执行部理事单位和浦阳江食鲜生电商平台樱桃直供基地，现有栽种面积 200 余亩，年产量 5 万余斤，是目前杭州地区规模最大的樱桃示范基地。由于采摘园距离城区较近，吸引了大量的游客。

明良樱桃园内，层层叠叠的翠绿中，圆溜溜的樱桃已经挂满枝头，甚是惹人喜爱。摘下一颗，放进嘴里，甜蜜可口。园内樱桃口感好，不打农药而施以有机肥，保证了樱桃颗粒饱满、甜味十足。前来采摘的游客们可以尝到新鲜的绿色无公害樱桃，加之樱桃园内采摘环境好，游客们可带上家人朋友一同体验采摘的乐趣。

樱桃营养价值极高，每百克樱桃中含铁量多达 59 毫克，居水果首位，维生素 A 含量比葡萄、苹果、橘子多数倍。樱桃采摘期很短，只有短短的半个月。"一朝错过，再等一年"，这句响亮的口号，已经成为所前樱桃对外的广告语，充满了无限的诱惑，吸引人们前来，一品所前樱桃的美味，一同感受所前乡村的美景，使所前的樱桃，更加具有天然的魅力，融进游客的心里。

江南水乡，有一处高地，那是所前；山水所前，有一抹红色，那是樱桃。春天，被一抹鲜艳欲滴的红色袭击，那是生命里的畅快，畅快中的诗意。

二

春天，湿润的泥土叫醒了所前十八村，吸引人们在四月柔柔的南风中，选择前往。

所前的美在于一个"野"字，没有多少人工的痕迹。随处可见散落在道旁、溪边的茶树。一丛丛，一簇簇，毫无顾忌地在道旁待客，在溪边盛装起舞。如果你有闲情，可以去采一把，把茶叶的嫩芽轻轻地放在溪水上，让它跟着溪水缓缓流动，偶尔阳光一照，青光闪闪，就像老农腰上挂着的采茶篓。

所前产茶始于唐代，恍然间已有 1200 多年历史。境内丘陵逶迤，山坞抱碧，气候温暖湿润，适合茶叶生长。6000 多亩茶园，每年一万担，年交易额在 8000 万元上下，这些闪烁的数字足可以傲视萧山。为培育优质茶叶，争创名牌产品，提升所前茶叶档次，提高市场占有率，所前制定了"十八村"龙井茶制作标准，举办了三届"山水所前"生态茶炒制比赛，提高了茶农的品质意识，组建茶叶协会，实现茶叶的产业化生产。听到所前人为茶叶所做的努力，每一位到所前的游客，都有一种喜悦。而这种喜悦，永远如同那天上的虹影，揉碎在浮躁之间，闪烁着春天与生命的柔软光芒，得到了充分的满足。那份满足，

山水·秀

就像风中精致的风筝，有一种齿啮蓝天的快感。

所前给予茶叶的生命，是无与伦比的。他们用浅蓝的眼神凝望，空空荡荡的心立刻被盛得满满的。所前茶商亲戚带亲戚、朋友带朋友开始闯天下，不仅推销自产的茶叶，还经销镇外的茶叶，实现全年茶叶总销售额 10 亿多元，创下了"中国茶叶流通第一港"的美名。肩负起这个神圣使命的，便是名满天下的茶叶流通企业——"巨佳茶港"。流通，是巨佳叱咤天下的方式；茶叶，是巨佳功成名就的灵魂。

喝一口"十八村"的龙井茶吧！唱一首"十八村"的歌谣吧！所前，给予人们的是田园式的宁静。来这里的人，常常不自觉地被这种韵律所陶醉，将游丝般的情思拉扯得很远很远。人们嘴里还留有"十八村"龙井的余香，留有"十八村"泉水的清凉，嚼一枚春天的茶叶，青草似的淡淡香味立刻弥漫开来，好像彻底透露了某一种心思，似一篇奇特的文章，用不了语言的证明，就正确地描述了欣喜的感觉，心中积累得水盈盈的。

茶叶是春天的诺言，真想做一枚茶树的嫩芽，远离尘嚣的纷扰，在云和雾的敲打中，静静地守住一个野。

三

蓝海珍林最有名的是阳光、鲜花和艺术。这里的阳光的的确确强烈得与众不同。在近 1500 亩的区域内，环境优美，河流纵横，水质洁净，土壤肥沃。站在小河边，看直立行走的河水，心便痴了过去。沿小河漫步，到处是翠绿，遍地是鲜花。凌飞庄园隐藏在紫色的风中，在阳光的碎影中躲躲闪闪。

最吸引人的是狭窄的柏油马路边的植物——大片的向日葵。据说在法国南部绚烂的阳光下，凡·高经历了他一生中创作最丰富、思维最奔放的阶段。这里引种了向日葵，仿佛是在追寻大师的足迹，用普通的向日葵营造出阳光明媚的艺术氛围，与小树林中隐约可见的木房子一起，把蓝海生态园的艺术功课做足。一年四季的花草，让人真正体会到了人在花海中漫步的感觉。更绝妙的是，站在一大片花田里边，嗅到淡远温和的香味，不像其他的花香，急急地想要把人熏倒。闲闲地信步，从花间走过，衣角就留着一种冷香，悠远得像初恋时的心情。

顺手摘下木屋前的蓝莓，轻咬一口，酸酸甜甜。这种酸甜，透凉到心里，与探头探脑的小草一起相思。于是，开心自然播洒出来，爽朗的笑声在山间闪荡，在石子路上竞走，在清澈的河水上回响。

各种色彩交错，空气静谧得很，穿透力极强。放眼四望，呼吸着新鲜而又活泼的空气。空气带着野蛮，在花丛间横冲直撞，在每一株植物上留下蛮横的痕迹。而每一株植物用自己特有的色彩，在山冈上涂抹，远看，像精神病患者随意的艺术创作，夸张地跳跃。刚刚还是黄得流油，马上又是翠绿如玉佩，接着出现紫色的薰衣草，拐弯又看见了明净的杜鹃花，在阳光下熠熠闪光。

蓝天之下，湛蓝柔美的树林，莽莽苍苍的草皮，无论在感觉上和色彩上，都给人带来强烈的冲击。傻傻地躺在草地上，闭着眼睛想象水的坚硬，草的淫荡，色彩的艳照。春天的风吹在脸上，没有一丝燥热；春天的太阳照在身上，没有一丝灼热。

山
水
·
秀

179

它寂静如天堂，风姿绰约如天使，使之既充满了雄性的激越，也充满了女性的娇媚和柔感。

蓝海珍林完全实现了"四季有花，四季有果"的美好愿景。她纯洁，每时每刻，都显得与世隔绝般的安详宁静。在这里，可以忘记仇恨，忘记算计，忘记失恋，忘记自我。她像一种感情，高高翘起，无欲无求。

很想和你一起飞，当想到这句话的时候，心突然被狠狠地捅了一下。做一只现实生活中的蝴蝶，黑白相间，展翅飞翔，无骨无肉，柔软之极，追随蓝海珍林的温柔香气，把自己化在紫色的香气里，一辈子不出来，永远地相伴。

和眼前的风景一起飞，是一件多么曼妙的事情呀！慢慢张开双臂，做一次深深的呼吸，闭上眼睛，把自己的思绪凝成一个新词，融化心中的念想。

四

徜徉于金地农庄初夏的桑园，能够坦然地在自信与自勉中静静地开放自己，我的心从此躺在桑葚上，被围困的思绪豁然开朗。

所前金地农庄，樱桃飘香后，桑果也耐不住性子了，一个劲儿地探着脑袋，努力地把自己由鲜红变为紫色，期盼着各方游客来闹猛。桑叶长得茂盛极了，就像一顶顶绿色大伞。桑葚胖嘟嘟的，紫黑紫黑，粒粒饱满，像一串串黑珍珠，令人垂涎欲滴。在金地农庄，重拾那份久违的童趣。错过了桑葚，也错过了童年回忆的美好。

金地农庄有 120 多亩桑果园，品种来自中国台湾，无公害种植。桑果营养丰富，已通过国家绿色食品认证。采摘期是 5 月初到 6 月上旬，结满果实的桑果树为这片美丽的庄园增添了别样的韵味。既能品尝美味，又能享受采摘乐趣。

桑葚自古被誉为"民间圣果"，常食桑果可提高人体免疫力。具有延缓衰老、美容养颜、乌发明目、治疗"三高"等诸多功效。站在金地农庄，一眼望去，那紫色的桑葚，一如年少时的那份天真，在初夏的微风中，散发出灵动而曼妙的奇异质感。那一身紫浆，宛若少男少女们的爱情，靠近你，偎近我，把紫染上你的心，学会与爱人长相厮守。

在金地农庄，紫色桑葚给予中年人美好的回忆，给予年轻人爱情的呵护，给予孩子童真的乐趣，给予老人春蚕般的光明。一句话，金地的桑葚是会给所有人带来快乐的。她的美，是阳光下唯一的花瓣。

所前的茶与果

陈于晓

"沿山十八村，村村产茶果。"这些年，每回到了所前，我都会这样说上一句。记得有一位同行曾问我："所前沿山有十八个村吗？指的是自然村吧？"但我又想，这个"十八"可能并非确指，只意味着"很多村"，或许想表达的意思是所前处处产茶果。在萧山，所前是名副其实的"茶果之乡"。

喜欢清明时节，在所前的山水间走动。山水明丽是一方面，更让人贪恋的是，空气中的那一份茶香。早在清明前，就有三三两两的采茶人，在茶园中晃动了。历经雨水、日光，还有云雾的浸润，茶色"咄咄逼人"。那芽那叶，鲜嫩欲滴。只是飘散在茶园中的茶香，是淡淡的那一种，还掺杂着草汁的味道。毕竟，茶只是草木的一种。

所前现有茶园6000多亩，茶叶的种植面积和产量，在萧山的镇街中，都是占了第一位的。据相关记载，早在唐代，所前就开始产茶，至今已有1200多年的历史。所前所产的茶，为湘湖龙井。龙井茶产地分西湖、钱塘、越州三大产区，所前属钱塘产区。专家说，如果细品，湘湖龙井和西湖龙井的风味，还

山水·秀

是容易区别的。湘湖龙井属于清香型，而西湖龙井则偏于豆香型。不过，在我看来，这"香"，是行家们才能分辨的。而我只想坐下来，品上一杯，无论是哪方的龙井，都是好茶。

从清明到谷雨，在所前农家，最忙的，也许就是茶事了。茶事的那一份辛苦，也许只有茶农自己才会有更深的体会。在我们的眼里，这个时节的春天，是最迷人的。山花随意烂漫着，到处都是花团锦簇，风中飘溢着的，是各种的花香，以至于我总以为，在一杯茶的清香中，倘若能够沉下心来，一一地辨别，是可以品出各样花香的。但也有可能已经分不清了，所有的香味，早已融合在了一起。其实，在春天，大自然就在煮着一壶茶。都说春山如煮，雨雾朦胧中，山峦就如同一把壶，搁在天地之间，腾腾的茶雾，或浓或淡地缭绕着。只有潺潺的溪水，一路奔腾着，依然是清亮的。如果把溪水加以微缩，也许就是清冷冷的茶水了。

记得早些年，我经常到所前采访。如今走在所前，我的脑海里还会时不时地浮现出昔日茶叶交易场所，那讨价还价熙熙攘攘的场景，以及印象中每年都会举行的所前镇或者萧山区的手工炒茶大赛。近年来，随着机械炒茶的日益普及，手工炒茶似乎正在渐渐地淡出。但好的茶叶，依然是需要人工来炒制的。在所前，目前依然活跃着一群手工炒茶能手，他们炒制着上好的所前茶叶。我记得一位炒茶能手说过：相比于机械，人的手，更容易感知温度，恰到好处地把控炒茶的火候。

在春日的所前，我觉得最赏心悦目的一件事情，就是在微醺的空气中，无所事事地守着一盏新茶。我喜欢喝茶，但一直不大喜欢喝太浓的茶，尽管满杯的茶叶，会带给人一种郁郁葱葱的感觉。我泡茶，通常放的茶叶不多，偏于清淡，我喜欢清淡，也许与我淡泊的"心境"有关。在我看来，很多时候，喝茶，也就是喝一种"心境"。所前茶叶"形美"，茶芽在水中苏醒的样子，婀娜多姿；"色翠"，很像所前水灵灵的葱茏山色。至于所前茶叶所拥有的"香郁"，也许是因为我喝得淡，感觉就像是有一种兰花香的幽在其中，而茶味自然是醇的，也许是因着茶叶，积攒着一种所前岁月的底蕴吧。

山水俱佳的所前，所产的自然是好茶，所前茶叶曾被评为杭州市十大名茶，浙江省区域名牌农产品，此外，所前还获得过"中国茶业流通第一港"的金字招牌。"一个协会、一片茶园、一群茶农、一批炒茶能手、一支茶商队伍"，这些被人们叫作所前茶的"五个一"工程。也许所前茶，在这些年，就是靠着这"五个一"，慢慢做强做大的。

微风和煦的春日，抽个闲，去所前，找个山庄，或者农家乐，品上一杯清茶，绝对是一种享受。但现在，在我的记忆里，仿佛春天的茶香还袅袅着，抬头之间，忽然发现枝头已泛着点点的红了，那是杨梅。细想想，你真的会感觉，时间过得挺快的。这几年，我越来越喜欢上了"流年"这个词，而在所前的流年里，接连登场的则是鲜美的茶果。

记得早些年，或者是在杜家村的杜家农庄吧。虽然地点记不太清楚了，但品茶尝杨梅的那一幕，依然记忆犹新。记得我们是坐在半山腰的，那天天气特别好，虽然有些热，但风比较大，仿佛热气也被吹散了许多，总体感觉还是凉快的。何况头顶是一棵大树，给我们撑起了一片阴凉。

茶是新茶，春上新炒制的。杨梅则是刚采摘的，水嫩嫩的，我怀疑还带着露珠。与别地的杨梅相比，杜家杨梅的个头算是偏小的。杜家杨梅的特色，在于它的核小，它的"鲜"与"爽"，它的多汁，还有，摇曳在枝头也特别好看，又红又艳。不过，在我看来，杜家杨梅还有一个特色，那便是甜中带着一些"酸"。也许，对于不喜欢吃"酸"的人们来说，这不算是"优点"，但于喜欢这种味道的人，也许还能从这微微的"酸"中，品出一种初恋的味道来。抑或，没有比这种初恋的感觉更美妙了。

所前杨梅，一般6月中旬成熟，6月中下旬进入最佳采摘期。除杜家外，还产于李家、越山、越王、山里王等，常年产量在120万公斤左右。一年一度热热闹闹的杨梅节，把所前杨梅的"芳名"传播到了远方，所前杨梅的知名度和美誉度，日益增加了。

在我的记忆中，杜家杨梅很多时候与所前镇杭州生态园联系在了一起。我采摘过生态园的杨梅，但说是采摘，不过是体验了一下。那高高的杨梅树，采摘也是不容易的。更多的时候，我只是在树下望望那一枝一枝的"垂涎欲滴"。记得山间小路上，总是湿答答的，落着不少被风吹落的杨梅，感觉挺可惜的。不过，想着所有的果子，在熟透之后，总有一些要回馈给泥土的，心下便坦然了。想着鸟儿也会啄一些杨梅吃，但奇怪的是，鸟啄杨梅的一幕，我似乎从来没有看到过。遍山葱郁，常常我只听得鸟鸣，不见鸟影。

黄梅时节家家雨，每年杨梅熟透之时，正是梅雨时节，似乎年年杨梅的产量，都会多多少少地受着梅雨的影响，要是连着下雨，我们能吃的就是"大水杨梅"了。我记得好几次在杭州生态园尝杨梅时，都是雨天。很多时候，我都是坐在屋子里，望一眼屋外青山，往口中扔一颗杨梅。不过，在那些年，我仿佛已经学会了"风来听风，雨来看雨"，既然左右不了天气，又何必自找"烦恼"呢？静静地坐着，听雨声，偶尔从雨声中，又听得几声蛙鸣，想想青草池塘，心一旷神就怡了。

往往，只有在雨声的间隙中，才可以抓紧时间到外面走一走，去看看雨中的杨梅。其实，梅雨通常是绵绵的那一种，不会落得很大，撑一把雨伞，还是随时可以去外面走走的。哪怕就看看杨梅，也是一种"诱惑"。每个人心里都清楚，等梅雨过去了，杨梅的枝头，也就空了。枝头再一次的红，又要等来年了。好在，来年也很快，四季在悄无声息中，悄无声息地"循环"着。

说是"悄无声息"，也不过是你的一种错觉吧。其实你也可以感觉季节的"轰轰烈烈"的。比如，三泉王村的李花开时，就有着"半山李花满山雪"的热情洋溢，在短暂的绚烂之后，冷不丁地，李子就有了"雏形"。又似乎只在眨眼之间，圆润、剔透、甘甜的李子，又摆在你的眼前了。春来鲜果第一枝，我说的是樱桃，玲珑娇小的模样，怎么欣赏都很可爱，都感觉有点舍不得吃。当杨梅还在采摘的时候，桃子又上市了，那桃子，汁多得随时都会滴出来。仿佛桃花还来不及看呢，桃子就长成了，其实梨花一样地来不及看，黄金梨就沉甸甸地压弯了枝头。丰收的喜悦，总是劳动写就的。

在秋天，很多的枝头都是低垂着的。但板栗的枝头，望过去并不那么低垂，只是毛茸茸的。板栗熟了，自然会掉下。果实们似乎永远记得，自己的归处是大地，是泥土。每当城区街头溢满糖炒栗子的清香时，我就想起了所前的板栗。山里人家，上山一趟，采来板栗，蒸煮或者炒一下，炊烟中就全是板栗香了。如果说板栗是一种味觉，那么柿子就是一种视觉了。较之于吃，我往往觉得，看着柿子的感觉更好一些，特别是遥看。柿子在秋色中，挂着挂着就挂成了一盏盏的灯笼，这小小的红灯笼，照亮着日暮时的人家，相信也是可以照亮一些乡愁的。

　　生活在沙地区，小时候，我没什么感觉。如今，却挺想拥有一片山林的。比如，像所前的人家一样，在一片山林中，种植上一些茶叶，一些果树，什么季节了，摘什么果。或者，在房前屋后，也是可以栽种一些的。果子满树，哪怕不吃，就这样看看，应该也是挺好的。这么着，忽又想到，所前的流年，正是茶与果流淌而成的。

水果味所前

莫 莫

与甜蜜有关的事物太多，果实给人的感觉最为圆满。

一想到所前，那些樱桃、李子、蜜桃、杨梅、桑葚、蓝莓、橘子、柿子、板栗，皆露出一张张生动丰润的面孔。它们依季到来，在一幅绿水青山的美丽画作中透出晶莹的光芒。

吃，真的是人世间最美好的享受了，品尝果实，犹如开启一段甜蜜的爱恋。那个在果实面前目光温润、舌底生津的人，即便此前浑身长满了沧桑，也能以满怀柔情的姿态行走于山水之间。

所前的果实太有名气了。所前简直充满了水果味。

诗人苏东坡放在现在就是个典型的吃货，他在杭州任职期间，不小心吃到了萧山的杜家杨梅，吃完后忍不住连连感叹："闽广荔枝、西凉葡萄，未若吴越杨梅。"也不管自己是否已对荔枝许下了"日啖荔枝三百颗，不辞长作岭南人"的表白，竟把杜家杨梅排在了闽广荔枝和西凉葡萄之上。他虽然没有直接再做出一首诗，说要"不辞长作杜家人"，但这喜欢吃是真喜欢吃啊，由此判断他对杜家杨梅的爱也是真爱无疑了。

杜家杨梅产于杜家村，所前杜家村因杨梅而闻名，杨梅贴上杜家的标签，因味美量少，更显得物以稀为贵。早年，真正称得上"纯正杜家血统"的杨梅老树没几棵，仅分布在包括越山村、大小坞村等杜家村一带。

杜家杨梅可分早色与迟色两个品种，两者中又以迟色为贵。到了杜家杨梅上市的季节，村外人皆以认识杜家村人为荣。懂吃杜家杨梅的人，早早地就托了村里的熟人约定篮数，或听凭主人帮忙装篮，或上山自行采摘，就为了享受第一秒摘下即可品尝的新鲜感。

杨梅成熟的时节，许多喜爱杜家杨梅的萧山人不是已经爬上了杨梅树，开始采摘枝头饱受日晒、泛出暗红光泽的果实，就是正飞奔在来摘杨梅的路上。爬上杨梅树的多是身手了得的人，只见他们纤瘦的身形一转，手才起杨梅早已落入口中，紫红翻滚，让树下抬头仰望的人看得生津涌动，只能不停吞咽口水，期望能有机会接牢从树上掉下来的杨梅。

杜家杨梅酸甜多汁，比较突出丰盈的口感，轻轻拈一颗置于舌上，还未来得及感受杨梅肉表层细小颗粒的细微突起感，就有鲜美的果汁在齿间爆裂开来，像泉水一般满嘴流淌。细细咀嚼爆汁后柔软甜蜜的果肉，再轻轻剔出坚硬的杨梅核，人生就真的圆满了。

更奢侈的是，拿杜家杨梅泡酒。盛夏时拿出泡好的杨梅酒倒上一碗，夹三四颗酒杨梅，杨梅吸饱白酒精华变得又"凶"又辣，反倒梅红色的酒液本身倒变得甘洌香醇。难怪杨梅酒醉人的往往不再是酒，而是酒中升级了的杨梅。

从 20 世纪 50 年代 500 多亩的杜家村杨梅园，到如今发展成所前人重视的杨梅产业，杨梅种植占地近 7000 亩，年产量约 120 万公斤，年产值在 4000 余万元，这足以挑起萧山杨梅种植的半壁江山。虽然都有千年栽培历史，但所前杨梅发展速度之快，已不是湘湖杨梅、进化杨梅所能企及。

为打造田园采摘乐趣，所前镇以强大的果实阵容说话，凭借好山好水养好果，发动农户开发了各种有特色的水果基地、采摘园。不仅有四月樱桃、五月桑葚、六月杨梅，其间还穿插蓝莓、李子、桃子等各色果类。桃李较能存放，经常会有村民挑到城里去卖，另外柔嫩些的果子，基本都已形成种植片区，以采摘园的方式向人们奉献甜美。

每一个萧山的吃货都梦想生活在所前，所前有 2000 多亩樱桃种植基地。爱吃一口樱桃的人，在所前能得到不用鸟口夺食的幸福与满足，不用像从前一样，每天在庭院里那棵樱桃树下深情盼望的由青转黄渐变红的小樱桃，某一天被疯狂鸟类无情叼走。

开车到所前镇李家村村口，随意一停，找一处樱桃看起来特别美艳的采摘园，与老板简单交代后，便可一头扎进樱桃树下，实现樱桃的自由，享受小鸟般啄食樱桃的快乐。当然不爱学小鸟啄食的人也有采摘樱桃的窍门，就是不用指甲掐、不用剪刀剪，只需在果柄尾巴处，往反方向轻轻一折就成，而带着柄的樱桃则容易保鲜。

所前山多，山坡上种满了桃树。农户间自然划分种植的地块，桃树挨着桃树，桃枝挤着桃枝。桃子算是历史较久远的所前"原住民"。三月桃花起，漫山桃红使所前镇陷入一场浪漫的包围。桃树在果树里实在是比较讨喜的植株，花朵浪漫，果实

甜蜜。桃木据说有避邪之效，桃在中国传统文化中还具有多义的象征，蕴含了生育、吉祥、长寿之意。

诗经《桃夭》里自由奔放的情感，《桃花源记》里隐名避世的情怀，《桃花庵》里"桃花坞里桃花庵，桃花庵下桃花仙"的洒脱不羁，皆寓桃以自由高贵的品性。

桃花谢尽，新鲜的水蜜桃开始在枝头绽开毛茸茸的羞涩的笑容，仿佛这世间的行程就是从生长到成熟的过程，就是从酸涩到甜蜜的进化。没有一个人能够抵抗得了桃子的浓郁香味，没有一个人能拒绝得了桃肉的细腻清甜。有喜欢脆桃新鲜干脆的人，也有喜欢蜜桃柔软多情的人。把熟透的桃子的表面绒毛洗净，露出少女皮肤般晶莹透亮的表皮，将之轻轻吮破即有鲜洁的桃汁喷涌而出。

192

秋风起，吹亮吹红了漫山的柿子。所前的圆柿子个头小小的，柔软的身子躲在坚硬的柿蒂下，肚子里一瓣挨着一瓣的果肉，果肉里总有几瓣是长着核的。萧山人吃柿子就爱吃所前这种长核的品种，口感更甜，汁水更沙，果肉更耐嚼。

所前山区，早年道路闭塞车马难行，萧山东片人去所前靠翻山。父亲的师父家住赵坞，那时翻山的动力就是赵坞的红柿子。外乡人一看几米高的柿树上高高挂起的红灯笼，只能望柿兴叹，在叶堆里找刚掉下树的完整的柿子解馋，因为只有熟透了才会被风吹落，这样的柿子反而更甜美可口。外乡人总是一时沉迷于捡拾，但可惜大多柿子掉下来时早就摔了个稀巴烂。

直到山里人拿出配套的长杆网兜，挑成熟度高的挂果一兜一个准，将之送到外乡人手边让其取出装好，外乡人露出恍然

山
水
·
秀

大悟的表情，才开始充盈另一种丰收的喜悦。

会吃柿子的人，拿出专业的手法，旋扭着拧下蒂，从落蒂的口子往两边使劲，正巧把柿子掰成两半，拿起一半捏着皮轻轻一挤，果肉就落入口中。滑溜的甜蜜蜜的果肉下肚，那么轻易就能被抚慰了。碰上有核的果肉，只需牙齿一磕、舌头一拌，柿核就被推了出来。

方顶柿在记忆里则一直麻着大舌头，如果压制不住品尝的欲望，看着柿子有些变黄了就贪心下嘴，第一口后整张嘴巴那种又涩又麻的感觉保管此生难忘。以前方顶柿用石灰水炝过后又脆又甜，用的是民间的脱涩方法。现在买到的柿子如果不够熟，家里老人会在柿蒂的位置点盐水，年轻人则用水果催熟法，在柿子边搁些香蕉苹果，熟不熟也是没几天的事。

摘柿子的人也不会忘记摘毛栗子，所前大山里的馈赠总是取之不尽。柿子和栗子虽同处一秋，但一个坚硬一个柔软，就像事物的两面，又处得像同类一样极度和谐。取毛栗的经过可以看出一个人的性情，他如果不怕毛栗坚硬带刺的外皮，破开褐色的果壳后，他一定有足够的耐心得到黄澄澄的栗子肉，生吃鲜甜，煮熟软糯，是应季不可多得的美食。

在所前，甜蜜的果实总是写不完的。所前的山中四季自然美景，各处美丽乡村改造，各类果园基地建设，最终的目的就是为了留客。为了每一个外乡人回到家里，即便此前浑身长满沧桑，也能自然深陷甜蜜果实的怀抱，也能以满怀柔情的姿态行走于所前的山水之间。

情系里士湖

金阿根

　　零落的雨滴洒在我的头上，在这种不冷不热的天气，走在里士湖的长廊里，倒也别有一番韵味。我仿佛穿越一千多年的历史，在朦胧的湖面上，似乎看到少年时代的贺知章在湖中抲鱼摸虾，西施在湖畔浣纱，你看那湖水正一波一波地荡漾开来。我不由得想起清代青州府同知、萧山人张文瑞的《归厚庄即事》的诗句："年来剩得草堂赀，小筑城南地颇宜。湖亦有名邻贺监，村因不俗近西施。抲鱼桥下堪垂钓，文笔峰前好赋诗。"此刻在心里默默地吟诵，心情也就格外舒坦。

　　里士湖旧时也称厉士湖，位于所前镇金临湖村，曾经有湖面上千亩，为萧山名湖之一，被称为"西有湘湖，南有里士湖"。随着时间的流逝，沧海桑田，星移斗转，由于种种原因，湖面只剩得 200 亩左右。

　　"绿水青山就是金山银山"，前些年，所前镇人民政府以"烟雨楼台，水墨江南"为主题，对里士湖进行保护性修复与改造，如今早已面目一新。我在沿湖的游步道上缓缓行走，呈现在眼前的里士湖别有一番风味。近处，绿水泱泱，杨柳依依，远处，青山倒影，重重叠叠，满目景色如画跃然于纸上。

我曾经多次来过所前，有参加杨梅节、茶艺节的，有采风、摄影、码字的。那年和张祥荣来里士湖，他摄影我作文，方知道这里临近西小江的拐弯处，由原是临浦北面的泻湖形成。当时还没有拆除沿湖的建筑，自然少了魅力和对我们的吸引力。

今日重访旧地，此刻我静静地伫立在烟波浩渺的湖畔，守望这一方天地，感受这热闹繁华背后的静谧。极目远眺，湖水在微风细雨中泛着涟漪。眼前烟水苍茫，隐约如画。湖面上弥漫着飘忽着水汽雾气。若是撑一叶小舟，划开水面的烟霭，肯定能增加我的游兴。你看那青山绿水，点缀着四周的美丽，在薄薄的雾气和缕缕雨丝中顽强地展示着它那少妇般的曼妙和温柔。因为里士湖的美，引得历代文人墨客的赞誉，给乡间的湖泊增添了几多感怀。在桨声帆影中，将时间推迟，将生活延缓。

每到一地，总有一些风景让人一见钟情。所前的景色，因

为有山有水，才取了个"山水所前"的好名字。杜家杨梅，三泉王村、三里王村的桃李、茶叶、栗子，小时候常常羡慕别人家，有山里亲眷便有四时水果，有沙地亲眷就有瓜吃、有甘蔗吃。我是里畈人，亲戚也都是里畈人，除了稻米，就是蚕豆油菜草花。曾经跟随妈妈、姑姑，从西小江划小木船来所前摘杨梅，到历史上曾设盐务所的那条老街。老街曾经是土布的集散地，我母亲闲时纺纱织布，把土布运到所前出售换点零花钱。这些年我到过杨静坞欣赏天乐湖，当然面积没有里士湖大。对于里士湖，却是近年来过几次才有了比较清晰的印象。习惯了在记忆深处挖掘似曾相识的历史文化，在凝视间回望沧桑岁月，在湖光水色的涤荡中渐行渐远的过往。

里士湖就是这样，在岁月的演变中失去了生命的光彩，又从荒废中整修改造恢复了它的本来面目，似一个婉约的少妇，让人一见钟情。于是有了相见如故的感觉。喜欢她的妩媚与妖

娆，淡雅与柔美。那些沧桑经历，在湖光水色的荡涤中渐行渐远。在这如诗如画的湖畔，聆听雨丝拨动着琴弦，发出悦耳动听的曲声，我在叮咚声中被深深陶醉。

我会再次踏访，因为育才路的南伸，交通便捷了许多。选择夏末秋初的日子，晴天的傍晚，在晚霞映照下的湖畔散步，任晚风抚弄我的衣衫，吹走身上的汗水，拂去白日的喧嚣，让筋骨放松，肌肉舒适，让生活轻松；在夕阳下的堤坝上行走，看湖面粼粼金波，无数个涟漪，让心灵激起多少诗情画意；漫步在游步道上，看如水的月光，透过片片林荫，在斑驳的银影下，回顾昨天，检点今天，展望明天。明天的所前会更加美丽，明天的里士湖会更加风光无限。

别了，我的里士湖，分别是短暂的，相见是永恒的。你的倩影，已刻印在我的脑海，我的心中已留下你深情相吻的唇印。

所前山水的灵性

马毓敏

玉皇场，方圆几十里内的老百姓几乎都去攀爬过。老百姓口口相传，说玉皇场庙里的菩萨灵验，求子的，诊病的，升学的，都灵。以至每逢春三月，去玉皇场的山路上，扶老携幼的人群摩肩接踵。

我去过一次玉皇场，除了实现婆母烧香拜佛的心愿，也弄清了玉皇场的来历。

"玉皇场"并非真名，那是老百姓的讹误，它的真名叫越王峥。

越王峥，1987年《萧山县志》这样记载：越王峥，位于所前乡东端的萧山、绍兴两县县界上，主峰海拔354米。相传越王勾践栖兵于此，又名栖山、越王山。

公元前494年，勾践兵败于吴，率残兵五千栖于山中，卧薪尝胆，励精图治，范蠡为勾践制定一套保民、富国、强兵的方针。勾践亲自耕田，夫人亲自织布，食不加肉，衣不重彩，礼贤下士，赈贫恤死，深得民心。经十年生聚十年教训，越国很快富强起来。公元前473年，越国灭亡吴国之后，勾践率领军队北渡淮河，在徐州（今山东滕州）与诸侯会盟，周王派人赐给勾践祭肉，承认勾践的盟主地位，勾践由此成为春秋时期的最后一位霸主。越王峥上至今还有沐浴山、洗马池、走马冈等多处古迹遗存。

吴越争霸是远古历史，二三千年前的事了，但在萧绍大地，这一粒陈芝麻，经常散发出幽幽的清香。黯淡了刀光剑影，远去了鼓角铮鸣，但那些流传下来的地名无时不在提醒人们越国先贤的奋发图强。"夫越乃报仇雪耻之乡，非藏污纳垢之地也"，历经千年百载，先贤的旗帜仍高高飘扬。

且不说航坞山、浣纱溪、浴美施、起步庙，单说在所前，越王峥就是丰碑一样的存在。

在所前，与越王有关的古迹还有金鸡山。此山不高，主峰海拔只有 79 米，相传勾践曾在此养过鸡。金鸡山的东坡有一处新石器时代至清代的金山遗址，1999 年省文物考古研究所和萧山博物馆进行了抢救性挖掘，其中有良渚文化时期的房屋建筑 1 处、墓葬 1 座，夏商时期的组成器物（墓葬）1 处，东汉时期的砖室墓 2 座，南宋时期岩坑室墓（一穴四室）1 座，明清时期瓮棺葬 2 处。

越灭吴后，传说西施与范蠡归越隐居，在浣纱溪畔的后江庙上岸——后江庙所以又称起步庙。范与施在苎萝村东北 11 里的一个山坞中隐居下来，隐姓埋名，杜门谢客，故此处又称杜家。杜家附近有贾家，相传是给西施、范蠡摆渡的贾姓老人的隐居处。此二处皆在所前，所前"杜家杨梅"已经成为萧山的一处标识。

越王峥南侧的萧绍分界处，有一条山栖岭古道，西麓为所前东山夏村，东麓为绍兴的界塘坞、南坞，岭长三千米。漫步山栖岭这条百年古道，脚下是用小石块或鹅卵石铺成的一米来宽山道，两旁修竹夹道，浓荫蔽日，山风阵阵，龙吟细细。古凉亭里，游人随立随坐，此地曾是从前脚夫挑夫们休息的场所。所前从清代开始就成为上下八府货物的转运地，依托西小江优势，上八府的竹木茶叶桐油纸张，下八府的绸缎布匹食盐水产在此地交会转运。

像这样的古道，所前还有一条，就是藏山岭，又叫上山岭，西南为所前的横路头村，东北为绍兴县夏履桥麻园村，总长4千米。遥想当年，运送货物的队伍在山岭间行走，逶迤如游龙，队伍里既有盐贩、行贩，也有卖地货、山货、干货的山民。

山如彪形大汉，赳赳武夫，彰显自然的力量，佑护生灵万物。而水的柔美灵动润物无声，则如慈母般呵护两岸百姓。

所前地处萧山中部水乡，西小江从南面逶迤而来。西小江是萧山境内一条重要河流，经临浦、所前、新塘、衙前，进入绍兴，出三江口流入东海。西小江江面宽阔，所前境内一段有60—80米宽，常年水位五六米，水深2—2.5米。

西小江流到所前这里，有一个不知建于何时的"荻径塘"，这是古代萧山境内的一个水利工程。塘两岸遍植芦苇，每至秋天则芦花飘飞，远望如白露弥漫，故又名白露塘，今讹为白鹿塘。西小江流过白鹿塘，在洪家渡南岸接纳三泉王溪水。所前有越王峥、金鸡山这样有故事的山，所前还有青化山这样自然属性的山。所前属低山丘陵，青化山主峰海拔也不过461米，

山水·秀

201

但集雨面积不小，三泉王溪就源于青化山的衙门岭，由南而北流入三泉王、柳家等村，在李家石附近汇入西小江。山多则泉多，光三泉王村就有大泉井、小泉井、虎泉，皆为青化山伏流所集，四季不涸。泉水奇异之处，除清澈甘甜之外，夏冷震齿，冬暖如汤，是村民的至爱。

在李家石接纳大小坞溪水之后，西小江流经所前老街。萧山有两个地名，据考证，都是在官衙的前面，一为衙前，据说在军衙之前，再一个，就是所前。南宋时，这里是盐业商贸的集散地。明代弘治年间（1488—1505），绍兴府在西小江东岸的金鸡山（今信谊村）设盐务批验所。清代中叶，盐务批验所迁至所前老街，"所前"地名由此产生。

西小江作为曾经的交通要道，勾连起苏浙皖宁绍台等地的百姓生计，在它的流经之地，各处都有传奇，径游老街、欢潭老街、衙前老街，到现在还引发人们的遐想。在所前，据记载，那时，从金鸡山到所前老街三里之地，布满了各家商号，光盐

号就有48家，街上行走的，全是操不同口音的外地客商，老河埠头帆樯林立，船通水活。

百川东到海，西小江流过所前，一路向东，朝着大海的方向流去。

行走在所前，想起两句名言。一句是唐代大文豪刘禹锡在《陋室铭》里写的："山不在高，有仙则名，水不在深，有龙则灵。"另一句是加西亚·马尔克斯在《百年孤独》中写的："所有的事物都有生命，问题是如何唤起它的灵性。"山水是大自然的馈赠，而人们的生活劳动更赋予其深层次的内容。以自然之秀美，叠增人文之意义，则所前山水之美，于此可见一斑。

一座山，一条江，山栖古道十八弯，所前让人难忘的何止这些。

李花怒放一树白

朱文俭

　　二月的每一阵风、每一场雨都参与了大自然的谋划，它们要酿造一种叫"荷尔蒙"的无色无味的美酒，喷洒在山坡上、沟溪旁、田野间，于是，"天气下降，地气上腾。天地和同，草木萌动"。

　　李树更是经受不住大自然醇酒的诱惑，一夜之间，密密麻麻、层层叠叠，千树万树、满沟满垄的花儿含春怒放，竟如皑皑白雪，把千山万壑装扮得洁白素雅。走近细看，那是一株老李树，枝干粗壮，枝杈上竟然没有一片叶子，却裹满了雪白娇嫩的小花儿，整株树比昨天膨胀了一圈；而且仍有数不清的花朵在枝丫尖延伸，向树梢上攀登。面对一片银装圣洁，你是不忍拨弄那些花枝的，轻轻翕动鼻翼，一缕清香便入心入脾；闭目凝思，让心与花近，恍惚中，花非花，人非人，唯有天地间的纯净、纯美。

　　在萧山，不用出远门经受舟车劳顿就能欣赏李白笔下"春国送暖百花开，……李花怒放一树白"的胜境，此处就是所前镇三泉王村。

三泉王村李花最佳观赏期在二月底三月初。寻一个风和日丽的日子，从萧山驱车走03省道东复线向南转来泉线直达三泉王村文化礼堂，但见村庄被三面小山环抱，一条清凌凌的溪流穿村而下，沿溪山坞之中错落有致地分布着民居。远眺山谷，青山葱茏，李树遍布。美丽的景致呼唤你加快了步伐，哗啦啦的溪流增添了你的游兴，来到村尾，沿着环山的步道登上山脊线。当你置身在一望无际的李园里，就像突然穿越到北国雪原，满眼是玉粉敷面、银装素裹，一片冰清玉洁的世界，你不由得为这"花海花世界，玉天玉地玉乾坤"的绝美画卷称叹。

　　到李树下去走上一走，闻一闻李花特有的清香，不要辜负这片美景；不用刻意去聆听，耳边便是蜜蜂们"千军万马"采花蜜的嘤嘤嗡嗡。人如蜜蜂，喜欢追花，哪里花多哪里就是人潮。人们的眼睛忙不过来了，这边一树素净雅致，那边一枝迎春怒放，摆姿势，找角度，按快门，打闹嬉戏，山谷间欢声笑语不断。游玩累了饿了，找一户农家乐，吃吃地道农家菜，真是有滋有味。

　　三泉王村李树种植面积有600多亩，遍布整个山坳，成为三泉王村生态旅游的亮点之一。春天的三泉王村，成片成片的李花竞相开放，不仅为山村增添了美丽，让游客感受到"半山李花满山雪"的醉人景象，更意味着三泉王村不久将迎来李子的大丰收。村里种植富硒红心李已有400多年历史，年产量可达30万公斤。而且家家户户都有李子树，少则二三十株，多的人家有五六十株，多集中在围心园、大桃山、鸡家湾三个山头。每年6月底，漫山遍野的李子挂满枝头，村子里弥漫着甜蜜的气息。这里盛产的红心李果形圆而稍扁，果皮薄而青色，果肉

山水·秀

近核部分为紫红色，核小，肉多，水足，味甜酸，清口。如果你在李子丰收季来到村子，参与到三泉王人热闹的采摘李果的现场，那种对劳动成果的分享必定令你陶醉。李花结果变李子缀满枝头，大人们举着摘果工具，孩子们嚼着满口脆甜的李果。两篓筐装满了，男人们用扁担挑在肩上，咯吱咯吱一路小跑下山去了。

以前，红心李一旦成熟，村民们既惆怅又喜悦，喜的是丰收了，愁的是果难卖。村民们在马路边摆摊卖不了几斤，只得十里八里挑去城区售卖，结果还是误工误时赚不到几个钱。而现在，村里统一注册了"三泉王村红心李"品牌，供村民们免费使用，李子的价格一下子提升不少。村里搞了旅游开发后，到了李子成熟季节，游客们离开时都会带上一篮尝尝鲜，村民们坐在家门口就把李子卖了。除了李树，三泉王村的山上还有樱桃、杨梅、蓝莓、柿子、板栗……四季瓜果飘香。

206

　　三泉王村位于所前镇南部青化山麓，建村历史悠久，村庄文化底蕴深厚。村里有三口古泉——龙泉、虎泉、牛泉。有文字记载的历史便有 800 多年。相传王俣之孙王中立（一作"道立"）于绍兴二年（1132）中进士，官至兵部郎中。后因时局动荡，便"拜疏乞归"。他羡慕"青化峰山川秀丽"，遂自余姚西迁至山阴天乐乡永义里肇基发族。随着王氏家族在此处繁衍生息，人丁渐多，饮用水源成了困扰家族发展一大问题。至王氏第 9 世王永康，爬山过坎观察地形，披荆斩棘寻找水源，历经多年艰辛，终于觅得 3 处：一是"虎泉"，为"伏虎流涎"，"其水清芬，可以汲饮"；二是"小泉井"，水也澄澈；三是水量丰富、水质优良的"大泉井"，它"水清而腴，味旨且厚。每交伏暑，冷冽而甘美，寒可沁齿；一至严冬，气热郁腾，氤氲，蓬勃然如釜上蒸"。

　　三眼山泉水从石缝中汩汩涌出，清洌甘甜，波光粼粼。又通过沟渠，汇流成潭、池、河、湖，滋润了一座村庄的繁盛，村名也由永义里改称"三泉王"。

伴随着中国特色社会主义进入新时代，振兴乡村，发展和建设美丽乡村的春风又吹进了大山怀抱中的三泉王村。2018年，该村被列入萧山区首批美丽乡村提升村名录。从那时起，村里的污染企业关停了，柏油马路铺上了，房前屋后种满了花草树木，村道上架起了路灯、种上了景观植物，家家通了自来水和管道煤气，村民们又自觉遵守垃圾分类装扮美丽家园。更可喜的是，穿村而过的溪河装上了石栏杆，又悬挂了数万盆花卉争奇斗艳。那三口古泉水新砌了围栏，又立碑刻石，记录下祖先筚路蓝缕寻找泉源的故事，并且以泉水为中心设计成了亲水景观，让村人和游客铭记先辈的创业艰辛。

眼下，三泉王村正处在前所未有的发展机遇期，美丽乡村提升工程已经完成，美丽乡村和 AAA 级景区村庄验收已经通过。村庄自然环境更加优美，文物古迹也得到修缮，自然美景与历史文化有机融合，展现在游客面前的是一幅江南山村美景图，也成为村民理想中"望得见山、看得见水、记得住乡愁"的幸福乡村。

900 多年前宋代大诗人秦观在《行香子·树绕村庄》中描绘了他理想中的美丽乡村："树绕村庄，水满陂塘。倚东风、豪兴徜徉。小园几许，收尽风光。有桃花红，李花白，菜花黄。"他哪里能想到，如今，在辽阔的中华大地之上，处处都有如三泉王村这样的美丽乡村。

话说白果树

陈亚兰

村里有树就有根，根是游子思乡的情绪。

所前杜家村与郑家村交界处有一株白果树。树龄已有数百年。树形酷似乾隆《银杏王》中所述："古可不计数人围，叶茂枝孙绿荫肥。"

这白果树是有故事的。

这故事要从那年梅雨季节，淫雨霏霏，长雨不停，洪水暴涨，泥石流冲走村庄说起。

数百年前的一场洪水，杜家村和郑家村成了堰塞湖。在水流湍急中，有两个小男孩抱着两段树木搁在一块岩石上，被一村民救起。不幸的是，两个小男孩的父母已被洪水吞噬，家毁人亡了。从此两男孩吃着百家饭，穿着百家衣长大。村子里喊他们一个大佬，一个小佬。

大佬和小佬很看重两段逃生的树木。每到夏天，便把两段树木放到太阳底下晒一晒以防霉烂。

年复一年，两段树木在两个男孩的保护下，被珍藏了一个又一个酷暑严冬。

　　一天，大佬和小佬从山上回来，听到两段树木在太阳底下"呱呱"叫，大佬与小佬跑去一看，树木已被晒开了裂缝。两人心疼地抱起树木，裂缝处倏地掉出了一片黄纸，两人拾起，见上面画有两条船和两根杆子。大佬和小佬没有读过书，也不知道这图案是什么意思，只能将那片纸又放回了原处。

　　数年后，大佬到了当婚年龄。村民都赞这两个男孩勤劳又懂事，就托媒婆前去给大佬做媒，说姑娘不但人聪敏还心地善良。大佬听了有点心动，但想到自己只有草棚一间，与小佬吃住在一起，总不能为了自己把小佬赶走。要论婚，觉得自己还真不够条件。

　　大佬闷闷不乐皱了三天眉头，又见媒婆来了，还带来一位写帖子的先生。这时大佬掏出自己心事跟媒婆说了。媒婆跷着兰花指梳了三下头说，族长家里的千金是善解人意的。说着随手递给写帖先生一张纸，先生接过纸，见上面有图案，即问

这纸的来由。大佬突然想到，立即叫上小佬一起抱来了两段逃生的树木。奇怪的是，两段树木裂缝处没有黄纸片，却见有两个小小的绿芽。大佬说，这处裂缝原有一片黄纸，跟刚才先生看到的图案相似，可现在怎么是嫩芽？写帖先生摸着树木，细瞧了一番，捋着胡须说，两条船，竖着两根是撑杆。好办，好办！我看面前还真有两条船需要你们撑起来。说完再看时，黄纸上的图案不见了。

写帖先生点点头又说，此图为天意也！树大分杈，人大分家。你们可以各自成家立业了。我去外面走一圈。

不一会儿先生回来，跟大佬、小佬说，我已看好了，你们舍后有一块"人"字形地，一撇一捺交界处以你俩逃生的白果树木，去种上两株白果树。

不久，大佬跟杜家村里的族长女儿成亲，在树西南边耕作。小佬去白果树东面做了上门女婿。有人问大佬，小佬去了哪里？他说去成家了。后来不知是把成家叫成了郑家，还是上门这户人家是姓郑，事到如今，郑家村里民间确有说法，郑家是靠上门女婿发了家，人丁兴旺，子孙万代。

久而久之，种下的两株白果树，一株年年果实累累，一株却从来没结果。有人说是大佬和小佬的父母，为感激村里百姓的恩德而做起了两条大船的撑杆。

杜家村和郑家村村形狭长如两条大船，村口的两株白果树，寓意要把两个村庄撑住。老辈们说，郑家与杜家两条大船还真的牢牢撑住了，从来没有发过大水呢！

事过百年后，到了杜家和郑家修建水库的年月，那株公的白果树已成枯藤老树，其有一截树径空成一个大窟窿，捉迷藏的小孩最喜欢躲到洞里去。

村民白天忙着挑泥挖土修坝，晚间喜欢到白果树下纳凉聊天。那晚，聊着聊着，突然一条大蛇从树上滑落。一男人毛骨悚然地说，我看这树洞里有蛇。另一个说，不会吧，刚才我还看到小孩在这里玩呢！说着各自有了争论。另一边的男人说，何必争辩，弄把麦秸塞进洞里，点火试一下就是了，如果真有蛇，它一定会爬出来。结果一点火，"轰"一下火势凶猛，直蹿树洞上空。村里男女老少提桶、端脸盆去溪坑头打水。但杯水车薪，扑灭不了。村民立即向消防队求救，消防车迅捷赶来。因当年路窄水又远，还是救不了。一株公的白果树被烧死了。现在留下那株母的立在村口，成了一杆撑两船，还年年新枝新叶，苍翠茂盛，果实累累。如同一位宽大胸怀的母亲，深邃从容地等待远方的游子！

现在这白果树不但成了村子的标志，也成了与村子共生共荣的一册历史书。

去杜家探梅

黄建明

在萧山，有一句话很有名："萧山杨梅看所前，所前杨梅看杜家。"

杜家，不是一户人家，而是一个村庄。在萧山，一个村庄的名字，以姓氏为名，那也是常态。当然，这个姓氏一定是人口占比多的。杜家村姓杜的人家，大约有300来户，1000多人，杜家村三分之二以上的人是姓杜的。

杜姓不是萧山土生土长的姓氏，是外来的，这又跟萧山其他姓氏的迁徙情况差不多。始迁祖杜有亮，为北宋集贤殿大学士兼枢密使杜衍的第14世孙。杜衍官属从一品，为中央要员，其子孙根正苗红。明永乐间（1403—1424），杜有亮由山阴永晶乡入赘山栖颜氏家，后繁衍发族，渐成大族。

杜氏后代在这里安居乐业，一代又一代。在这600年里，许多东西兴起，又衰落，又兴起，又衰落，轮回之中，唯"杜家杨梅"永不变色。

初夏，去所前静听花开，是一件美事。

6月中下旬，所前杨梅成熟。此时，杨梅漫山遍野，似燃

山水·秀

213

烧的火焰，高高撑在所前的土地上。在连日的小雨之后，走进青山葱郁、空气清新的杜家村，一股特有的香味扑鼻而来。一株株杨梅树枝繁叶茂，连接成林，一粒粒果实滚圆、甘甜多汁的杨梅点缀其间，让人赏心悦目。红果绿叶，鲜润亮丽，蒂含乌金，俏美动人。味甜中微酸，甘润可口，别具风味，甜滋滋酸溜溜的汁水让人有说不尽的爽口。据考证，宋代大诗人苏东坡有"闽广荔枝、西凉葡萄，未若吴越杨梅"之说，宋代的另一位诗人杨万里，更是高度评价此地杨梅："梅出稽山世少双，情知风味胜他杨。玉肌半醉生红粟，墨晕微深染紫裳。"看来，所前杨梅在宋代已暴得大名。明代王象晋《群芳谱》有"杨梅，会稽产者为天下冠"之评，《嘉泰志》有"天乐杨梅产此有名，人称杜家杨梅"之记载。如此看来，杜家杨梅历史悠久，加上品质上乘，独具风味，因此美名远扬。在三次全省评比中名列榜首，并取得原产地标记注册，销往新加坡、中国香港等地。

全村现有杨梅种植面积4000余亩，茶园1000余亩，一度占全萧山产量的60%。靠山吃山，家家户户种杨梅。丰年时，多的人家可产1500余篮，收入十五六万元；少的人家也有四五百篮，收入五六万元。可见杜家是萧山林业的一面旗帜。"高山远山森林山，近山低山花果山"，当地的一句歌谣，生动形象地表达出杜家的自然环境和农业特色。目前，杜家村尚有树龄在80年以上的杨梅树1000余株，100年以上150株。萧山民间有杨梅浸酒的习惯，"杨梅烧酒"酒色红艳，甘甜绵醇。既可饮酒，又可食果，暑期饮此酒，可戒痧气，"醉梅杜家"名副其实。

"五月杨梅已满林，初疑一颗值千金。味方河朔葡萄重，色比泸南荔枝深。"宋代诗人平可正赞美杨梅的诗句，把杨梅栽培历史描写得生动传神，说的是杨梅味道比葡萄好，色泽比荔枝深些。记得有位诗人说过，要是杨贵妃吃过杨梅的话，就不会让荔枝运进京城了。这足见杨梅的味道之鲜美了。作为一种不容易保鲜的果子，杨梅具有一日味变、二日色变、三日色味俱变的特点，因此，在杨梅林里，亲自踮起脚伸手摘下鲜红的杨梅，闻闻香气，舔舔汁液，洗也不洗就塞进嘴里品尝已成为游客的一大乐趣。

在杜家山庄，呷一口龙井茶，吸一口充满甜味的空气，听流水潺潺，不知名的小虫乱叫，皮肤与凉丝丝的风亲密接触，喝酒高谈打牌，那种惬意，夹杂着书卷的淡雅墨香味。在四周青翠可人的山色簇拥之下，自然的气息迎面扑来，古朴的感觉袭上心头。幽深的山林中，偶尔传来几声倦鸟的残啼，整个山林就像疲惫而亟须休养的时间。

站在林中，能感觉到时光的流转如手中簌簌的杨梅。无数的杨梅在绿叶中透出火一样的果实，堆积成了无数令人伤感的思念。清风阵阵，绿荫婆娑，幽深空寂的山林，静静地幻化出一种迷离。浅浅地咬一口，血色样的汁水顺着牙齿染红嘴唇，小心翼翼地用舌尖慢慢品，甜蜜中酸味突然跑出来，心底自然感叹日子平平淡淡地流逝，感觉一天比一天美丽。或许是拥有了杨梅一样的酸酸甜甜的那份太美太美的情感，美得游人甚至无法用心一一装载，而让它流露在脸颊上，刻下绯红的印记。"杨梅恒久远，一颗永流传"，许多人就是因为在山林中多看了杨梅一眼，就那么无可救药地爱上了它。

还有一棵硕大的树木，杜家人称"将军树"，这跟共和国将军粟裕有关呢。20世纪50年代的某一天，分管农业工作的粟裕大将，在浙江省委书记谭启龙的陪同下，上午9点钟从萧山县城出发，在萧西站七道码头上汽艇，经西小江、南门江、大沿坝、金鸡山，于所前街市大河埠头上岸后，走路来到杜家村。在大队办公室，粟裕大将与时任大队党支部书记贾妙坤和大队干部黄雪松、杜照甫等亲切握手，随后询问经过农业合作社改造后生活有了哪些变化，有哪些有利条件，哪些困难阻力。随后，粟裕大将饶有兴趣地视察了萧山县（现萧山区）农业局的杨梅试验园和从日本引进多品种的百果园。粟裕大将叮嘱大队干部，既要保留当家的传统水果杨梅，又要发展优质的果树新品种，在粮食紧缺的当代可以少种一些棉花，多种一些地瓜。最后，他还兴致勃勃地亲手摘下杨梅品尝，连声说："好吃好吃！"现如今，这棵杨梅树被当地群众称为"将军树""杨梅王"，地径60.5厘米，树高达9.5米，冠幅12米×10米，单果最大粒重18克以上，一年产量高达1000余千克。

初夏，静听花开，安静随想，一份遥远的挂念闪闪发光，一份心底的爱意飘香，都是因为杨梅的柔发，打湿了游客的眼眶，扰乱了游客紫色的心。

村中央还有一棵"神树"。这棵"神树"，其实也就是银杏树，已有1000多年历史，树径2.15米，树围6.3米，根茎3米，树高28.8米，树枝茂盛，雄伟壮观，巍然挺拔，枝皮饱满。村中信佛老人逢年过节都会去烧几副元宝。说是"神树"，也真的有神奇之处。早在1963年的大水灾，下百年一遇的大雨之前五六天，古树一夜之间树叶全部变黄。当时有几位老人意识到，古树落叶，表示哭泣，可能有灾难来临。于是，老人们早早给古树磕头烧元宝，并且提早做好准备，远离山脚。过了几天，大雨倾盆，引起山洪暴发，村庄受淹，村民却未受损失。更为奇异的是，洪水 10 天后，古树又出新芽，一片嫩绿。

　　一个古老的山村，宝地是多的，宝物也是多的。

　　杜家村，就是这样一处宝地。

　　在杜家村，我还看到了热火朝天的建设场面。美丽乡村建设充分利用周边得天独厚的自然资源，通过挖掘当地文化特色，打造成集观光、休闲、娱乐、饮食为一体的乡村旅游风景点，为所前镇增添一处特色乡村风景区。以"一轴三区"为核心，"一轴"，即"十里风光轴"，滨水风情游线，"三区"，即"杜家记忆"（传统居民样板生活区）、"茶梅有约"（乡村旅游链接区）、"漫园果香"（梅事主题游艺区），打造以杨梅文化为灵魂，杨梅六次产业化为途径，杨梅特色文创乡村设计为手法的"果香特色小村"、杭州第一杨梅特色文化村、萧山美丽乡村——

"梅"好生活的样板。

区级美丽乡村建设延续了杜家村一贯的自然美，也延续了杜家村一贯的文化积淀。值得注意的是，杜家村不是单纯意义上的如何让乡村的外观漂亮，而是重点不放弃农业，这在当下尤其重要。"务农重本，国之大纲"，只有着力提高农民的收入，把土地产生的效益凸显，美丽乡村的建设才是长效的，才是有实效的，这一点，杜家村做到了。杜家村进行的美丽乡村 2.0 版建设，值得其他地方借鉴。正基于这一点，这里的村民是幸福的。幸福可以从村民的脸上看出来。是的，你看，这里的村民，他们在阳光下舞蹈，那脸上绽开的笑容就像从心田里开出的一朵朵美丽的鲜花。

千年古樟

金柏泉

别笑我少见多怪，这样的大树，真的难得一见。这也是我这次所前之行的最大收获。

到所前不是为品杨梅、赏李花去的吗？怎么会对一棵古树产生兴趣？

确实，杜家村的杨梅好吃，尤其是刚刚从树上摘下来还带着露水的果子，鲜红中透着晶莹，放一粒在嘴里，满口的汁水甜中带酸，还有一股淡淡的清香，能让人回味三天；青化山麓的李花好看，那满山遍野的南国香雪，优雅美艳，怎一个"赏心悦目"可以形容！但，这些都只能图一时的感官之快，真正让人沉思并对其肃然起敬的是，三泉王村的这棵古樟。

远远地看见一棵大树矗立在高坡上，高得有点突兀，傲得有点孤冷。因得爬几十级台阶，许多人远观即止。我好奇，非得走近看个究竟。

越靠近越感觉到它的高大：树荫遮到了十五米开外的地方，片片树叶落在石级上，防护着行人湿滑的脚步；由粗糙厚重的树皮包裹着的伟岸身躯，给人以一种明显的压迫感，使近者相形见绌。如此沧桑的模样该经受多少个严寒酷暑的历练啊？正想着，旁边花岗岩上的石刻道出了这棵树的身份信息："树龄近千年，树高二十米，周径七点八米，胸径二点五米，树枝垂阴六百平方米左右……"

这是我在本区域内看到过的最大最古老的樟树。

有句老话叫"无树不成村"，这里所说的树，都是由祖先把它种植在村口，既是村的门面，又是村的象征。在外飘零的游子，村树就是他念想的家乡，归来第一眼看到村树，就感受到了家的温暖。一代一代的村民，于夏日炎炎之际，聚集在树荫下纳凉，说些家长里短的闲话。村树成为互相传递信息的好去处。这样的村树，如同堂前屏风，一般都出现在村庄的出入口，而且树龄一定比村史要短。

可是眼前这棵树，与上文中所说的村树，有两处明显的不同，这里面难道有其独特的内涵？

据王氏族谱记载，南宋绍兴二年（1132），进士出身的兵部郎中王道立"拜疏乞归"，自余姚西迁至此地肇基发族，至今近九百年历史。再看这棵树的年龄：树龄近千年。至于到底是九百零几年还是九百九十几年，已经没有分辨的必要，因为无论如何树龄都要比村史悠久。也就是说，在王氏家族迁徙到此之前，它已经默默地在这里守候百年。

一百年，即使对于这样一棵树王，也是一段不短的岁月。那时候，这里还是一片飞禽走兽随意出没的野山岙，孤零零顶风冒雪守望着此方风水宝地，像孙悟空等候西天取经的唐长老，望眼欲穿盼望着这片土地的主人早日到来。

心有灵犀的王氏祖先，一到这里就以这棵百年大树为核心，两边拓展，披荆斩棘，还在大树附近找到了三处清泉，名"虎泉""牛泉""龙泉"。"三泉王村"由此得名，大树成了三泉王村的灵魂。

就这样，村比树晚，树在村中，成了这棵树区别于其他村树的两大特色。

是冥冥中这棵树的召唤，才有了三泉王村的萌生和发迹，这古树自然成了三泉王村的镇村之宝。

还别不信，这棵树还真有点神奇。相传，明朝末年，绍兴张员外家儿子有病，久治不愈，很是烦恼。一天，有一道士路过员外家，得知情况后，就对员外说："你儿子这么久来也吃了不少药了，为何不见药效？是因为熬药的水不对。"员外求教："那得用什么水呢？"道士回答说："得用虎泉水。虎山坡上有一棵古樟，古樟下面的泉就是虎泉。"员外依计行事，果真灵验。自此，古樟和虎泉成了人们心目中的神木和仙水，远近闻名。

当然，你也千万不要与"传说"去较真，许多看似子虚乌有的故事，其意义却在故事本身之外。比如这棵古樟，要不是被神圣化，保不定早就被砍伐取材做家当、成柴火了。那时候可没有什么古树名木保护法，只能以这种朴素的信仰使人对其怀有敬畏之心，不敢随便对其起心动念占为己有。

所以，在没有深入的逻辑思考和实践检验之前，别轻易否定你一时想不明白的事和物。

千年古樟，一部永远读不完的无字神书。

山水·秀

221

水墨江南里士湖

缪 丹

　　萧山的湘湖，可以和西湖媲美，自古以来湘湖和西湖就有姐妹湖之称，西湖如西子，闻名中外，游客如梭，像一个大家闺秀。而今天我要写的里士湖，却像一幅水墨江南画，有着天籁之美。

　　我生于缪家村长于缪家村，距里士湖不远，因此熟悉她的纯净秀美，知晓她的前世今生。

　　里士湖古称厉市湖，又称里墅湖，为萧山名湖之一，位于所前镇金临湖村，现有湖水面积200多亩，有南部"小湘湖"之称。据说在唐朝时，临浦湖北岸逐渐淤积成湖泊沼泽地，形成了厉市湖，原有湖水面积上千亩。南宋后，湖面逐渐缩小，湖主要用于养殖珍珠蚌。

　　里士湖环境清幽，湖水清澈，风光秀丽。清代青州府同知张文瑞，原籍萧山，晚年荣归故里，在湖边建了一所住宅，叫"归厚庄"。他在《归厚庄即事》一首诗中写道："年来剩得草堂赀，小筑城南地颇宜。湖亦有名邻贺监，村因不俗近西施。扠鱼桥下堪垂钓，文笔峰前好赋诗。"诗中提及的贺监也就是唐朝著名诗人贺知章，当时他官至秘书监，故人称贺秘监，简称"贺监"。诗中"湖亦有名邻贺监"，意思是说里士湖与贺知章居住地相邻。有史料记载，做过礼部尚书、集贤院学士的唐代大诗人贺知章，青年时期经常到里士湖边去钓鱼。贺知章从35岁离乡到86岁回乡，已整整半个多世纪，还乡时贺知章的心除了无限感慨，还带着落叶归根的喜悦，于是便有了那首人皆尽知、脍炙人口的《回乡偶记》："少小离家老大回，乡音无改鬓毛衰。儿童相见不相识，笑问客从何处来。"人生易老，世事沧桑。熟悉的乡音，梦中的乡景未改。据说，贺知章回乡后曾久立在里士湖边，远离了官场，远离了庸俗，深深感叹家乡真好，里士湖真美。面对清澈湖水，在杨柳轻拂的里士湖畔，吟咏成那首《咏柳》的千古名诗："碧玉妆成一树高，万条垂下绿丝绦。不知细叶谁裁出，二月春风似剪刀。"字里行间流露出诗人对里士湖、对大自然的热爱及赞美之情。

里士湖边上据说原来有上、下两个"水仙庙"，在里士湖的南面。少年时听老人们说，以前的水仙庙里有贺知章的神像，乡民们称"贺大夫"或"里士仙官"。被供奉在水仙庙的圣堂内的贺知章神像，香火不断。

早先的里士湖，湖边杨柳依依，柳枝随风飘荡，四周田野里到处开着那些不知名的花儿，鸟语花香。清晨或傍晚，湖面薄雾袅袅，微风吹过，那些养在网箱里的鱼儿，时不时欢快地跃出水面打破宁静。漫步在湖边，闻着那些泥土的芬芳，听着那阵阵蛙声，还有偶尔从村里传来的狗吠，那种自然和宁静的氛围，令人心旷神怡。

如今的里士湖，是所前镇环境综合整治的重要区块，湖水

山水·秀

清澈，环境优美，湖中设有四季花海公园，一年四季都色彩缤纷，风景如画。整治后的里士湖，对东西两侧几十栋建筑进行了立面改造，改造后的里士湖民居与风景相融合，清雅简淡，形成独具韵味的乡村风景。沿着湖的滨水绿道缓缓散着步，映入眼底的是里士湖的水清、山秀、岸美。水墨江南里士湖是山水所前的一个"地标"，一张生态旅游"金名片"，她拉高了乡村休闲旅游的档次。

走近里士湖，是走进了自然，亲近了乡愁，对身心是一次洗涤，对欲念是一次过滤，让人远离城市的喧嚣，远离工作的压力，卸下一切烦恼和忧愁。是的，里士湖天生丽质，她的美有着最自然的未经人工雕饰的天籁之美，灵秀清丽，宛若一个不施胭脂的村姑。她的秀水像一个过滤器，过滤了杂念和浮华，过滤了纷扰和荣辱。沿着湖畔漫步，一派悠闲雅致，你一定会生出《洛神赋》里的那句"微幽兰之芳蔼兮，步踟蹰于山隅"

的意趣。

　　朋友，约上三五好友，择一个晴朗的日子，不妨去里士湖走走，和大自然来个亲密接触，让肺清一清，让目光穿越一下历史，遥想一下少年或青年时的贺知章在此捕鱼的光景，你一定会有意想不到的惬意和收获。

又见三泉王

郑　刚

　　小学五年级，学校组织春游，目的地是所前三泉王村。当时很疑惑，为何选择了这个地方，通常，我们都是去杭州。要知道，那个年代可没有乡村游的说法。

　　很不凑巧，当天下雨。一早，撑着伞步行至西门菜场边新开河上的轮船码头，我们踩着湿漉漉的踏板跳进不大的船舱。打头的机船一声鸣响，长长的一溜拖船载着几个班的同学开始在河面上行走。一路上，罩了严严实实的船篷遮盖了两岸的风景，船速很慢，直到我们开始觉得有饥饿感的时候，船终于停下。

　　之前，我还未见过这种山村，对于此次春游，自然是很新奇的。我迫不及待挤出船舱，一脚一滑地踩上泥泞村路，算是真切感受到农村与城里的区别。

　　借用当地的学校息脚片刻后，由村民带路，长长的队伍慢慢向村边山脚移动。面对山坡，我才明白，学校组织这次春游的用心。满坡的李树上，白色的李花惊艳了我的双眸。那位村民说，可惜这几天下雨，李花没开旺，而且这雨水还打落了不少花，如果天气好，那整座山是一片雪白，才好看。上坡凑近李树，的确看到几朵花瓣随着雨水落到树下。即便如此，我眼里的美景已十分难得，这在城里是肯定看不到的。

那年三泉王村之游一直留在我的记忆中，但再也没有去过第二次。时至今日，我无法解释，在大路已四通八达，家家户户有汽车的时代，我为何没再到过三泉王，去会一会那满山雪白的李花。春天的某个双休日，我宁可驱车几小时赶到外地欣赏油菜花。在我看来，所前三泉王近在咫尺，什么时候都可以来一次说走就走的旅行，每一年都是这种想法，最终没能定个日子专程前往，以致错过了三泉王一个又一个的春天。或许，在我的潜意识里，对这想到即可到的地方根本未有足够的重视。哎！人的通病真是顽固透顶，我们总是忽视唾手可得的那些东西，不太愿意花专门的精力去认真对待身边的人、身边的事，还有身边的风景。

好在这次有一个所前采风的机会，可以再走一趟三泉王。可惜季节不合拍，不要说雪白的李花，连当季的杨梅也已摘得差不多了。沿山路行走，如不细致察看，很难发现路边杨梅树上剩下的那几点嫣红。巧得很，这第二次三泉王之行又遇到一个雨天。很自然，我想起小学时首次过来的情景，想到一队同学走在泥泞路上摇摇晃晃的狼狈样。

雨一直下，雨点很大，但不是太密，落在汽车顶上发出响声，"嘀嗒""嘀嗒"像极了时间的声音。时光匆匆，几十年一闪而过，我已不再是那个好奇的少年，而三泉王也不再是印象中的那个模样。看遍整个村庄，已找不到一处泥泞小道了。长长的观光电瓶车在洁净平整的村道上行驶，让一车人有置身于

山水·秀

景区的错觉。沿路依山而立的幢幢别墅，村道旁一处处顺势而建的小公园，从山中流淌下来的大股溪水，这里全方位展示了一幅美丽乡村的画面。三泉王村的环境变化太大，它变得与众多的乡村一样美丽。但也有不变的，村中的三口古泉还在，四周环抱的青山花果依然，这是三泉王的灵魂所在，使它的美丽有别于其他村庄。

总是说要让农村与城里有一样的生活环境，其实美丽乡村建设实施以来，农村的生活环境比城里舒适多了。譬如三泉王，城里该有的生活设施这里都有了，而城里没有的天然氧吧和清

澈山泉着实让人羡慕。时代的发展远超我们曾经的想象，如今的生活让三泉王的村民油然而生一种优越感，如今的村貌也让这一古村落增添了一种新的魅力，三泉王成为一个极富个性的乡村旅游胜地。现在，每年李树开花的季节，三泉王500亩李花将整个山村装点得更加优雅，这一"南国香雪"的仙景吸引了许多近处和远处的游客。一朝遇见，三泉王的李花便永远开在游人的心中。

　　珍惜每一个春天，珍惜每一朵李花的盛情。待来年春暖花开，我一定再走一趟三泉王，再也不负春天送上的这份视觉盛宴。

杜家杨梅满山红（外一篇）

蒋兴刚

自从买房住到所前镇，经常有人与我聊起杜家杨梅，如何酸爽，过往如何去采，如何泡杨梅酒喝……讲得津津有味，要聊出汁水才尽兴。

杜家村坐落在所前青化山东麓山坞中，村里盛产茶叶、杨梅，特别是"杜家杨梅"的种植有两千余年历史。1958年粟裕大将曾到杜家村指导杨梅生产，可见杨梅当年的口碑就已经遐迩闻名。

我们去的那天刚刚下过雨。采杨梅的人分两类。一类是遣兴的游客。过惯了都市生活，借着采杨梅的由头到大自然透透气，临走时拎上一篮杨梅，美其名曰"摘杨梅"。一类是靠种茶叶、杨梅过日子的村民，半个月的辛苦满满的收获。

夏至前后，天气闷热潮湿，稍稍动动就一身白汗。客人来到杜家村，看到一路上红彤彤的果实，就闲不住了，踮起脚先来上几颗。杜家杨梅甜中带有微微酸涩，含在嘴里，像一只爬虫，从嘴唇爬到舌头，从舌头爬到喉咙，从喉咙爬到肠胃，从肠胃爬满全身。吃上几颗，杜家杨梅就让你记忆深刻！

这是天空再次放晴的午后，青化山吃饱了雨水被阳光一照射，云雾就升腾起来，美轮美奂。摘杨梅的人又回到了树下，现在树皮湿滑，但面对满眼硕果，谁还耐得住自己？谁还怕弄脏衣服，擦破皮肤？而等你上了树以后，看着低矮的杨梅树还是把你挂了起来，挂在空中你才知道摘杨梅的不容易。去年这个时候是我第一次来杜家村采杨梅，我们在村口集合，嘻嘻哈哈就来到杨梅树下。我来，我来，同行的个个争先恐后，攀上爬下动作不小，但杨梅没摘几颗，还扯破了衣服，皮开流血不止。大家看着杜家人摘杨梅那个顺当，悻悻然，只得感叹一声乖乖掏钱买个现成！

其实做个杜家人挺不容易的，种出好杨梅不容易，采收更不容易。杨梅季节短，摘梅辛苦，摘下来的杨梅还必须当天卖掉。记得我写过一首杨梅诗：当每一棵杨梅树把心头话语 / 一起掏给你听 / 山村像擦亮一把火柴 // 在现场，小莲一家分工明确：/ 父亲上树摘杨梅 / 女儿山坡上往返运送 / 母亲现场售卖 // 一颗颗红彤彤的果实 // 父亲已经忘记爬第几棵树了 / 女儿已经忘记往返多少趟了 / 母亲已经忘记送走第几拨客人了 // 梅雨，还像梅雨一样……

在杜家，一颗杨梅的酸涩与甜可能是对立的，但一定是相融的，适中的。放入嘴中，杨梅在舌苔上盈盈浅笑，酸涩味老实持重，甜味细腻悠长，搭配恰到好处，妙如波尔多红酒！就如一路走来，我们惊叹杜家人建的小楼庭院，一座座一幢幢夺人眼球。但杜家人一旦从"别墅"出来，就是一个个好把式，不论做生意搞经营还是守着果树茶园，一刻不停，用勤劳，用汗水浇灌生活的每一天。我问树上的主人，一位年逾七旬的老

山水·秀

者，这么大年纪，为什么不在家歇着？老人哈哈大笑……

或许，杨梅光有甜是不够的。

感怀古樟

千年巨木，村中而立，极目四野，形神俱开！

不经意间闯到三泉王村，见得屋舍俨然，鸡犬相闻，见得溪涧潺潺，泉眼叮咚，仿佛留于人间墨迹，再见得千年古樟蔽日遮天，甚是感叹。

自小爱树，或许是少年喜乡村风物，喜爬树，喜抓知了，喜掏鸟窝，喜树荫下打弹子。而大樟树树身干净，夏天少蚊虫洋辣子，秋天少臭屁虫天幕毛虫，是攀爬者的乐园。自老宅拆迁以来我时时会在梦里想起那些攀过的树：树干粗阔，枝叶茂盛，夏时可乘凉避暑，冬时可装机关捉寒食之鸟，一年四季听闻村里大小消息，俨然一位慈祥得人意的老人！

三泉王的这棵千年古樟可配"隐者"二字。隐，有大小之分，古人说大隐隐于市，小隐隐于野，此树得配"大隐"。江南一带有史有望的村庄村口都栽有大樟树，你去拜会一个村庄你一定是先拜会树，毕恭毕敬。据村里老人说，因为樟树寿命长、生命力旺盛，而且四季常青，预示着村庄的兴旺，同时，它所散发出的特殊香味，驱害虫和消瘴，民间一直有樟树能辟邪消灾的说法，甚是祥瑞！

话说回来，三泉王的这棵樟树王，它不在村口，偏偏长在村庄的中央，一块凸起的坡地上，仿佛擎天柱一样托举起整座村庄。站于大树下，远处山势，近处檐瓦，池塘水面静逸的倒影，让人有种回归高远的意趣！此刻，在它庇护下，几十尺开外就是人声鼎沸的村里人家，就是家长里短的生活琐事。好像只有挨得这么紧密，才枝叶沉稳，才是天地的树，村野草木的树。

时光无情流逝，一棵千年古木依旧枝繁叶茂，苍劲有力，依旧每天迎来送往，和村里百姓子孙高度合拍，除了水土养人，更应该是一块人文沃土。三泉王民风淳朴，风物特别有况味。家家有茶园，春天忙于采收，他季忙于打理茶树，忙于销售；家家有果树，一年四季攀上爬下，一身白汗，收获辛劳也收获果实；家家户户孩童书声琅琅，青年志趣高远，长者老有所依其乐融融。仿佛他们与世无争又与世深层次相融！记得早年读庾信《枯树赋》，以人喻树，以树论人，表述内心。而行文于此完全可以"以人喻树，以树论人"！

或许是第一次踏进三泉王有感于怀，在千年古樟树下站立，

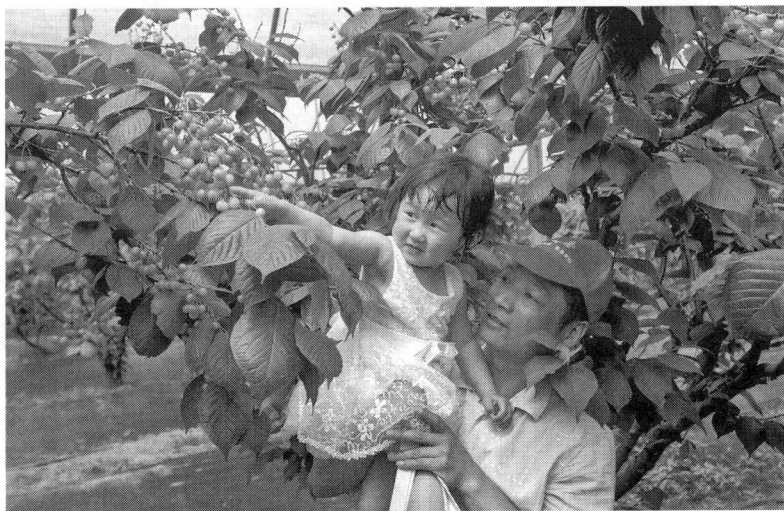

山水·秀

找到了一份久违的亲切！青山之侧，花香鸟语，庭院深深。一草一木，一泉一眼，一百年，一千年……一方土地的繁衍生息仍然被一棵大树庇护、参与其中，而正因为古树参天没有断裂过，像许多传统一样一代一代得以传承！

站在千年古樟树下，天色近晚，炊烟袅袅。出门劳作的人渐渐从远处回来，朝着大树的方向走来。

晚霞流火，抹红了三泉王家家户户的房前屋后。

南城有个里士湖

金海焕

> 湖属来苏乡，周三里，溉田五百亩。水近西小江，西
> 南北三面皆田，不设堤防，不设有司，与女陂相类云。
>
> ——张文天《水利附刻》

南城有座景园，景园之南，有一湖，名曰里士湖。

里士湖的历史，翻阅旧典故籍，所记几近于无，询问当地百姓也无来由，就这么自然而然地存在，也许就是当地百姓生产劳动中的一个天然孕育。湖呈东南—西北走向，似椭圆。湖东南方有大片田地。狭长如一只胳膊反向正中插入湖中，遂将湖分左右两片，像极了一个"U"。湖集蓄水灌溉、水产养殖之利，北接连通南门江与西小江的横河，南入西小江。

2014年4月我入住南城景园时，里士湖还没有整治，更像是一个待字闺中的少女。2018年上半年，里士湖迎来了系统开发的高光一刻，增设游步道、亲水平台、休憩亭……里士湖焕然一新，乔装后有了端庄娴雅之美。

湖在小区正南方，偶有空闲，我便驻足湖的北侧堤岸远眺。

山水·秀

但见湖面上成排浮包，那是河蚌养殖的所在地。湖中狭长洲渚是杭州里士湖农场。环渚遍植绿树，休闲房舍掩映在绿树丛中。炎夏夜晚，微风徐来，岸上三五成群是甩竿垂钓的钓客。记得先前是常规静钓，姜太公钓鱼一般静候愿者上钩，钓的当然也就是些小鱼，量也不多。后来，与时俱进，有了甩竿。那些不谙世事的大鱼，贪嘴了，不下五分钟便有动静。鱼被牵引着，待被搅动得有些筋疲力尽时，一网顺势把它兜上来。钓上来的鱼有五六斤重，周边的看客早已蠢蠢欲动，三四十元现场验货成交。上岸的鱼是极有活力的，摇头甩尾，若不是紧抱，滑脱回湖里轻而易举。观钓者往往比钓者更兴奋，交易者更喜。一个夏天唤醒了周边四乡八邻绵长的鱼鲜乐趣。

移步亲水步道，风和日丽，碧波粼粼，柔柔的眼波描画出风妩媚的姿态，"天光云影共徘徊"，一幅油画上流淌的风景，倏忽变幻，浮想联翩。微风依稀，岸上草木扶疏，给湖镶上了绿丝带。绿的草树，清的水，精移神骇，思绪纷飞。堤边沿水葫芦成片滋长，宽大油亮的叶片滴青碧绿，一派生机，悠闲地随波起伏，大有"我是此湖原住民"的怡然。野茭白、慈姑、美人蕉……间杂其间，平添几分野趣。河埠边农家人款款洗濯，烟火气弥漫。往年，我不也是在夏季摸排河埠的螺蛳，洗净厚厚的绿苔，爆炒一碗可口的"江鲜"吗！这才是一个湖与人的共荣共生，在时光里牵手，在岁月中承续。湖与人相依相随就是一幅人与自然和谐共建共享的图景。

月明星稀的夜晚，湖光明月两相和，明晃晃的湖面如镜面未曾磨洗，宁静而深邃。扶栏远眺，凉风习习。穿耳抚鬓，心生惬意。这风，这湖，这人，俱为一体，和乐融融。鼻翼翕动，湖水特有的清香拂面，被捕捉到了，勾起小时候嬉水的画面。这湖水也是养生的，让人忍不住深吸几口，屏息体验，绵绵回味。静谧的画风，鱼儿有些按捺不住，悄悄出来透个气，吃个野餐什么的，甩出一个大大的同心圆，旋即又潜入水底，空留下一记响亮的"啵"，诉说着偷着乐的欢欣，更添里士湖的幽幽宁静。夜幕之下，两岸草树夹带左右，默默守护，湖水仿佛也睡意蒙眬，洗净一身疲惫，晃晃荡荡，惹人沉醉。

人讲究的是缘分，人居与自然亦是如此。里士湖与小区完美相伴，自然是可遇不可求。相比其他小区虽有人造小桥流水，假山筑塘盛景，总感觉少了一些天然。毕竟，天然去雕饰才是最美的！

如今住在城区，目光所及皆高楼，鳞次栉比，总感觉有些干巴巴的枯燥，少了一些养眼舒心的场所，人与自然仿佛是隔着一堵水泥墙。无论走到哪儿，都无法放宽眼量，放飞心情，一份心灵的净土就这样流失了。

这时，我才明白过来，里士湖已经植入我的记忆中了，虽不能日日相见，但已成为心灵净土的栖息地了。

恕我自私，我带走了里士湖的一方美景于心田。

杜家的杨梅又红了

施淑瑛

"夏至杨梅满山红",转眼又到了杨梅成熟的季节。同学发来信息,说杜家村的杨梅红了,像一盏盏的小灯笼挂满在树上,乌亮烁紫,汁液饱满,微酸鲜甜,比往年的更爽口。禁不住同学的诱惑,再次带着家人来到所前镇杜家村同学家吃杨梅。

历代文人墨客无不赞颂杨梅,留下不少脍炙人口的诗句。宋代诗人平可正有诗曰:"五月杨梅已满林,初疑一颗值千金。味方河朔葡萄重,色比泸南荔枝深。"可见我国古代,杨梅、葡萄、荔枝俱属果中珍品,但诗人多偏爱杨梅。

从 1999 年开始,每年所前镇杨梅节都在杜家村举行。记得两年前杨梅节的时候来同学家,马路边已停满车子,人山人海,实行交通管制。我们将车子停在路口,直接步行去了同学家里。伯父伯母已准备好早上采摘的杨梅,谢过后我们迫不及待地开始品尝,挑一颗红色的咬上一口,一汪酸甜可口的汁水,清新爽口,顺着喉咙流入心口,回味无穷。山上的杨梅树已承包到户,所产的杨梅都是家人亲手栽培出来的,如今能招来四面八方的亲朋好友吃着自家产的杨梅,伯父伯母的脸上都洋溢着果实丰收后的喜悦。

杜家村坐落在青化山东麓的山坞中，山清水秀，约在1700年前已出产杨梅。适宜的气候和相宜的土壤，孕育了一代又一代的上品杨梅。曾经听一位果农讲过，唐朝有位官员，把萧山的杨梅进贡给皇帝，皇帝和贵妃吃了后都啧啧称赞，后来萧山杨梅就成了皇室贡品。那天天气晴好，为了亲自体验采摘杨梅，一大早我们来到山脚下，在同学的带路下，沿着弯曲的山道往上爬。放眼望去，漫山遍野都是一株株杨梅树，这是杜家村一道美丽的风景线。循着杨梅特有的酸甜清香味，老远就能看到绿叶丛中一颗颗或红或紫、晶莹透亮的杨梅，在阳光的照耀下，紫闪朱烁，诱人眼球，撩人品尝。

同学家的杨梅树都有些年头，树虽不高，杨梅却生得很稠密，抬头伸手就能摘到。找到一颗最大最红的杨梅放入口中轻轻一咬，一股酸甜汁带着鲜美味顷刻弥漫整个口腔，爽极了。那绿叶下的杨梅，害羞得像小姑娘，红着脸蛋，怀揣着梦想。无论你站在哪个角落，都会被诱人的姿色所折服，随时都会身心迷离，垂涎欲滴。此景，让我想起宋代诗人陆游采摘杨梅时所描绘的"绿荫翳翳连山市，丹实累累照路隅"诗句。站在杨梅树下，宁静的空间里，丝丝凉风吹拂，呼吸着清新的空气，听着悦耳的虫叫鸟鸣，情不自禁地在山野中陶醉。同学告诉我们：山上的杨梅有"早色""迟色"两个品种，红色的属于早色，青色的属于迟色，迟色的杨梅再过1—2周成熟，味道会偏酸点，色泽会鲜红点，口感会更好。其实，杜家杨梅的魅力就在那甜中微酸。想要栽种出好的杨梅，土地要在一定的时间内进行翻耕和施肥，修剪枝条，使其分枝多，扩大树冠，增加结果数量，提高产量和品质。我们一边摘一边吃，时不时发出赞美声：好大噢！好甜噢！肚子吃饱了，我们所带的竹篮也装满了。虽然累了点，但摘杨梅时的快乐和带回满篮杨梅的喜悦，是买杨梅吃的人无法感觉到的。

杨梅红了，来尝鲜摘杨梅的人们接踵而来。私家车已从公路的出口处排到山脚下。游客们摘累了，也吃饱了，把各自摘的一篮篮杨梅塞满了车厢。杨梅含有丰富的蛋白质、铁、镁、维生素 C 等多种营养物质，有理气活血抗衰老，提高机体免疫力的功效。李时珍在《本草纲目》中说杨梅"可止渴，和五脏，能涤肠胃，除烦愦恶气"。美好的东西总是经不起时间的蹉跎，采摘下来的杨梅过两三天就会变味。泡酒是最好的贮存方法，也是坊间的习俗。浸泡三个月的杨梅酒香味浓郁，口味香醇，是人们喜爱的美酒。腹泻的时候喝下杨梅酒即可止泻，杨梅酒具有收敛作用，还有除湿、消暑等药疗功能。

杜家杨梅颗颗滚圆体大，味鲜酸甜，为杨梅中之精品。2010 年，杜家村荣获全国唯一一个镇级"中国杨梅之乡"称号。自从举办杨梅节后，丰富的地方文化活动吸引了八方游客，聚集了人气，带动了杨梅的产销。果农的脸也像杨梅一样红了。

在欢声笑语中，我们又相约，待到明年这个时节再来，看看小镇日新月异的变化，再来尝尝酸甜美味的杜家杨梅。

家乡的杨梅

缪　丹

　　我的家乡所前，是全国首个镇级"中国杨梅之乡"。所前杜家杨梅颗大，核小，色艳，汁多，味甘，名闻遐迩，享誉国内外。

　　"五月杨梅已满林，初疑一颗值千金。味方河朔葡萄重，色比泸南荔枝深。"又到夏至杨梅满山红的季节了，家乡所前的杜家杨梅也红了。朋友送来早熟杨梅，并盛情邀我一起参加杨梅节。

　　我把艳红欲滴的杨梅小心翼翼地装在白色陶瓷碟中，白瓷盘衬托着红色果，更加显得这鲜果的水灵，真是未尝先口舌生津流涎欲滴，于是忍不住边装边随手放一颗在嘴里，轻轻一咬，甜酸适中，满嘴鲜美，心已陶醉。

　　杨梅，作为江浙等地的特产，享有盛誉。萧山、慈溪、余姚、兰溪等地都是杨梅产地，其中以萧山杜家村一带所产杨梅最负盛名，传说曾是进京贡品。杜家村一带青山环抱，蓝天碧云，空气清新。有利的气候和优质的土壤，使所前的杨梅味道特好。

那天一行四人前往所前采摘杨梅，因天暑热，因此早早就出发了。山上群树苍翠如盖，有清风吹过，树条儿便婆娑起来了。林中虫叫鸟鸣，时时地相互应和着，像一首欢快的晨曲；偶尔，青蛙们也来凑热闹，从这棵树边跳到那棵树底下。漫山繁茂的杨梅林，杨梅早已犹如千万盏小灯笼缀满了枝头，紫红色的果实在绿色的叶中，格外鲜艳和美丽，让人垂涎欲滴。再仔细一瞧，那簇簇果实有淡红、深红、紫红色的，五彩斑斓，绚丽多彩。绿叶底下的杨梅，像犹抱琵琶半遮面的娇羞美新娘，那一抹红色的相思，似乎是怀揣甜美的梦想。此情此景，赏心悦目，不禁让人想起了宋代诗人所写的《杨梅》——"红实缀青枝，烂漫照前坞"，以及宋代诗人陆游所描绘的"丹实累累照路隅"的诗句。

杨梅林中，似乎空气中也散发着酸甜气味。我们早已满口生津，唾液四溢，先把梅农提供给我们的杨梅篮在边上一放，个个都是一副馋相，迫不及待地摆开架势，挑选那大的紫红的摘了就塞进嘴里。当第一颗杨梅送进嘴里时，那一股甜中带酸的汁液让人有种舒畅的快感，随着酸酸甜甜的汁水慢慢滑到肚中，美得像初恋时的一次甜蜜亲吻，一直甜到心里，回味无穷。我们边摘边吃，还时不时地发出"哇，我这颗好大""我这颗好甜"的赞美声。直到胃里装得差不多了，才满足地伸下腰，轻拍几下肚子，然后再拿起杨梅篮，一手提篮，一手采摘。大家抬着头伸长着手臂，有时还得踮起脚，此时的人也不觉得累了，都喜滋滋地采摘着。有时还忍不住相互比较，看看你摘的大，还是我摘的大，谁的更红？往往大家都认为自己的最大最红，女人就是这样好热闹。有时我们欢呼雀跃，争先恐后抢摘着那些又大又红的，惹得那一簇簇杨梅在抢摘中摇摇欲坠，偶尔掉下一颗，一不小心会把身上的衣服染上了红色，可谁也不顾不管，我还笑称被"点缀"了呢。当摘好满满两篮，整个人早已累得满脸绯红，身上汗津津的，但边摘边吃的快乐和那一份丰收的喜悦，是买杨梅吃的人永远也无法体会和感受的。

所前杨梅酸甜可口，栽培历史悠久，据说已有一千七百余年历史。品种也繁多，有早色、迟色等四十余种。从古到今都有着"杨梅文化"。有"夏至杨梅满山红，南山数过是湘湖"之谚语。关于杨梅的名字来历还有个传说故事呢，是那天下山时一位梅农讲给我们听的。

萧山杨梅原来叫红梅，虽是江南鲜果，但早先名气并不大。直至唐朝，有位王尚书，回萧山探亲，正好是夏至前后，亲眷送他一篮红梅。他吃着味道鲜美，看着也水灵，于是回京时带了上好的红梅，日夜兼程进贡皇帝。皇帝和被宠爱的杨贵妃品尝时，啧啧点头称赞，觉得美味无比，胃口大开。皇帝问此果何名，王尚书禀告皇帝："此果盛产永兴，即是皇上新命名之萧山县，但尚无果名，恳求皇上御赐佳名。"皇帝啧啧称道："此果色美味美，贵妃又吃得美，就赐名为杨梅吧！"从此萧山杨梅成为贡品，名气大增。

杨梅摘了，故事也听了，哪有不品尝下所前农家菜的理？于是下山后，我们在附近找了家农家乐，尝尝农家菜，感受下当地的风土人情。据说自从1999年开始举办的杨梅节，不但聚了人气，带动了杨梅产销，还吸引了不少海内外的游客。一车车杨梅从所前运往全省甚至全国各地，一批批的观光客又从各地汇聚到萧山，所前的农家菜、民宿也跟着杨梅火红了。

　　说起杨梅节，我一直记得那年第六届杨梅节的大型演唱会，宋祖英、潘长江等著名歌星、演员也前来助阵了呢。幸运的是，我得到两张贵宾区的票，近距离欣赏了他们的风采。那天宋祖英穿一身红色紧身长裙，高高的立领，盘发，更显得修长和婀娜多姿，她的压轴献唱掌声不断。据说节日期间有40多家媒体100余名记者前来采访。七位来自美国、英国、加拿大、哥伦比亚的记者，首次将杜家杨梅摄入镜头；第九届杨梅节，中央电视台还做了专题报道；第十八届杨梅节以"茶果之乡杨梅情，显山秀水迎峰会"为主题，扩大了萧山的知名度和影响力；到2021年为止，所前杨梅节已举办了23届，2021年以"杨梅红　中国红"为主题，杨梅节与中国共产党百年华诞和党史学习教育年格外契合。

　　呵，所前的杨梅红了，它成了所前特色农业产业，是果农致富的金砖，也成了萧山的特产。

杨梅情缘

陆永敢

"夏至杨梅满山红，色比泸南荔枝重"，一句赞美杨梅色艳的诗句，把杨梅成熟季的所前李家村，描写得惟妙惟肖。李家六月天，情谊伴杨梅。杨梅红了，杨梅醉了，是赴友人家品尝一粒杨梅、喝上一杯杨梅酒的最好时光。

这些年来，政府都会在杨梅成熟季举办一年一度的杨梅节。政府搭台，梅农唱戏，造势托市，成了萧山人的习俗。自己总会在这个时候，收到友人家的邀请。早些年是电话，近年来用微信，早早联系，早早落定。对友人的邀约，我们从不客气，总是带上好友，带上祝愿，兴冲冲、喜洋洋向友人家赶赴。而友人家总是充分准备，精心安排，摆上几桌农家宴。提早几天就约好厨师，及时统计人数，买好菜蔬，把几拨朋友分批分日，做出周密考虑，颇费心思。

到了友人家，在他家人的带领下，穿上防滑鞋，换好劳动服，戴上帽子，带上采摘工具和篮子，从村庄的小道往杨梅山方向，沿着小溪逆流而上，步行20多分钟才能到达。上山的石级小路崎岖，一棵棵高大粗壮的杨梅树，犹如一把把巨型的绿伞，看着碧绿叶子下透露出许多红红点点，就会欣喜若狂。

有句成语，叫先睹为快，而此时该为"先尝为乐"。挑一颗熟透的杨梅，放进嘴里，舌头缠绕，牙齿助力，顿时一股甜里带酸，酸里有甜，透着一丝清爽的滋润，带着一丝酸甜的味道，从舌尖传到喉咙，从喉咙渗透到神经，吞咽下胃，传遍五脏六腑，渗透全身上下。

采摘杨梅，着实没有文人笔下的浪漫与惬意，没有那种潇洒与酣畅。这个季节，天气逐渐转热，无论晴天还是雨天，抑或是不晴不雨的阴天，都是闷热。钻进杨梅林，像是进了蒸笼，潮湿的空气，小虫的困扰，那种感受，不是一句汗流浃背就能诠释清楚。

然而，带着欢愉的心情，将这一切全部抛到九霄云外。尝着甜美的果实，听着悦耳的鸟鸣，吸着清新的空气。满目的一颗颗杨梅，鲜美欲滴，让人遮掩不住内心的喜悦。我娴熟地爬上树枝。并不粗壮的树枝，很坚硬，可以大胆放心地登上去，足够支撑你一个人。将篮子挂上树杈，就可以大胆顺畅采摘了。先是小心翼翼，摘一颗，将一颗放入篮子，不一会儿，感觉麻烦了，五个手指不停地摘，摘满一手，才放入篮子。如此往复，丰硕的成果在不长的时间里，就装满了篮子。采摘中，最让人失望的是看得见，摘不到。诱人的一颗颗杨梅，在你眼前晃荡，然后攀登、直腰、展身、伸臂，还是无济于事。那是一种无奈与失望，一种垂涎与猴急。如果此时有一杆长柄钩子，那该是多么及时的雪中送炭。

提着沉甸甸的篮子，带着唯美与丰满，下了杨梅树，钻出

杨梅林，在充满着自足与自信中，度过一段不凡的时光。

当我们带着一身臭汗，带着疲倦，带着丰硕成果，从杨梅山上下来回到友人家时，由农家厨师掌勺烹饪的一顿丰盛家宴，已经摆放在我们眼前。品尝着久违的山民乡愁，品尝着可口的农家菜肴，我们胃口大开，回味无穷。此时，采摘杨梅的付出，上山跋涉的疲倦，早就烟消云散。

享受一场乡愁，凝固一份友情。由杨梅牵手的深情厚谊，多少年来，一直在延续与坚守。这种杨梅情缘，足以醉倒浮生。

山水·秀

南国香雪，养生三泉

漫天彩云

　　"桃花争红色空深，李花浅白开自好。"远景，如雪覆山遍野银，近景，李花怒放一树白，细碎小花洁美养眼、幽香沁脾，在碧蓝天空和明媚阳光的交互映衬下，格外闪亮剔透，洁白无瑕。这李花也太没有名气了，在我眼中，它哪点不及樱花梨花？芬芳馥郁不输气质，娇小玲珑不失风韵，如豆蔻少女着一袭素雅的白纱裙，在枝头随风摇曳翩跹，展示着清新淡雅的迷人身姿。如果没有人介绍，我铁定把它当樱花了，我定格的影像被误认为樱花的特别多。我觉得李花是不屑的，人家结果子才是正事，才不稀罕你游客，你来或不来，我都在那里，花开花落货真价实。

　　早春三月，报社范老师在所前镇三泉王村的某个山头拍到了大片李花竞相绽放的场景，这是我第一次知道它们叫李花，是所前镇农民的一种经济植物红心李树的花，又名玉梅，古称嘉庆子。红心李是村里的招牌，口感鲜甜爽脆，味长汁多，李子还可以用来做成果肉罐头或者浸酒。

　　循着范老师给的地址，我找到这座山，拍下了蓝天白云下半山雪的美丽风景。当夕阳扯着余晖映照李花丛中，在两座山之间的山坳，一处错落有致的农家小村落披着金色霞光进入视野中，屋顶上缕缕炊烟为李花增添了烟火气，仿佛世外桃源在招手，引着我下去寻山里人家。山脚处，一株直径约一米，树冠达十米左右的古香樟树被石栏围起保护；村子里小道都已经新浇上了柏油，干净整洁；小池塘内有一条青石龙，龙嘴装上了喷水器，水花夹着凉风带着山里特有的清新扑面而来；农家小院门口芭蕉树月季小竹篱笆更添文艺气息。这个沿山小村，有了风景区的腔调。几个操着上海口音的游客站在一井口在讨论着什么，走近才发现还有一名年轻的女士在解说，这是三泉王村的龙泉，今泉曾经饮古人。三泉王村是一个有着800多年历史的村落，因村内有三口古泉——"大泉井（亦称龙泉）""虎泉""小泉井（亦称牛泉）"，故改村名为"三泉王"，因为"王"是村里的大姓，80%以上村民姓"王"。相传王氏祖先披荆斩棘寻找水源，终觅得这三处，便在此地生根落户。井口被花岗岩栏半包围着，缺口处是台阶，井水目测不深，但非常清冽干净，一村民穿过人群从台阶下去边打水边一脸自豪地说："这泉水烧水喝口感很好啊！经常有城里人来这里打水，我们都管牢的，绝对不允许在这里玩水或洗漱。"风景美了，来三泉王参观考察的游客也多了，村民们也有了保护意识。

天色已晚，只在龙泉周围转了一圈就回家了。

初夏，梅熟迎时雨，一场豪雨清洗滋润了三泉王村，溪水哗哗哗地缠绕着大地，向着目标快速流动，钻过地下水道，穿过卵石，形成一条条小飞瀑，泉水叮咚，或急骤如奔腾，或舒缓如涓涓细流，让人驻足徘徊。夏雨隔牛背，偶有阳光穿透乌

山
水
·
秀

云层，水汽氤氲在丝丝缕缕中，折射出七彩光线。雨后的三泉王村，山色空蒙，草木越发葱茏，农家小院在雨后显得特别清新，"绿芜墙绕青苔院，中庭日淡芭蕉卷"，好几户人家院子里繁花似锦，门面的装饰非常精致有格调，这些村民已经嗅到商机顺势而为开起了民宿与茶室。柏油马路吸水性强，无一水坑，特别干净。突然地，又一阵瓢泼大雨，我们坐上观光车快速游览三泉王村，体验"走马观花"的意境，呼吸着山区温润的空气，有人说，看，这是牛泉，四四方方一个石砌水池，在泡泡雨的打击下，如水开翻滚一般，一个一个水晶般的明亮，可见这水有多清澈。墙上有碑记载：小泉井，深二丈余，清澈甘甜，立井设碑于此，因井位于牛山脚下，后人又称其为牛泉。

沿着马路，来到一个新建中式院落，门口有一古井，以一尊坐虎石像以示这里就是传说中的虎泉。每一个布局，都是精心布置，就凭这环境，就让人心怡流连。美丽乡村建设，有了专业设计师的助力，规划与布局都上了档次。

更让人不可思议的地方是三泉王村的老年活动室，外观古色古香，里面却颇具现代化，健身房、书吧、影映室、食堂一应俱全。村里的老人或排排坐看越剧《碧玉簪》，或三五一桌兴高采烈地打牌，也有拿两张小骨牌凳在天井内贴耳私语聊天聊地，工作人员拿着铜盘端茶递水，厨房里喊着马上可以吃饭了。没想到农村的老人也可以有个如此雅致的地方吃饭休闲娱乐，这养老的地方让访客直言羡慕。

老农们悠闲地坐在避雨处，小扁担旁是装满杨梅的小竹篮，笑眯眯地等着买杨梅的客人。雨挂屋檐，滴答出初夏的前奏曲。俏猫逗狗，穿梭在院子里的丝瓜棚下，堂前的雏燕张大了比个

　　子还大的嘴，老燕悠然地从眼前飞过，以飞快的速度喂食又忽然不见，忽又啁啾着落入你的眼帘，这种场景是多少城里人儿时农村的家，再见时，如夏日的风，带着灼灼的温度，暖心。也难怪，现在有很多城里人会选择在周末，远离喧嚣，入住越来越美的三泉王老家，山环水旋，茂林修竹，在天然负离子氧吧，享受那一刻的慢与柔，修身养性，让生命张弛有度。南国香雪，养生三泉，民宿茶吧，文化礼堂，老年活动室。山水所前，那些朴实又特有的乡村风土和人情，应该是深深地植入了来访者的每一根神经。

品烟雨所前

颜林华

　　时光弹指一挥间！不知不觉，栖居萧山的日子竟已将近二十年。我对萧山地域范围内的角角落落日渐熟悉以后，在一条开通不久的路旁买下了人生中第一套"蜗居"。小区毗邻城南村，门口的新路直接连通着萧山主城区和被誉为"茶果之乡"的所前镇。故所前于我而言，就像是隔壁邻居家那般亲切。平时不太喜欢开车的我，顾不得淅淅沥沥下不停的雨，选择自驾前往所前镇政府和萧山作协的各位前辈会合。

　　其实过去这些年，我到过所前很多次，或摘杨梅、或买铁皮石斛。还有一次，去瞻仰了所前龙泉寺的肉身菩萨。印象中的所前，似乎就是风轻云淡的世外桃源——山高水美景无边，茶香果甜人勤勉。未承想，此行所见的烟雨所前，却给了我不一样的惊喜。群山被云雾环绕，美得清丽脱俗；山间的空气中，漂浮着泥土和花草混合的自然气息；漫山遍野的杨梅树，经历了这场雨的洗礼，绿成了一幅生机盎然的油画。念及杨梅，脑海中就会浮现出醇香的杨梅酒。说来奇怪，我不喝酒，但每年总喜欢浸上一坛杨梅酒。在生活节奏日益加快的当下，慢下来与家人围坐一起吃顿饭，看着他们小酌一杯杨梅酒，也是彻底放松后的一种享受。先生每次倒酒的时候，都会先帮我婆婆倒一点。酒大概就只盖过碗底，但一定会夹上两颗杨梅。婆婆不胜酒力，皮肤也比较白，两颗烧酒杨梅下肚以后，脸上就像绽放着两朵红云。有时吃到酸杨梅，她龇牙咧嘴边说边笑："哦……嘎酸咯！啊……呀！真当酸！"那夸张的表情，通常逗得全家人哈哈大笑。人生不过百年，看淡越加珍惜。这种带着烟火气的简单生活，不就是我们终其一生努力追寻的样子吗？由此看来，所前真的是福地。我猜想，生活在这里的老百姓，应该家家户户都不缺杨梅酒。

这次采风活动的讲解员，是一位勤劳朴实的山里人。他对熟悉的一草一木，充满着深厚的感情。看到路边最大的杨梅树，他如数家珍地介绍着所前杨梅的故事。提起所前杨梅登上央视这些引以为傲的成绩时，本次活动的"所前发言人"有些眉飞色舞。看他这么热情，我脑海里充满遐想：倘若此时他家的杨梅林近在眼前，肯定会盛情邀请大家"入林品梅"吧？果然，他满是遗憾地说："你们这个时节来，迟了些！热闹的杨梅节，也过去了。"这时我忽然想起了过去时常听到的一句话："乡间六月芳菲尽，夏至杨梅满山红。"不禁有些纳闷儿：这天是农历五月初十，离夏至还差两天，为何山上却不见那好看的"一抹红"呢？或许，是气候和温度的影响，让今年的杨梅熟得早了点吧。我没有细问。好在，所前的每个季节，都美得令人期待；而我们，也不是为了杨梅而来。

行至半山，发现雨中赫然站立着一位披着雨衣的阿姨。她手里拎着孤零零的一篮杨梅，脸上带着浅浅的笑意。我们这一

路看过来，原以为杨梅只待明年见了。殊不知，惊喜就在转念间。阿姨一大早冒雨爬上山，定然是不忍浪费这大自然的赐予。她是费了多大的劲，才搜集到了眼前这些"战果"？这仅有的一篮杨梅，似是绝品珍藏那般，成了许老师的摄影素材。一想到这位陌生阿姨的不容易，便想到了远在家乡、年纪与之相仿的母亲，随即就动了恻隐之心。心想干脆买走这篮杨梅，她便不用再淋雨了。谁知不等我走近，已经被蒋诗人"捷足先登"了。他拎着杨梅径直向我们走来，吆喝大伙儿尽情品尝这人间的美味。很多人觉得，杨梅过水以后味道便不那么鲜美了，所以吃杨梅前一般不会刻意用水去清洗。但是这一次，面对被雨水"滋润"过的杨梅，众人却吃得有滋有味。

　　下山之后，如走马观花般在所前的腹地游走了一圈，聆听着路边沟渠里哗哗的流水声，品味着烟雨所前的独特韵味。这个季节，村道上的车不多，偶尔开过一辆也是四平八稳、不疾不徐的。没有在城市里开车的那种心急火燎，也不需要抢道加塞。于我而言，非常享受这种略显奢侈的慢生活。行走人间，不只有工作中的焦头烂额，还有采风中的卸下包袱。适当的时候，把思想放空，让灵魂跟着感官去游走世界、品味人生。最后再留下一点"从心出发"的文字，便成了生命之书里最珍贵、最真实的印记了。

烟雨所前，是"茶果之乡"的另一种姿态。如果某一天你累了，不妨撑上一把伞，来山水所前，与烟雨邂逅。

山水·秀

我心中的山水所前

袁海瑛 口述　吴春友 执笔

　　所前的山，所前的水，有着独特的小清高，是不一样的烟火地，前有越王传说，后有果香魔力，"赤橙黄绿青蓝紫，谁持彩练当空舞"，这出自毛泽东《菩萨蛮·大柏地》的诗句可以印证所前的特色之形。勤劳与善良，简单与热情，才能与智慧是所前人的体现，心之所向，阳春白雪般的存在，给所前大地铺满了安宁、幸福与妩媚。

——题记

　　所前镇是萧山区有名的水果之乡，素有"沿山十八村，瓜果飘满香"的美誉。作为嫁入所前二十余载的媳妇，那就聊聊我心中的所前吧。

　　我的先生家在所前镇传芳村，是当地有名的大家族，李氏家族的后代。目前李家村已建造了非常大的李氏祠堂。听公公婆婆以及当地的长辈传言，我们李氏相传是李世民第四个儿子的后代传人，说李氏老祖宗李老太太当时来的时候是一个人，穿着草鞋，挑着很重的一担干农活的铁锄等落脚在李家村，后发展至今，数百年就有了李家与传芳两个大村几千户家庭。

记得我刚找对象那会，先生家在传芳村上庄，就是以前的田畈里。听先生说他们家在 20 世纪 80 年代是这里第一家建房的，外面都是田，我去的时候房子有很多也造好了，但是进去的路很小，是泥泞的机耕路，两边全是没过脚或过膝的长得非常茂密的杂草。我怕草丛中有蛇，每趟回老家，都是先生背着我进去的，现在想想煞是好笑，但对先生的这种可敬可爱之举，那是又多了一份甜甜的忆想——

每年春夏是所前最忙碌的季节，一过完年就会进入初春，像我们这一代或比我们稍长一些的农村妇女都会去山上采茶叶，这是我自嫁入李家后每年初春都能看到的景象。因为我们在市区经营了一家公司，而且我从小对这种农活也不擅长，内心也抵制，所以对我们自家的茶山，自从婆婆故去，也渐渐在我的脑海中被淡忘。

春天的所前，漫山粉色的桃花与连片白色的梨花，真是美极了，赏心悦目，令人陶醉。记得初入李家时，三月的桃花开得甚是鲜艳，一簇簇的桃花盛开，有种好似身处陶渊明的世外桃源中。也是在那时开始，我对粉色有了一种莫名的喜爱，至今衣橱里还有许多粉色的衣裙。喜欢裙角飞扬，粉粉飘洒的感觉，多是留在心间的那份清香和温存。这就是所前的独特与美丽，勾勒在我眼前的美好画面，不知不觉就已爱上，或许是这里的风景，更是这里有我爱的人。

初夏一过，进入黄梅季，所前大量的杨梅、水蜜桃、红心李等水果纷至沓来，果香味飘满整个乡镇。特别是周末，大批采杨梅的城区游客开车上山游玩，把来去的道路堵得水泄不通，山上都是熙熙攘攘摘杨梅的人群，所前的农民靠的也就是这茶叶与杨梅等的农产品收入。我们家公婆在世时，也有很多果树，最难忘的就是吃不完的水蜜桃，那种甜甜的果肉香味至今难忘，与江苏无锡的水蜜桃是一模一样，我会把它想象成"王母娘娘的蟠桃"，那种甜是从嘴到心的甜。我家到现在还有十几棵杨梅树，全靠大姐夫帮我们养护着。我们公司因业务需要，每年都需要这些农产品做客情。在杨梅节到来时，会叫上十几二十个人，有时也会叫五六桌好朋友去我家吃杨梅，顺便做东招待一番，一来为我们老家建造的没人住的房子长长人气，二来把朋友叫去家里，增进友情，大家都很开心，放松精神享受一下这美丽乡村的味道。

在所前令我难忘的还有这里的寺庙。龙泉寺在杜家村山上，每年初一我们去先生舅舅家拜年时，都会去寺庙烧香祈福，至今从未间断过，以前是婆婆带我们去的。所以也知道了龙泉寺的故事与在寺内的那一汪清澈甘甜的清泉，传说那是龙的"眼睛"，永不干涸。龙泉寺内还有我们李家一老祖宗的坐化肉身与她的传说，反正都是听了可以让人入迷与唏嘘的神奇故事。二十年前的龙泉寺非常简陋，记得是一二间用泥土垒起来的平瓦房，十年前龙泉寺重新建造，如今大殿高大宏伟，亭台楼宇，比以前那是气派多了。

越王寺也是所前非常有名的寺庙，有着非常深厚的历史与佛教文化背景。越王寺位于所前最高的山顶，去越王寺光上山就要爬一个多小时，山也比较陡，还好都是石阶路。因为越王寺在萧山与绍兴两地交界处，所以我们每次上去都会碰到很多绍兴香客，大家说说笑笑，一路相伴也甚是开心。在山顶平视连绵起伏的山重山，甚是开眼。山上林木苍翠，深谷幽静，缕缕清风迎面，阵阵佛音缭绕，让人有一种心旷神怡的感觉，可以让浮躁的你瞬间平静下来。以前听婆婆说过，我先生未娶我之前，她们就在这里给他算过卦，我们结婚后几个老人一直说给我们听，想想也真的是非常符合那时的预言。哈哈，这种神奇没人可以解释。我是一个非常感性而又独特的人，深信人因缘而定，宗教与文化的有形展现，犹如生命真相的源泉，在庙宇之地，才能感悟"悟"与"修"的境地，一个能够赋予我更多爱与能量的地方，让生命变得生动鲜活。

所前的山，所前的水，有着独特的小清高，是不一样的烟火地，前有越王传说，后有果香魔力，"赤橙黄绿青蓝紫，谁持彩练当空舞"，这出自毛泽东《菩萨蛮·大柏地》的诗句可以印证所前的特色之形。勤劳与善良，简单与热情，才能与智慧是所前人的体现，心之所向，阳春白雪般的存在，给所前大地铺满了安宁、幸福与妩媚。

山
水
·
秀

杨梅串起的人生之味

祝美芬

　　一个地方，往往在你还没来得及了解它的人文历史之前，就通过某个契机与你偶然相遇了。所前，就是这样一个地方。

　　最初知道有所前这个地方，是在三十年前。那时我刚从师范学校毕业，被分配到了萧山党湾中心小学教书。一次，有位先于我到此地任教的年轻男教师笑着告诉我们，说他妈妈要来探望他，时间选在杨梅成熟季，到时候，她要拎两篮杨梅过来。杨梅，在当时很少有听到这样一种水果，我们生活在沙地，不太了解山上产出的各种水果。大家听此消息后都跟他说到时候别忘了共享，让我们也尝尝杨梅的味道，他说那当然。那个时候我才知道他家是在一个叫所前的地方，位于"上萧山"，离党湾这里很远。

　　一段时间过去了，当大家已有点淡忘之际，一天下班后他突然提了一个杨梅篮过来请我们一起尝杨梅，于是大家带着一丝好奇品尝起来。杨梅的滋味有点甜又带点酸，当时的我怕酸，因此尝了之后没留下多深的印象，只是多见识了一种新鲜的水果而已。记得当时他一边看着我们品尝一边询问我们的体会，看到我们吃得眉头皱起来时，他笑着说："是不是很酸？"大家点头称是。他说其实他家的杨梅还不算正宗，最正宗的要数那边的杜家村，那里的杨梅才叫好，吃起来还要甜，还要好吃。今儿只是让你们尝到了杨梅的滋味而已。

第一次见到杨梅树，颠覆了我先前对它的认知。那是第一次与所前亲密相遇。2007 年正值杨梅成熟季的一个夏日，那天我因白天要做招生工作无暇照顾年幼的女儿，将她托付给了一位同事，让他帮助照料，准备傍晚忙完工作后再去接她。哪知下班之时接到这位同事的一个电话，告知有朋友要去他老家所前采摘杨梅，于是他把从未见过杨梅的女儿也一并带过去了，让我如果有兴趣的话也自己驱车过去。

所前，在我这个沙地人心中是很远的地方，况且我是个路盲，要开到这样一个毫无地理概念的地方是个挑战。但杨梅，尤其是杨梅树，对我来讲充满了新鲜感。在这样的好奇心驱使下，我便鼓足勇气独自驱车去造访这个栽有杨梅树的所前。一路上，一边回忆同事告诉过的路线路标指引，一边慢慢摸索着开，还真被我找到了。记得其中一个到点的标志就是村头的那株樟树，后来才得知女儿那天还学会了爬树，爬的就是这株百年老樟。

等我到达，同事便带我们去山上看他家的几棵杨梅树。我当时纳闷儿了："杨梅树长在山上？不是在地里？它不是很矮吗？"听到我这一问，同事哈哈一笑，说杨梅树长在山上，还很高，并不是我想的那般低矮。我脑海里拼命消化着他传递的信息，把自己一向想当然的想象切换成高大的植株形象，但还是难以想象。我们跟随着他路过他们村的一座山，沿途识别着各样我们不知但他全知的山间植物，听着他在介绍"这是桃树，这是杏树，这是李子树，这段时间李子也成熟了，等下可以采几个尝尝"。就这么一路带着新鲜劲儿走过去，不久便来到了他家的杨梅树前。他指着一棵高高的树对我说："给你看看，这棵就是杨梅树！"我望过去，见到这么高大的一棵树竟然是杨梅树，心中很是震惊，与我之前想象的完全不一样啊！"这下你知道了吧！"同事打趣道。同去的一位朋友感叹说："那杨梅采摘起来也不容易啊，你看这枝头多高！"同事说采摘高枝上的杨梅就得爬上去，也有人因此而摔下来摔伤了腰的。大家听后都唏嘘不已，以前都不知道杨梅的得来是如此不易。

那天这棵杨梅树可摘的熟杨梅在上午的时候他的父母已摘下来装篮了，树上还挂着一些有点红但还差一点火候的杨梅。为了体验采摘之味，我采了两颗，女儿则由同事抱起来也去采了一颗，大家都很激动。过了看杨梅树、采杨梅之瘾后，我们便尽兴而返。天色已晚，便在他家用了晚餐，带着他父母硬要送给我们的杨梅与红心李子满载而归。

那天晚餐时，他父亲所说的一句话至今犹在我的耳畔："一户人家，一天当中一定要有笑声。"那天吃晚饭时，我发现同事父亲从头到尾说的话都十分积极乐观，于是我便对同事说："你爸看起来非常乐观，很开心。"他是在听了我对他的这一评价后说了那一句话。

再去所前，一次是去参加诗歌研讨会，一次是去所前小学听课评课，再一次，就是上个月去所前采风。那天正好下大雨，也是杨梅成熟季的尾声时节。这次首站便来到了早已听说过的杜家村。车子在村中沿山而行，我们望着窗外雨水浇淋过的成

片成片的杨梅林，林间有缕缕云雾缭绕，仿佛来到了桃花源。有三两个村民冒雨采摘杨梅在路边售卖。同行的一位蒋姓诗人买下了一篮还带着魂灵的新鲜杨梅，让我们一起品尝。虽然现在杨梅在城区多有售卖，这时节家中也吃了好几回，但这刚采下的就是不一样，吃进去那份鲜甜，是道不尽的美味。果真，如三十年前那位老家在所前的同事所言："真正好的杨梅在杜家村！"一方水土养一方杨梅，同一个所前，杜家村的杨梅还真就这么不一样。

山水·秀

采蕨菜尝杨梅

张水明

暖暖的四月天，与王姐等一道去杭州萧山所前杨静坞采蕨菜。

杨静坞桃红柳绿，梨花满枝，草坪幽静，小溪潺潺，好一派田园风光。那一排排新颖的别墅，还有那古朴的一座庙宇，时光交错仿佛置身于彩画之中。

洁静的马路抵达山脚，一下车眼前就看到了蕨菜。

蕨菜，为凤尾蕨科多年生草本植物蕨的嫩叶。我们本地人叫狼萁。

蕨菜分绿蕨和紫蕨两种，通常把绿蕨叫作羊蕨，把紫蕨称为牛蕨。羊蕨翠绿，茎细肉薄；牛蕨紫黑，茎壮肉厚。俗名为龙爪、猫卷、脚基苔，又名拳头菜、龙头菜、吉祥菜、长寿菜、锯菜、如意草、佛手、鹿蕨菜、蕨萁、粉蕨、蕨台、乌糯等。我们要采的当然是羊蕨了。

看到毛茸茸的如"豆芽"、如"拳头"状的蕨菜在草丛中立着，真的爱不释手，只用手轻轻地一掐，就来到手中，一如采茶。

蕨菜因其卷曲之状如同婴儿的拳头，所以又叫"小孩拳"。故有"初拳几枝蕨"（唐·李白）、"蕨芽已作小儿拳"（宋·黄庭坚）、"秦望蕨生拳未开"（宋·陆游）等优美诗句。初生之蕨菜，其嫩茎高约10—30厘米：鲜嫩多汁，营养极其丰富，是一种味道鲜美、香嫩可口、营养价值高的野生蔬菜。它含有丰富的蛋白质、糖类、有机酸纤维素和多种维生素，以及铁、钙、硒、锗等微量元素，天然纯正，不受任何污染，被国内外营养家誉为"森林蔬菜"。陆放翁诗云"蕨芽珍嫩压春蔬"，极赞其美。碰到当地的一位山农，只看到他一上午已采了满满两编织袋，问他吃得完吗，他说，有人来收购的，要出口日本的。哦，真是好菜啊！

这里的山坡上由于杂木杂草在冬季被清理过，很是清爽。杨梅树星罗棋布点缀着山坡，石径山路通向远方。累了，坐在杨梅树下休息一下，也可采几株映山红惊喜惊喜。是的，这里是一个好的休闲之处，特别是杨梅时节，游人如织。

《诗经·召南·草虫》有"陟彼南山，言采其蕨"之句，可见我国先民最晚在北周就已经采食蕨菜。历代文人墨客留下了许多采食蕨菜的优美诗作，使食蕨文化成为中华民族饮食文化的一部分。如宋人方岳《采蕨》诗："野烧初肥紫玉圆，枯松瀑布煮春烟。偃徐妙处元无骨，钩弋生来已作拳。蚤韭不甘同臭味，秋菘虽滑带腥涎。食经岂为儿曹设，弱脚寒中愁未然。"此诗对蕨菜极尽美誉之辞。又如宋代许棐的《笋蕨春》："趁得山家笋蕨春，借厨烹煮自吹薪。倩谁分我杯羹去，寄与中朝食肉人。"此诗则感慨之辞，欲说还休。

一个多小时后，我们人人都提一塑料袋了。王姐说，煮一下晒干，夏天可是一碗好汤呢！张嫂打算晚上就炒着吃，这可是地道绿色食品啊！我们有说有笑走到小溪边，洗了手，欢喜而归。

在杭州萧山，说起杨梅，人人都知道所前杜家杨梅。杜家杨梅因颗粒饱满、色泽鲜红、味道酸甜而奉为上品。

我的表姐在杜家村，使我从小就能享受这杨梅的口福。

一个夏至时节，携友去杜家表姐家，着实感受了一番杜家杨梅的非凡风采。

在表姐的带领下，我们沿着蜿蜒曲折的山间小道向杨梅山进军。

在我们的想象中，杨梅树一定像茶树一样低矮平整，那样，采摘起来多方便。表姐却指着远处山坡上一簇簇浓墨如盖的树丛说，那就是杨梅树。我们惊奇不已，有点不相信。急急向前奔去，稍近时，定睛一看，果然看见那荫翳在习习山风的吹拂下，泛着点点微红。啊，杨梅！口水都要流出来了，不由得小跑进来，潺潺小溪、园艺般的茶林在眼皮下一晃而过。

来到杨梅树下，表姐直嚷我们伸手摘啊吃啊。面对满枝玲珑透彻的仙果，我们手足无措。表姐从容地仰起头，小心翼翼地摘几颗杨梅给我们。我们从表姐手心中捡颗杨梅，放入嘴里，只轻轻地一咬，一股如琼浆如乳酪的汁液盈满口中，那甜甜的感觉霎时传遍身心。这时，表姐弯腰拾捡起落在地上的一颗颗杨梅来。丢在地上还好吃吗？我们不解。表姐猜到了我们的疑惑，解释道，落在地上的杨梅是熟透的或被鸟雀啄过的，其口味一点不比树上的差，有的甚至质感还要好。试想想，鸟雀在山中，尝百果，它的嘴刁着呢！正因为如此，为了使落下的杨梅能捡用，果农们在杨梅成熟前，把树下杂草斫净，清理出比树冠大一点的一个场地，边沿用枯草拦住，不使落下的杨梅顺坡滚下山。于是，我们也弯腰拾起来，故意拣被鸟啄过的，一吃，果如表姐所言，质感比刚才树上摘的还要好。

表姐让我们在树下尽情地吃，她则爬上树去采摘。由于杨梅树枝较细，表姐采摘的时候，杨梅还是"扑嗒""扑嗒"地应声而落。我们来了兴致，索性用遮阳帽接着。一边接一边往嘴里送，那真是开心啊。

俗话说：桃子起病，李子送命，杨梅医病。自从我第一次吃杜家杨梅起，大人告诉我，杨梅的益处多多。一次，吃得余兴未尽，舍不得吐掉杨梅核，含在嘴里不小心把核咽下了肚，惊恐不已。姨妈见了，笑眯眯地说，不要紧不要紧，杨梅核穿肠过胃能把肚里的猪毛什么的带出来呢。我听了半信半疑，忐忑地过了一天，清肚后果真很舒服，破涕而笑。来年，吃杨梅时有意把核咽几颗下去。

山水·秀

　　一个小时后，表姐摘了满满的两圆篮杨梅，我们也吃得肚圆打嗝。坐在杨梅树下小憩，看满坡星星点点的红杨梅，目睹山路上络绎不绝的品尝杨梅人——所前杨梅节召唤的从外地赶过来的客人，真的惬意极了！

雨中所前

楼　飞

　　江南的六月，是焦躁而潮湿的。然而，山里人依然是热烈的。

　　即便是梅雨浸湿了头巾夹杂着汗水穿过胸腔，那汪酸溜溜的味道也能渗出甘甜来。

　　在一个瓢泼的雨天，我们选择逆流而上，大巴在蜿蜒的山间小路上曲曲折折，像是硬生生挤进了一个静的世界，所有的喧嚣与繁杂，被摇摇晃晃地一路抛洒，最终碾压在了车轮之下。一路行进，两旁是绿，是翠绿，是浓重的绿，被风雨推推搡搡，扑面而来，有时拍打着车窗的玻璃，那是山里人羞涩而狂热的臂膀。窗外雨声，时而张扬，时而柔和，伴着山涧湍急的溪流，奏出一曲丰收的赞歌。

　　所前，大概是我为数不多的，可以用味觉形容的地方。知道所前，差不多与知道杨梅同时。那种爱恨交错的味觉体验总让人欲罢不能，想它时，味泉涌动，所有的欲望化作满嘴玉液，真怕一不小心便"垂涎欲滴"！吃到时，才知道只是求之不得的欲望太过丰满。如果说水果中也有一场选美，杨梅应该是耐人寻味的，她总能恰到好处吊起人的胃口，又在爱恨交织里悄然退去，没有丝毫贪恋，留给思念的人一场若有若无的幻想。

如果不是这一场说走就走的旅行，我与所前只停留在了杨梅的印记里。关于所前这个地方，以及这个地方的人，也局限于戴着草帽穿梭在大街小巷里的叫卖声。他们像是在春天里苏醒过来的使者，有的挑着担子，有的骑着单车驮着篮子，那些用竹子编织的篮子里，不断变幻着季节，从嫩绿的青菜、翠绿的黄瓜，到娇滴滴的樱桃，胖嘟嘟的桃子，再到老鸦浓汤里的鲜笋干……直到淅淅沥沥的梅雨欲迎还迎，小竹筐子的杨梅一夜之间遍布了街头，总是听着人们一边数落，一边又忍不住拎上一篮。实在受不了便把它们"咕咚"全倒进酒缸里，溅起的酒花滑过唇角，一直醉进梦里。如果说，你以为所前最热闹的是杨梅，那你就错了。所前人总是有办法让自己热闹起来，比如，过了盛夏，篮子里便换了花样，那些被五花大绑起来的鸡鸭从篮子缝隙里探出脑袋来，时而"叽叽嘎嘎"声张主权。直到寒冬冰封，大概才会消停，只是菜场的角落里，那些哆哆嗦嗦的老妇人，提着杆秤售卖自家的鸡鸭蛋，一问，还是所前的。

如果不是在这个杨梅退场的六月走进所前，我与所前印记只停留在叫卖声里。记得第一次读到陶渊明的《桃花源记》："复行数十步，豁然开朗。土地平旷，屋舍俨然，有良田、美池、桑竹之属。阡陌交通，鸡犬相闻。"这样的画面，在我学生年代是不曾有的，农村里的生活多半是农忙时的鸡飞狗跳，闲暇时的自由散漫，民居建筑，或在路中，或在山腰，随心所欲。房子也像一件件不够体面的破旧衣裳，一年到头总要缝缝补补，梅雨前夕，村里人会请瓦匠师傅，挨家挨户翻修瓦片，破碎的瓦片像断头的箭，四处飞散。青瓦下墙体斑驳，被岁月冲刷后愈发老态龙钟。

　　大巴车从一场雨的纠缠中停下来，我们撑开花花绿绿的雨伞，内心的局促与眼前的景象格格不入。世界仿佛被水洗净了一般，亭台楼阁，窗明几净，小桥流水，别墅人家，和郁郁葱葱的绿形成一幅色彩鲜丽的山居图。蜿蜒曲折的小溪如窈窕的长发女子匍匐于山涧，将自然与生活融为一体。虽然见到的只是春意正浓的山村风光，但已经可以从这幅长卷中描绘出四季的颜色。这山这水孕育出一座座气势磅礴的民居，炊烟袅袅，画卷也有了生机。这里的人们用勤劳把山水运出村庄，用智慧把繁华带进村庄。

　　"梧桐叶落满庭阴，锁闭朱门试院深。曾是昔年辛苦地，不将今日负初心。"如今的所前已是名副其实的"茶果之乡"，漫山遍野茶果飘香，杜家杨梅尤为盛名，正是一代又一代所前人未曾停下的脚步，持守着这方青山绿水，凝结成岁月的精华，终将青山绿水化作了金山银山。

山水·秀

我游三泉王

周无江

我是农村人，在乡下长大，为了生活，住在城市里奋斗。城里的路很宽，但车多人挤。城市的楼很高，但都是钢筋水泥。每逢节假日总爱约上三五好友找一地广人稀的乡村，闲庭信步走上个半天，看看村头老树，古井池塘，屋檐下摇扇的老头老太，院落里与鸡鸭嬉闹玩耍的孩童。尽管出得一身汗，但心头的轻松与自如无与伦比。

春末一日，又约去所前。说实话，初来萧山时，先听说杜家杨梅，后才知道所前。所前杜家村有几个好朋友，每年杨梅季总是邀请我们去采摘杨梅。尽管在萧山周边的慈溪、余姚、临安都产杨梅，但所前的杜家杨梅得益于会稽山的群山环抱，溪流潺潺，森林覆盖率高，其产的杨梅果大、核小、汁厚味醇。正是其独特的品质让大诗人苏东坡在杭州任职时品尝萧山杨梅后，感叹道："闽广荔枝、西凉葡萄，未若吴越杨梅。"

不是杨梅季，自然尝不了美味，但此行目的是所前的三泉王村。萧山有东片与南片说法。东片多工业，经济发展较早。南片多山水，在之前的工业发展中有所制约。但正因为如此，当旅游推进时，其原汁原味的乡土有了强劲的发展后力。

据说三泉王村得名，源于村内的三口泉，具有近千年历史的一个小山坞，散居的山民历经数代发族，传承保护了他们赖以生存的龙泉、虎泉、牛泉。泉水碧绿清澈，人在泉前，俯视泉水，微波荡漾，清澈见底，凝视片刻，疲惫的眼眸仿佛也得到了滋润。

三泉王村历史悠久，古迹众多：晋朝的慧悟寺、清代道光年间的葛云飞墓。而村中最老的一棵樟树则有近千年的历史，我们走到树边绕了一圈，目测得有七八个人才能将其团团抱住，抬头仰望古树的风采，无不为古树伟岸的身姿和千年高龄而折服。

村内最好的景致是春天，漫山遍野的李花。村头村尾山涧田畔，一树一树的李花恣意怒放，洁白的花朵缀满枝头，远远望去，犹如一片香雪海。人在花丛中，花香缠绕，一句古老的诗从脑子里蹦了出来："满室天香仙子家，一琴一剑一杯茶。羽衣常带烟霞色，不惹人间桃李花。"最自然的世界，最和谐的人与自然，这就是人与大自然的心灵对接。

接待我们的工作人员说，接下来他们将开发环村游步道。届时无论是赏花还是毅行都将更加方便。当然，三泉王村也只是萧山乡村的一个代表，全国乡村振兴，千千万万的乡村都建设得非常美丽。就萧山来说，一村有一村的岁月底蕴，一村有一村的鸟语花香，一村有一村的奋斗进程。

走马观花，山水再美已掀不起心中的波澜。一个美丽乡村，

只有用心去读，才会得到他的精髓。期待来年再次走进三泉王村，我所期盼的是它独特的韵味，犹如在品味一坛陈年佳酿，时间越久越香醇，越久越甘冽。

我在雨中呼唤你

孙国军

6月的萧山，梅雨未过，笼罩在一阵阵淅淅沥沥的雨里。如童年时的屋檐，滴答出一层轻雾，青苔生痕，这是典型的江南初夏，也是萧山人的记忆。

追着雨声、雨梦、雨花前行，和大部队来到了所前。所前，曾经留在我脑海里的印象，一直是"山水所前"这四个大字。然后，再是鼎鼎有名的"杜家杨梅"。一路上，随行的村领导，向我们讲解所前杨梅的历史，从百年古杨梅树，到家家户户依靠摘杨梅、卖杨梅带来的经济收入。三三两两的讲解蹦入耳中，可我最想做的，还是亲手摘点杨梅，尝尝鲜，毕竟时令货，一年才一次。

大巴车到了所前山下，还在下雨。远处青黛点翠，云山雾罩。放眼望去，一大片一大片的杨梅林，层层叠叠。令人扼腕叹息的是，杨梅刚刚下市！我是个大胆的行动派，不甘放弃，穿梭在杨梅树丛中。偶有一两颗还长着的"白杨梅"，直接上手，放进嘴里。下巴都酸掉了！可惜可惜！留有遗憾，下次再来。路上，同行的蒋兴刚老师，在路边和老农一番杀价后，花

山
水
·
秀

275

60块买了一篮"下市杨梅"。拿上车，热情地给大伙分发。中等的个头，深红，摊在手心上，带着雨水的滋润。咬在嘴里，多汁、清新。所前杨梅不像余姚、慈溪和仙居杨梅那么个大滚圆，却酸甜适口，别有风味。

"山前小别墅，脚下溪水流"，是我眼中的所前。

游览了一圈后，无论是山里王村还是三泉王村，大部分人家依山傍水：大房子、大院子、大果树……有些人家，甚至在山前造起了小别墅。可以想象：推门而出，绿树山峦，清新的空气，清脆的鸟鸣，春分或是夏至的时候，沁人心脾的过山风，迎着面打来。坐在阳台上的摇摇椅上，发一天呆，都是享受。有雨来了，更平添了文人墨客在所前的遐想，就像张爱玲笔下所写："雨声潺潺，像是住在溪边。宁愿天天下雨，以为你是因为下雨不来。"

当然，无论所前的雨也好，杨梅也罢，抑或是所前人的居所，这些也只是所前给局外人的第一印象。

辗转一路。山里王村里，墙绘师傅们正在给文化礼堂做着墙绘。内堂里，老底子时，售票看戏用的大剧场、大台子，都翻了新。木制的天顶架构，全都簇新油光地横亘在顶上，尽可能保留了老底子的风貌。礼堂对门处，概念化的文化长廊，也在新建。这一新一旧之间，也反映出了山里王村的发展理念：尊重历史文化的同时，积极、主动地探索前进。

所前，位于上萧山区块。多山多水，风景秀美是上萧山的优势。同时，由工厂抱团而成的工业区块少之又少。可勤劳、智慧的上萧山人，却十分懂得"因地制宜"的道理。既然工厂办不了，那就充分发挥自然优势，大力发展生态旅游业与特色果蔬种植。在三泉王村村史馆，讲解员向我们介绍了三泉王村

的发展现状：目前，村民的主要收入来源为旅游业与茶果种植。茶叶都是附近茶山上采的，自己炒的。杨梅刚刚落果了，但是红心李又马上要上市了。结合互联网发展现状，村里更是实现了线下销售与线上平台销售相结合。

多年前，习近平总书记就提出"精准扶贫"这一概念。虽然对于萧山，似乎与"贫困"这个词相去甚远，但拥有"奔竞不息、勇立潮头"精神的萧山人，却十分懂得"精准发展""精准发力"。能发展工业的区块，我们就大力兴办实体经济。发展不了工业的区块，我们好好地利用优势，发展旅游经济、特色经济。随着美丽乡村建设的深入推进，当地政府对于区域性发展十分重视。诸如所前的杜家杨梅节、河上的龙灯文化节、进化的青梅节等等。

记得小学课文里，有篇课文叫《神州谣》："我神州，称中华。山川美，可入画。"中国的名山大川太多，或是钟灵毓秀，或是富饶美丽。而萧山，位于钱塘江南岸，"两山两水六分田"的地理优势，滋养、孕育了一方儿女。坐在三泉王村的观光旅游车里，一路随着村干部的讲解，游览了"青龙伏流"的龙泉和碧波微漾的牛泉，看着远山的叠翠，近处干净整洁的村庄马路边，偶尔有一两棵果树、一两株月季，从村里人家的院落里探出，从心底莫名地升腾起一股"民族自豪感"。五千年的华夏文明游走，到了此刻，即便历史中的人、事已化为尘土，留作记忆，但是他们的子子孙孙依旧好好地活着，活在这个新时代下，活在这个幸福、美好的地方里，并且还会一代代地延续下去。

这里便是我们的故乡，我们的家！

未来·吟

所前三章

张海龙

一、天下盐

谁在远方煮海熬盐？

谁在金鸡山上看尽人间烟火？

又是谁，穿州过府，提灯还家，

把一种生活滋味化作白银与财税？

谁是我的流水？今日，谁又是

你的明月前身？谁从山阴来？

谁向会稽去？谁在衙前

听闻三千越甲可吞吴的鼓角争鸣？

谁又在所前，看行商坐贾与天下人交易？

卧薪尝胆，图霸天下

山似赳赳武夫，越王峥上何人藏兵五千？

帆樯林立，船通水活

水如纤纤少女，西小江上何人扬帆万里？

此刻我们为何马不停蹄在时空中疾行？
此刻我们访古问今探寻钱塘怎样繁华？
上下八府，无非竹木茶叶桐油纸张
与绸缎布匹食盐水产的交换

人生不足百年的写照，也正如所前的天下盐
从海中熬煎，又在海中消融。

二、水中茶

万物有灵，一千年岁月弹指而逝
山河依旧，世界并没有改变少许
尘土飞扬，大道两侧全都是茶行
草木之间，人到今日仍凭此过活

"明前雨前，春茶喜人，快的时候
"一天就能采到一篓，八万棵茶的嫩芽！"
山里王村、祥里王村、三泉王村
手上长满老茧的阿婆，总是满面春风

黄叶早、乌牛早、龙井、白茶
仅仅这些美好的名字，就可抵十年尘梦
摊青、杀青、揉捻、理条、烘焙
茶叶炒制的过程，岂不是另一种成人礼？

草比人坚韧：一岁一枯荣，春风吹又生
木比人壮阔：无边落木萧萧下，不尽长江滚滚来
所前人却深谙人生草木间之精髓
年茶万担，货银十亿，将四百余家茶庄开遍各地

水中茶，比水中花更质朴易感
这杯茶，映射唐宋明月亦关照今日生计
喜奔竞、善商贾的萧山所前人
又开创了一条茶之路

茶，一叶舢板，驶向家山万里
茶，十万天兵，得渡人世百劫

三、所前记

所前，总让人想起身后
身后，就是进退与取舍

了却君王天下事，葛云飞定海赴死
赢得生前身后名，裘古怀舍生取义

娄家大院，九十九间半的宅院
如今也蓬荜生辉

英雄墓上，彼岸花如同加冕

见证着花叶永不相见的决绝

慧悟寺里，谁能勘破生死立地顿悟？
崇德堂上，谁为家国捐出七尺身躯？

梁波兄，且饮此杯，不醉不归
你看这所前的落雨管都用酒瓮做成

全世界的雨水都在落下来，万物作响
水怎样变成激烈摇漾的酒？

那个死去的年轻人留下遗言："胜利的时候，
"请你们不要忘记我！"

全世界的雨水都在落下来，落在东方所前
落在所有生者和逝者身上
所前记，身后事
朝闻道，夕死可

所前行

莫　莫

一、入　山

山路弯转，云层微移
天色比来时更亮
果实在花朵闭合处悄默生长

"一切只是假设"
如果风没有吹开落叶
雨没有正好滴入那双望天的眼睛

空山仅仅相对名词
千万人从未进入的地址
只留下一个出不来的人

二、翻山见柿

翻山见柿

不是李花如雪的季节

老年隐居坞中
几声犬吠经久放肆于村巷

毛栗高挂枝头经历眼界
总比地面之物略微傲气

它们落土后则褪去浑身尖刺、面色缓和
与眼前的丘壑对应虚无

坞中热爱鲜花和果实的人
都自称为山水空旷折服

他们在坞中建造更为空旷的庭院
用以缓慢落日与归鸟之速度

三、谶　言

在九月光亮的所前
剔除山的黑色因素、弹下水的白色琴键
与君子结生死之交

高山背后，一个人站在那
要忘记落花绝美的往事

忘记成年、青春与幼稚

他为流水刻下永恒的谶言：
"要与最亲密之人保持恰当的距离感
"要允许陌生人走近"

三　泉

潘开宇

将《邶风》中亦流于淇的思念
安放在杜甫笔下
倚竹的佳人
或者让抱琴醉卧的王维
坐看云起

这泉水
从此循着时光东流
一泓酿出草木的葱郁
一掬触手清凉

黄梅时节
我在家家雨的潇潇下看所前的三泉
化成绿茶的甘洌和禅意

饮一杯
去空山云雾
探寻一方水土的隐秘

龙泉虎泉牛泉
散落成三泉王村光阴的故事
旧书的墨香
和时代变迁的从容
串联成绳结
入了流年的辽阔

入了周家墙门白墙黑瓦的厚重

和千年古樟生命的传奇

入了鸟鸣中

桃李花的落英缤纷

所前研究（外三首）

雷元胜

十亩山林，种茶三亩
种杨梅两亩，种板栗、柿子各两亩

还剩下一亩
父亲勤劳地种下幸福

准备好喉咙
他们每天在山水间
练习歌唱

与三泉王村古井书

我们乐于作茧自缚
乐于在日子里挖无数口井
把头伸进去
把脚伸进去

当我写下这首诗
两个儿子此刻不在我身边

台风刚走
杨梅都已经泡在酒里

困惑书

三月开花，七月结果
香樟活了一千年
生意兴隆

由此我想到——
有个老哥四十一岁
刚过不惑之年

走时凌晨三点三十分
因为开心多喝了两杯

与杨梅书

漫过山林
越来越多的杨梅树与杨梅树产生火花

作为一个访客，我保持应有的拘谨与好奇

当我们尖声喊出来
"杨梅"——
它不只是某一棵树
而是一场缤纷的夏日盛宴

公鸡打鸣
乌云产卵

在杜家山凹采风的路上
一颗杨梅小心滚落
蹚过几个世纪的雨水

所前的回忆

谢　君

不缺一座山，越王峥
近的胜过我的母亲

也不缺一个湖，里士湖

一首不可或缺的摇篮曲

也不缺一棵树，柿子树

柿子摘来之后存放一周

渐渐泛红，糯软

撕皮一吸，甜透心窝

也不缺一张旧照片

摇船，去小镇

孤独的童年成了永恒的喜悦

海阔天空，只为与你相聚

——所前镇印象记

张 琼

暑热的那道光照亮你的眼眸
又一次又一次，为你而出发
穿越钱塘江南岸的广袤风景

抵达琳琅满目的瓜果乐园

嗅觉神探之间
芬芳的不仅仅是此时此刻
还有千千万万的诗人赞美过你——
"闽广荔枝、西凉葡萄，未若吴越杨梅——"
这是宋代大诗人苏东坡的妙笔

而眼前的你
梦里的你
在心中久久驻留
又岂止是一颗杨梅而已

山水从来不是你的全部
历史的传奇与欣欣向荣的文化底色
是你独一无二的存在

在娄家大院里，倒映出另一个时空的历史记忆
那是青葱的你，素颜的你，更是华丽的你
一砖一瓦，从来不需要什么修饰
眉宇之间，都映照着美丽乡村的光环

芳庆堂里流淌的悠久文化
是时间的烙印，也是岁月的留痕
在樱红如画的祥里王
品尝一颗樱桃的甜美

漫山李花的三泉王村
自然山水与文化风情比肩
再次交相呼应
缠绵悱恻之间
缱绻着只属于你的传奇

青年运动纪念馆
遇见春色撩人的你
深情追忆你
回望共青团萧山县委的诞生记

那是一次次时间的出走
更是一次次生命的洗礼
我们都停留在青年广场
仿若就在岁月的怀抱里
吟诵着曼妙的青春诗篇
奔跑在诗意盎然的新时代

渔临关桥（外一首）

许也平

从明朝永乐的木桥
到嘉靖石桥
收税也罢、便民也罢
桥还是桥

西小江不宽
近在咫尺
向对岸丢块石头

也能漂到

好吧，只有临渔关的名字
仿佛是一道天险
隔绝萧绍
唯有这桥，通途两岸

金山遗址

人们总在发掘
先人的痕迹
肆意想象
远古的样子

时光这剂毒药
在宇宙射线的加持下
不停地蚀刻着一切

消磨建筑、消磨历史

而我们，这些后人
不要无谓地毁坏
前人的足迹
让时光变慢

三泉王的魂（外一首）

沈国龙

江南的风水，如此相似

每一个古村落，都蕴藏着故事和历史

三泉王，顾名思义

即王姓一族，在此掘泉而据，依山而筑

三泉者，曰"龙"、曰"虎"、曰"牛"

溢出来的水折射出浓浓的农耕气息

泉水怀揣光怪陆离的时光

环绕着青化山下的村庄

秘密隐藏于荒野

首先要有水，有水而宜居

泉涌是水的自我暴露

静下心来，可以听见水的经典对白

风挤对着拥向高处

水却喜欢低处

三泉与阳光一起穿行于天地间

青化山麓，簇拥着一岭青白
而山水带给我更多的愉悦
我是来看花的
暮春的风，将香雪李花拂满村落
落英俨然一个个灵动的词儿
构成一帧生生不息的草书
一沓湿漉漉的诗笺
在三泉闪烁

杜家掠影，在雨中

青山妩媚，山峦叠翠
此刻，沐浴在江南的烟雨里
这样的场景，适宜打造
遐思与怀念

水天一色，如烟似梦的飘逸
寂静，彰显出一种自然的积淀
不经意间流淌成一道风景
一抹绿意，养活了一方人
拉住了一干旅人的瞳孔，驻足
我尝试着将一缕青山绿水
摁进一首诗
让飞扬的思绪凝结

果园葱茏，铺张而散漫
"五月杨梅已满林，初疑一颗值千金"
我想杜家的先人们一定深谙风水学
在这巨型的画舫间定居
摆渡出生活的原味
顺便为这诗作出了解释

造化弄人
在这形如元宝的青化山中
磕醒了青山绿水
杜家人犹如生活在取之不竭的宝藏里
雨中，我与一棵杨梅树比肩而立
一种纯情与缱绻，漫过心田

烽火所前（组诗）

朱振娟

历史的风

你坚守过的那片土地
已经高楼林立
风一样穿过你身体的子弹
留在了纪念馆

一百年前你呼喊的声音
被火淬进了钢铁里
我们在血雨腥风里
铸成了铁的屏障

历史的风缓缓吹过
我们从鸦片战争的屈辱中崛起
从甲午风云的硝烟中苏醒
一九二一年的那只红船

把我们载到了新的彼岸

百年只是一瞬间
下个时代是考验
挥舞的旗帜
凝聚着信仰的味道
真理永远在探索的路上

所前的梅

拾一缕香
在冬的路上
所前的梅悄然绽放
不在墙角
不在井旁
在季节的眉梢
在岁月的肩上

洁白的雪
抖落了千里的馨香
所前的梅
是漫山遍野孩子们的笑
是世俗赋不出的诗行
是炊烟中故乡的味道

烽火时光

时光是一堵透明的墙
我从墙里看到自己
看到了缪家小学
看到了故乡奉化的烽火

我年轻的生命
如一张铺开的纸
上面涂满了青春的色彩
在我有限的时光里
红色成了我生命的主色

烽火把我弯曲成镰刀
我用高贵的头颅
守护着萧然大地
最初的曙光

所前三章（组诗）

邵　勇

　　一支皇室血脉的繁衍，一座百年老屋的变迁，一群为
理想献身青年的奋斗，一个基层村书记的牢骚，组合成美
丽乡村发展历史和现状的优美长卷。

——题记

李氏家庙

"哒哒"的马蹄声
惊扰了江南迷离的烟雨
踏碎了小村长久的宁静

公元 907 年的一天
一位皇室贵胄、金枝玉叶
带着亡国的悲痛
丧家的凄惶
流亡的渺茫

披星戴月，跋山涉水
风尘仆仆，万里奔驰
落脚在这个远离帝都和战乱
炊烟袅袅的小村子
他有一个好听的名字
——天乐

一千多年倏忽而过
金枝衍庆
玉叶传芳
皇室的血脉开枝散叶
绳继延绵
幻化出 108 卷厚厚的家谱
那一排排整齐的名字
散发阵阵油墨清香
讲述着
古老或者年轻
幸福或者悲惨
贫穷或者富足的
传奇故事
每一个名字都是一章鲜活的家族历史
李氏家庙
在美丽乡村的画卷中
仿佛一座中华家族文化的丰碑
书写着人类繁衍的伟大和强盛

娄家墙门

百年老屋

沧桑中透出昔日的繁华

传说中的"九十九间半"

记录一个商人大族的人丁兴旺

开阔的门庭

可以想象鼎盛时云集的车马

长长的青石板路

仿佛有长衫的瘦削男子在来回踱步

思考镇上最新的米价行情

宽敞的厅堂上

曾经主客们在酣畅地喝茶聊天、设宴饮酒

一笔笔生意安安稳稳地做成了

高高的木梯上

依稀有白衣白裙女子的倩影飘过

迫不及待地开她南阁窗

对镜贴花黄

深深的八角井边

少了农妇们的家长里短

少了女眷们的嬉笑玩闹

少了生活的烟火气

…………

百年老屋

和南湖的巨轮同时起步

见证了中国历史百年的风云变幻

粮商豪宅

粮食仓库

江南民居展示馆

由私人到国家

由物质到精神

由贫富不均到共同富裕

娄家墙门

在美丽乡村的蓝图上

宛如一块厚重的基石

重新绽放古老又年轻的勃勃生机

缪家青运纪念馆

一张张年轻的脸庞

一个个陌生的名字

一排排简短的生平

为了打破旧世界

你们牺牲在无边的暗夜里

化作撕开夜幕的闪电

化作劈开铁屋的利剑

化作唤醒民众的号角

化作点亮民智的燧石

渴望开创新世界

你们贡献出青春和生命
灌溉了胜利解放的苗
开出了自由民主的花
结出了富强文明的果
哪有什么岁月静好
只因有你们抛洒热血
在美丽乡村的蓝图上
缪家青运纪念馆
像一支冲天的火炬
引导我们不忘初心
扛起民族复兴的伟大旗帜
乘风破浪
砥砺前行

信谊村村书记

坐在你对面
听你侃侃而谈
在袅袅的烟雾中
谈村子的历史现状
谈村子的基础建设
谈村民的经济收入
谈村民的精神文化
谈时髦的"厕所革命"
谈迫切的垃圾分类
…………

未来·吟

每一个话题都如数家珍

每一个问题都见解独到

每一个分析都接地犀利

在座的都有一种如坐春风的感觉

三十多年的村干部经历

你见多识广

经风历雨

但你没有养成

阿谀拍马、欺上瞒下的陋习

背后满墙的荣誉

无声地告诉我

你重实干、得民心的功绩

你好像都是在抱怨

都是在发牢骚

都是在讲问题

不管什么场合

不管哪层领导

不管哪种会议

但我分明看到

一位老共产党员

一位基层村干部

对党的忠诚和爱戴

为民请命的赤胆忠心

每一句都胸怀坦荡

每一句都无私无畏

每一句都掷地有声

信谊村书记
到现在我还不知道您的名字
但我知道
您是全国几十万村书记的代表
您是美丽乡村建设的一部活字典
美丽乡村的蓝图已经绘就
请您领导乡亲们
大胆地去建设自己
无比美好的明天

泉水叮咚的村庄（组诗）

陈于晓

李花开时，日子成蹊

在春天的三泉王村，李花纷扬成了
乡村的节日，不似雪
雪没有这般地轻盈，仿佛雪
也变换不出这般婀娜的风姿

说是冰清玉洁，又空灵如梦幻
天宇的蓝，是欲滴的那一种
潮湿了人家的炊烟
也许，跟着某一缕炊烟
入李子林，也便入了童话的盛大缤纷

在李花丛中穿梭着的人们
一不小心，就掉入了童年
好在李花很浅，溅起一曲浅浅的童谣

就可以唤回往昔，或者从往昔中
把你唤回来了。风吹李花
风有了仙子的模样，雨把踪影
弄丢在了李花的平仄之中
李花开时，日子成蹊
日子是被游人踏成蹊的

绚烂是一年一度的，落花是别样的绚烂
纷纷是一种盛开，也是一种飘落
当小李子若隐若现在枝头
接下去的时间，三泉王

就开始悄悄酝酿丰收的欣喜了

我想见的李子，那一枚枚剔透玲珑
像极了乡间澄澈的日子

泉水叮咚的村庄

在三泉王乡村振兴的诗篇里
龙泉、虎泉、牛泉，是三汪明晃晃的
诗眼，汩汩着源源不断的诗情

泉水中卧着龙，有龙就是灵秀之地
泉水中藏着虎，虎虎就生了风
当龙腾虎跃，成为某一种隐喻
一座村庄的生气，便和盘托出了

牛泉在潺潺溪流中安静着
相比于龙与虎，牛似乎更接近于烟火
给骑牛的牧童，递上一把笛子
总觉得横着吹，会更嘹亮一些
而乡村的时空，总是嘹亮的居多

晴，耕；雨，读。当老牛缓缓地
踱着步子，小山村的时光
也就缓慢了下来。在我眼前铺展开的
仿佛依然是旧年的农耕画卷

何必走得这么急呢？比如此刻
我就坐下来，坐在叮咚的泉水声中
翻阅一卷诗集或者一部散文
顺便把依山就势的人家
搬入粉墙黛瓦与水墨的往事

在泉水叮咚的村庄，往事和烟火
被流水一遍又一遍地渗透着

靠近，听千年古樟

一座村庄的老，比如说三泉王
就老在了一棵千年古樟中
一部村庄的历史，是由一棵老树
写就的。每当你翻动着一棵树的沧桑
往事便风起云涌，抑或云淡风轻了

我一直相信，从前的村庄
以及那些已经消失的村上的人与物
肯定还在，旧年的光与影
都被老树收藏了。老树的时空
是如此辽阔，它容纳下了一切

那一树的枝繁叶茂，足以年复一年地守望
村庄的流年，风吹的沙沙沙中
也许隐着一种天机，听懂了
便可以探得村庄的所有秘密
只是听懂的人，可能已经像一片落叶
归了根。肯定还有一条秘径
潜在老树的某一圈年轮中，通过它
可以抵达光阴深处的村庄
那星光灿烂里
旧时的生活，如今叫了乡愁

暮色四起时，三泉王的古樟
仿佛已被灯火掩遮了
而当我想到了"生生不息"
心中油然而生一种莫名的感动

底　色

谢鸿雁

夏至季节

这片被宠得上天的存在

你把它捧在掌心

仙女拿自己的白纱舞出三泉王一山缥缈

用汗水丈量每一张笑脸

细数一个个清亮的目光

这个村子在泉水中腾飞

一树树的果子不用清水浇灌

只用汗水和聪慧

只用绿水青山就是金山银山的感召

清明前的烘烤

追赶着夏日的沉淀

以及秋后冬日的采摘

打开无眠的冬夜

春倾其所有

撒下一地希望

未来·吟

323

把白雪幻化成新装
那种甜蜜的骄傲
在村民们心里嘹亮
你还在谱写新章

一个来了不想走的地方

——游所前三泉王村有感

金柏泉

有一个地方

很亲近

离家不到十千米的距离

如果不是因为一座山，挡住了视线

可以一眼望见她——

即使这样

仍然可以想象

她就在自己的身边

似乎还能感受到

她那时刻关注的眼神

有一个地方

很神秘

傍晚

站在村口西望

极目处一横黛山

太阳像一个大大的蛋黄

搁在山冈上

眼看它一点点下沉

然后

太阳没了，天也渐渐地黑了

那山，应该就是天边的墙

山的那头，定是太阳睡觉的地方

天边

当然是很远很远的

天的外头

肯定是神秘无比的

那里一定很黑

黑到可以裹住太阳的光芒

那里一定很深

深到可以淹没日月星辰

那里必定还有一个

长长的隧道

否则太阳怎么能穿越地底

第二天从另一头出来

也许那下山的太阳

根本没有再从东边出来

它变成了一粒一粒的杨梅

挂在了深绿色的杨梅树上

红艳艳闪着晶莹

看一眼就能让你三天不渴

它还会变成

一颗颗

其貌不扬的李子

青衣包裹下的红色内心

尽显了它的善良和低调

这是一个来了还想来的地方

千年大樟树下的石桌上

一杯龙井升腾着袅袅茶香

这茶，是后山新摘现炒的嫩叶

这水，是村前的龙泉水用炭火烧开

你可以坐在石凳上

慢吞吞啜一口

听当地山民讲神木与仙水的故事

这头顶的古树

就是传说中的神木

边上的那眼虎泉井

是人们心中的仙水

这是一个再来不想走的地方

在这里

可以让你见识三月飘雪的景象

未来·吟

漫山遍野的李子花

是带着幽香的雪

山顶上缥缈的云雾

和着这洁白的李花

能将人的心脾清洗

冥想间

自己也成了一朵

洁白的李子花

晃晃悠悠

飘落到小溪

躺在哗哗清泉上

随波逐流

既然不想走

那就住下来吧

你可以在梦中

与幼时的葛云飞

一起做躲猫猫的游戏

然后再听他讲述

抗英御敌的事迹

还可以穿越时空

到新石器时代的先民所住的草棚

体验一把他们的生活

顺便向祖先们报告

故土的沧海桑田

记同学故乡
——所　前
思　思

一

杨梅似星星

杨梅入玉盘

杨梅义无反顾

给一村带去旖旎

你想见吗？

在那李花洁白绽放的美丽乡村

有杨梅婉约

似如故人

二

杨梅

它介于红与黑的边缘

未来·吟

329

它拿捏不住自己
它怕拿捏不住自己
就丢出青涩脸庞
去勾引一树李花
从此，它们住山水所前
清风里
是前所未见的坦然